सोयी हुई हीर

(कहानी-संग्रह)

सोयी हुई हीर

कर्तार सिंह दुग्गल

वाणी प्रकाशन ग्रुप
भारतीय ज्ञानपीठ
वाणी प्रकाशन : भारतीय ज्ञानपीठ की पुस्तकों के एकमात्र प्रकाशक एवं वितरक

लोकोदय ग्रन्थमाला : ग्रन्थांक 758

सजिल्द पहला संस्करण : 2004
सजिल्द दूसरा संस्करण : 2026

वाणी प्रकाशन : भारतीय ज्ञानपीठ की पुस्तकों के एकमात्र प्रकाशक एवं वितरक

वाणी प्रकाशन

4695, 21-ए, दरियागंज, नयी दिल्ली-110 002
दूरभाष : 011-23273167, 23275710
ईमेल : sales@vaniprakashan.in
www.vaniprakashan.com

ISBN : 978-93-7348-674-1

मूल्य : ₹ 425

सोयी हुई हीर

(कहानी-संग्रह)

कर्तार सिंह दुग्गल

Soyee Hui Heer
(Short Stories)
by Kartar Singh Duggal

आवरण-चित्र : एन. खन्ना
मुद्रक : आर. टेक ऑफ़सेट प्रिंटर्स, दिल्ली-110 032

दो शब्द

हमारे देश में कहानी-कला कई मंज़िलों से गुज़र चुकी है। परन्तु कला का सम्बन्ध जीवन से बहुत गहरा होने के नाते वही कहानियाँ जीवित रहीं जिनमें इनसान की महानता को व्यक्त किया गया है। मेरी दृष्टि में अच्छी कहानी वह है जो अच्छे लोगों का जिक्र करे, वे लोग जो अच्छे हैं; चाहे अच्छे बन चुके हैं, चाहे अच्छे बन रहे हैं। यह अच्छाई भौतिक भी हो सकती है और आध्यात्मिक भी। आध्यात्मिक अच्छाई आखिर क्या अच्छाई हुई यदि वह भौतिक अच्छाई नहीं?

बुराई का केवल बुराई को दर्शाने के लिए वर्णन करना, गन्दगी का केवल गन्दगी को उछालने के लिए प्रस्तुत करना, मेरी राय में, किसी अमर-कला का विषय नहीं हो सकता। वैसे वक़्ती तौर पर चाहे कोई कीचड़ से खेल ले, कौन चाहता है कि उसके हाथ हमेशा मैल से सने रहें? कौन चाहता है कि कोई कूड़े को सँभाल-सँभाल कर रखे? बूदार नाली के किनारे घर बसाने वालों की नाक हमेशा सड़ती रहती है, उनके बच्चों को सुगन्ध की पहचान नहीं रहती।

इसका यह अर्थ नहीं कि कला में बुरे लोगों का बखान करना वर्जित है। बुराई का स्थान कला में अवश्य है, यदि वह बुराई अपने पास पड़ी हुई अच्छाई को अधिक उजागर कर दे, अच्छाई और अच्छी लगने लग जाये, प्यारी लगने लग जाये।

अपने देश में प्रेमचन्द से लेकर आज तक के कहानी-साहित्य पर दृष्टि डालते हुए मुझे केवल वही चीज़ें ज़िन्दा नज़र आती हैं, प्रभावशाली नज़र आती हैं, जिनमें अच्छे लोगों की अच्छाई का ज़िक्र है, या कम से कम बुरे लोगों की तरफ पीठ है और अच्छाई के लिए एक कोशिश है, इस कोशिश में चाहे कोई पहला ही क़दम उठा रहा हो।

आजकल जिस चीज़ को हम लघुकथा मानते हैं वह पंजाब में सही मानों में 1935 के आस-पास लिखी जाने लगी थी। 1940 में कृश्नचन्दर, अश्क और राजेन्द्र सिंह बेदी के कहानी-संग्रह पहली बार छपे। मेरा पहला संग्रह 1941 में छपा। कहानियों के इन संग्रहों के बाद इस बात में ज़रा भी सन्देह न रहा कि कहानी की नयी कला एक जिन्दा रहने वाली चीज़ है, और साहित्य में इसका स्थान स्थायी है।

कला केवल कला के लिए है या जीवन के लिए? इस विषय पर सम्भवतः उन दिनों चर्चा आरम्भ हो गयी थी, पर अकसर कहानियाँ जो उन दिनों नये लेखकों ने लिखीं उनका जीवन से सम्बन्ध बहुत कम होता था।

वास्तव में कहानी-कला उन दिनों एक नयी-नयी चीज़ थी। नयी चीज़ के साथ नये-नये प्रयोग करना स्वाभाविक है। प्रतीकवाद, चेतना की लहर, यथार्थवाद आदि नाम के कई खेल हमने इस नयी कला के साथ खेलने शुरू कर दिये।

यह सोचकर कि प्रगतिशीलता इसमें है कि कला में साधारण मनुष्य को चित्रित किया जाये, मज़दूर का जिक्र किया जाये, किसान के बारे में कहा जाये, हम साधारण मनुष्य की दरिद्रता, अभाव और बेबसी का चित्रण करते-करते, उसके जीवन के भद्दे, गन्दे से गन्दे, कुरूप से कुरूप पहलुओं को दर्शाने लगे। क्योंकि साधारण मनुष्य के हिस्से में नदी के मखमली किनारे नहीं, फूलों के महकते उपवन नहीं, हमने कीचड़ का वर्णन करना शुरू कर दिया, नालियों की चर्चा आरम्भ कर दी। और इस तरह करते हुए घड़ी का पैण्डुलम इतना इस ओर आ गया कि हमने नालियों को खँगाल-खँगाल कर उनमें छिपे मैल को और भी मैला करके दर्शाना शुरू कर दिया। इस्मत चुग़ताई ने 'लिहाफ़' नामक कहानी लिखी, सआदत हसन मंटों ने 'काली शलवार' लिखी, मेरी कहानी 'रैक्सी' की लाहौर में बहुत चर्चा हुई। इस कहानी की पाण्डुलिपि राजेन्द्र सिंह बेदी, प्रो. मोहन सिंह, देवेन्द्र सत्यार्थी, सरदार खुशवन्त सिंह आदि के हाथों में घूमती उर्दू के विख्यात कवि 'मीराजी' के पास पहुँची और फिर खो गयी। अगर वह कहानी छप जाती तो मेरा भी कदाचित् वही हाल होता जो 'मंटों' और 'इस्मत' के साथ उस समय की सरकार ने किया था।

पर बहुत देर तक हम लोग इस तरह गुमराह नहीं रहे, हमें समझ आ गयी। आज मेरी कहानियों में एक सचेत प्रयत्न इस बात का रहा है कि कहानी केवल जीवन के समीप ही न हो, बल्कि ऐसे जीवन को प्रस्तुत करे,

जो इस बात का अधिकारी हो कि एक कुशल कलाकार उसे अभिव्यक्ति दे रहा है और एक सुलझी हुई रुचि का पाठक उसे पढ़ रहा है।

कई बातें ऐसी होती हैं जिन्हें माँ-बहनों में बैठकर कहा जा सकता है, कई बातें ऐसी होती जिन्हें कोई मित्रों आदि में बैठकर कह सकता है, और कई ऐसी होती हैं जिन्हें कहने से पहले आदमी आगे देखता है, पीछे देखता है कि कोई सुन तो नहीं रहा। आखिर ऐसी चोरी क्यों की जाये?

मेरा यह विश्वास है कि अच्छी कहानी वह है जिसे पढ़कर अच्छे भाव जाग्रत हों। आदमी खुश होता है किसी अच्छे आदमी से मिल कर, चाहे वह आदमी किसी कहानी का पात्र हो, चाहे वह आदमी हमारा पड़ोसी हो। जो काम जीवन में हमें उत्साह देते हैं, जो हमारे जीवन के उत्कर्ष में सहायक होते हैं उनका वर्णन ही केवल हमें जीवन में उभार सकता है। जीवन के स्वस्थ मूल्यों और कला के स्वस्थ मूल्यों में कोई अन्तर नहीं। कुल इस तरह के मेरे विचार हैं और इसी तरह मैं लिखता हूँ।

—कर्तार सिंह दुग्गल

अनुक्रम

लेत्री की एक सुबह

कमीरे सारी रात व्यस्त रहे। छिटकी हुई चाँदनी में जाट औरतें गन्दुमी हाथों से मक्की के पूले बाँधती रहीं और सोहाँ के जमींदार उन्हें उठा-उठाकर खिलवाड़ की ओर भागते रहे। हरेक जाट एक-दूसरे से बढ़-चढ़कर बोझा उठाता और कई घुमाओं जमीन पर काम करती हुई पोठोहारनों की हँसी को अपने लिए समझकर दिल-ही-दिल में खुश होता।

"शेर मुहम्मद! खुदा की कसम, लम्बी, नाजुक, अँगुलियों से बाँधे हुए पूले फूल की तरह हल्के होते हैं।"

"यह पोठोहार का छिटका हुआ चाँद और ये मुर्गाबियाँ, थकन किस बला का नाम है?" शेर मुहम्मद ने अपने साथी को जवाब दिया और फिर दोनों 'अली' 'अली' करते दौड़ पड़े। कभी कोई जाट पोठोहारिन से बोझ उठवाने को कहता-"भाभी! जरा हाथ देना।" और उसकी काली चुनरी या अकड़े की कमीज अपने साथ छू जाने से खिल-सा जाता।

काम करते सारी रात बीत गयी। न तो किसी जाट को हुक्का याद आया, न पानी की प्यास लगी। गाँव भर में शोर मचा हुआ था कि आज चौधरियों की फसल इकट्ठी हो रही है। जोश में आकर जाटों ने तहबन्द उतार डाले और लँगोटे कस लिये। चाँदनी की चमक में 'सोहाँ' के जाटों की जाँघों पर से नजरें फिसलती थीं। कभी जब सारे जाट मिलकर ऊँची आवाज में गाते-

ना मार मलयारिये! मोयाँ नूँ
(मलयारिन! मरे हुओं को न मार)

तो सुनकर पोठोहारनें मारे खुशी के फूल जातीं और दिल ही दिल में जवाब के रूप में कहतीं-

इश्के ने पट्टयाँ होयाँ नूँ।
(प्यार के हाथों बर्बाद हुओं को)

जाट गाते-गाते खिलबाड़ों की ओर निकल जाते और कटी हुई फसल में खड़ी जाट औरतें उनकी फुर्ती को देखकर हैरान होती रहतीं।

अभी रात भीगी ही थी कि सारी फसल सँभाल ली गयी। फिर यह खबर आन-की-आन में हर तरफ फैल गयी। काँटों की बाड़ी के अन्दर बन्द भेड़-बकरियों में खुसुर-फुसुर शुरू हो गयी। कटाई की बातें सुनकर पशुओं ने कान खड़े कर लिये और खूँटे उखाड़ने लगे।

चौधरी नियाज़ सवेरे-सवेरे ही खेतों में आ खड़ा हुआ और झुण्ड-के-झुण्ड ढोरों को आते देखकर बार-बार आसमान की ओर देखता। देर तक भेड़-बकरियाँ ही आती रहीं। उनकी मैं-मैं और चरवाहों की छी-छू से कान पकने लगे। इसके बाद गायें, भैंसें और फिर गाँव के दूसरे पशु दौड़े चले आये।

एक जाट ने दूर ही से ऊँची आवाज में कहा-"चौधरी नियाज़! खुदा तुम्हें बरकत दे! अल्लापाक की कसम, मेरी इस 'बग्गी' का बड़ा हौसला है। तुम आप सयाने हो चौधरी, सर से ऊँची मक्की के टाँडों को देखकर ऐसा माल कहाँ सबर कर सकता है?"

जमींदार ने जाट की सुन्दर गाय की ओर ललचाई हुई नजरों से देखा। उसका गोल-गोल भरा हुआ-सा बदन, मक्खी तक उस पर से फिसलती थी। उसकी आँखें जैसे मस्ती से फटी जाती हों। गाय से नजरें उठाकर चौधरी ने अपने 'सेते' की ओर देखा जो दूर एक कोने में सर डाले बड़ी तेजी के साथ चर रहा था। वह फैसला न कर सका कि दोनों में से कौन ज्यादा सुन्दर है। जमींदार जाट के समीप पहुँचकर बोला, "अल्ला का फ़ज़ल है।"

"यह दुरुस्त है, लेकिन चौधरी, असली बात नियम की है, नीयत बरमुराद! तुम्हारी ही फसल है जिसकी ओर किसी ने आँख उठाकर नहीं देखा, वरना..."

"तुम भाइयों की मेहरबानी है।" नियाज़ खाँ ने बात समझते हुए कहा। वह बहुत देर तक बग्गी को देखता रहा। आखिर उससे रहा न गया और वह उसके बदन पर हाथ फेरने के लिए चल पड़ा। अपनी गाय की ओर जमींदार को जाते देखकर जाट गर्व से मुस्कराया।

जानवर चरते जा रहे थे। चरते-चरते आप-ही-आप भेड़ें एक ओर हो गयीं, बकरियाँ दूसरी ओर, और इसी तरह बाकी पशु अपनी-अपनी जिन्स में मिल गये। दूर एक कोने में तीन-चार गधियाँ और एक-दो घोड़ियाँ, जिनके पैरों में रस्सियाँ बँधी थीं, चर रही थीं। लाल घोड़ी की पीठ ज़ख़्मों से भरी हुई थी। एक 'कालकलची' बार-बार चुपके से आकर उस पर चोंच मारना शुरू कर देती। घोड़ी

दर्द से तड़पकर उछलती, लेकिन कालकलची जरा ऊपर उठकर फिर वहीं आ बैठती। एक गधी, जिसका पाँव खूँटे से बँधा था, अपने इर्द-गिर्द की घास खत्म कर चुकी थी और अब मूँज की कमजोर रस्सी को तोड़ने की कोशिश में थी। बहुत देर तक वह पाँव पटकती रही, आखिर खूँटा उखड़ आया।

ढोरों के झुण्ड में कुछ हलचल हुई। तेज तेज चरते हुए माल ने मुश्किल से मुँह उठाकर देखा--बग्गी 'मैं' की आवाज लगाकर दूसरी ओर को जा रही थी। सब पशु चरते जा रहे थे। गौओं के झुण्ड से कोई दस कदम ऊपर सेता चर रहा था, बग्गी उसके समीप पहुँचकर मुँह मारने लगी। घास को यूँ ही मुँह में डालकर उसने बैल की ओर ललचाई हुई नजरों से देखा। बहुत देर तक वह देखती रही। लेकिन सेते ने आँख तक न उठायी। बग्गी ने फिर चरने की कोशिश की, लेकिन उसके दाँतों में जैसे घास चबाने की सकत न रह गयी थी।

चरते-चरते चित्तियों वाली एक गाय बग्गी के नजदीक पहुँच चुकी थी। गुस्से में बग्गी ने एक ऐसा फुंकारा मारा कि वह भागकर फिर अपने झुण्ड में जा मिली। बग्गी ने फिर चरने की कोशिश की। बिना मुँह मारे वह देर तक अपनी थुथनी से घास टटोलती रही। एक तिनका तक उसके गले से न उतरा। आखिर वह मुँह उठाकर धीरे-धीरे बैल की ओर चल दी। ऐसा लगता था कि वह गिन-गिनकर कदम उठा रही है। उसने मुड़कर देखा, सब पशु वैसे-के-वैसे चर रहे थे। जब उसने सेते की ओर निगाह डाली, तो भूखे बैल के चरने की आवाज उसके कानों में पड़ी। धीरे-धीरे चलती हुई वह पिछली तरफ से बैल के पास पहुँची। अभी वह एक कदम की दूरी पर ही थी कि सेते ने दुम हिलानी शुरू कर दी। उसे तरह देकर बग्गी उसकी दायीं ओर छाया में जा खड़ी हुई। बैल चरता रहा, चरता रहा। अधसूखी लम्बी-लम्बी घास खाता रहा, खाता रहा। सूरज अब काफी ऊँचा हो चुका था। रोशनी में सेते का पला हुआ नर्म बदन चमकने लग गया। बड़ी देर तक मुँह उठाकर बग्गी देखती रही। और फिर यकायक सिर मोड़कर वह एक बार फिर बैल की ओर चल खड़ी हुई। बैल अभी तक बड़ी तेजी से चर रहा था। धीरे-धीरे पास पहुँचकर बग्गी ने सेते के भरे हुए पहलुओं को सूँघा। सेते ने झुँझलाकर सर को झटका। बग्गी डर कर परे हट गयी, और बैल फिर चरने लग गया।

कोई सात कदमों की दूरी पर उसने क्रोध भरी आँखों से सेते की ओर देखा। बहुत देर तक वह देखती रही। फिर उसने चरना शुरू कर दिया। लेकिन उससे खाया नहीं जा रहा था। एक-दो ग्रास जो उसने लिये, वे भी मुँह में फेर कर उगल दिये। दूर भौंकता हुआ एक कुत्ता भेड़ों के रेवड़ से अपने माल को अलग

कर रहा था। उसने इस तरह से चारों ओर चक्कर लगाया कि देखते-ही-देखते अपना सारा माल अलग कर लिया। फिर वह एक साँडे के बिल को सूँघ, उस पर अपनी थुथनी रखकर सो गया।

बग्गी ने बैल की तरफ मुड़कर देखा। वह उसी तरह तेज तेज चर रहा था। सख्त क्रोध में भरी हुई वह दूसरी दिशा में गढ़े की ओर चल पड़ी, जिसमें पानी भरा था। बड़े गढ़े के गिर्द पानी के छोटे-छोटे गढ़े थे। गाय को दूर से आते देखकर बगुलों का एक जोड़ा, जो जोहड़ के किनारे बैठा था, उड़कर एक टीले के पीछे नजरों से ओझल हो गया। बग्गी ने जोहड़ का पानी सूँघा, फिर फौरन नाक-भौं चढ़ाकर थुथनी ऊपर को उठा ली। धीरे-धीरे वह पानी में उतर गयी। बहुत देर तक कटी हुई फसल की ओर पीठ करके वह पानी में खड़ी रही। आखिर कोई दस मिनट के बाद उसने गर्दन फेरकर बैल की ओर देखा। वह अकेला, दूर मेंड़ पर चर रहा था। बग्गी ने झटपट मुँह मोड़ लिया और सोचना शुरू कर दिया। उसकी आँखें खाली-खाली-सी थीं।

"वेहड़े च लवा बेरी
गली विच आ खलसाँ, पई लगसी वा तेरी!"

(तुम अपने आँगन में बेरी लगवाओ, मैं तुम्हारी गली में आकर खड़ा हो जाया करूँगा और तेरी हवा मुझको छू जाया करेगी।)

जाट ऊँचे-स्वर में गाता अपने माल की खबर लेने आ रहा था। मालिक की ओर मुँह करके बग्गी डकरायी, जैसे शिकायत कर रही हो। फिर झटपट पानी से निकलकर वह पार के किनारे की ओर दौड़ पड़ी। कुछ दूर जाकर उसकी चाल सुस्त हो गयी। धीरे-धीरे मुँह मारती हुई वह आखिर सेते के पास पहुँची और उसके बदन के साथ उसने अपने बदन को अतृप्त प्यार से छुआ। गुस्से में आकर बैल ने उसे जोर से टक्कर मारी और पाँच सात कदमों पर फिर चरना शुरू कर दिया।

बग्गी ने आँख फाड़-फाड़कर बैल की ओर देखा। फिर अपने पहलू को, जहाँ बैल ने टक्कर मारी थी चाटना शुरू कर दिया। बहुत देर तक धीरे-धीरे चाटती रही। आखिर न जाने उसके दिल में क्या आया, वह दौड़ पड़ी। वह दौड़ती-दौड़ती दूर चली गयी, जहाँ घोड़ियाँ और गधियाँ चर रही थीं।

जाट इकतारे को मेंड़ पर रखकर उसके पीछे दौड़ा। आगे-आगे गाय भागी जा रही थी और पीछे-पीछे जाट। उन्होंने कई खेत रौंद डाले। दूर लगभग एक मील के फासले पर एक और कटी हुई फसल में कई गायें चर रही थीं, उनमें

जाकर वह खड़ी हो गयी। बड़ी मुश्किल से जाट वहाँ पहुँचा। मालिक को पास पहुँचता देखकर बग्गी ने फिर दौड़ लगा दी और पहली फसल की ओर भाग खड़ी हुई।

"चोर ले जाएँ तुझे! चोर ले जाएँ! तेरे बेचने वाले की ऐसी की तैसी! तुझे हो क्या गया है?" बुड़बुड़ाता हुआ जाट उसके पीछे भागा जाता। गाय दौड़ती और कुलाँचे भरती फिर अपने रेवड़ में आ गयी। फसल में चरनेवाले पशु उसकी चंचलता से परिचित हो चुके थे। किसी ने सर तक भी न उठाया। बग्गी फिर उस कोने की ओर गयी, जहाँ बैल चरने में मग्न था। उसने उसके बदन की ओर देखा। उसके पहलू तन गये थे। बग्गी ने हौले से एक हाँक लगायी। बैल ने जरा परवा न की। वह चरता गया, चरता गया। बग्गी मुँह मारती उसके गिर्द घूमने लग गयी। फिर भी बैल ने उसका कोई ख़याल न किया। चरती-चरती दबे पाँव वह उसके मुँह की ओर आ गयी। उससे कदम भर के फासले पर खड़ी हो गयी। बहुत देर तक बिझकती रही, बहुत देर तक सोचती रही। बैल अभी भूखा था-वह बेतहाशा चर रहा था। बग्गी ने आहिस्ता से उसकी नाक को सूँघा। क्रोधित होकर सेते ने उसे बड़े जोर से टक्कर मारी और सींगों से धकेलता हुआ बाकी गौओं में पहुँचा कर फिर चरने लगा। बग्गी ने जरा शिकायत न की। हैरान खड़ी उसकी ओर देखती रही, देखती रही।

जाट ने कटी हुई फसल के खेत में पहुँचकर पानी पिलाने के लिए सारे माल को अलग किया। आज बड़ी मुश्किल से बग्गी अपने साथी पशुओं में मिली। प्रायः यों होता कि जब भी जाट पशुओं को पानी के लिए ले जाता, तो बग्गी उनके बीच रानी की तरह चला करती थी। लेकिन आज जाट जितनी कोशिश करता, बग्गी किसी-न-किसी तरह अलग हो जाती और बार-बार पीछे लौटने का यत्न करती। आखिर जाट से न रहा गया, गुस्से में आकर उसने बेचारी को मारे डण्डों से नीला कर दिया। बग्गी हमेशा की तरह झुण्ड के बीच चलने लगी। लेकिन चलते-चलते बार-बार गर्दन मोड़कर पीछे की ओर देख लेती।

बैल अभी भी चर रहा था।

नीली

नीली रंग की गोरी थी, जैसे कोई मक्खन के पेड़े को दूध में धोकर रखे। सामने मेहँदी के पेड़ तले खड़ी कई बार जब ग्वाला पानी के छींटे मारकर उसका दूध दुहने बैठता तो बरामदे में खड़े मुझे सहसा शर्म-सी आ जाती। मैं एकदम उसकी ओर पीठ कर लेता। अपने गाँव नदी के आर-पार आते-जाते, कपड़े उतारकर धीरे-से पानी में छिप रही किसी औरत की ओर कभी मेरी नजर जा पड़ती थी और फिर कितनी देर मुझे अपने आप में मैला-मैला लगता रहता था। कुछ इस तरह मुझे महसूस होता नीली को देखकर।

सुन्दर, स्वस्थ गाय का दूध भी बढ़िया होता है। ग्वाले के ढेर से डंगरों में से चुनकर मेरी पत्नी ने नीली को पसन्द किया था। और फिर उसी के दूध का भाव चुकाया गया।

प्रतिदिन सुबह ग्वाला नीली को हमारे यहाँ ले आता और सामने मेहँदी के पेड़ तले खड़ी वह गागर भरकर चली जाती। प्रतिदिन सुबह पहले नीली आती, फिर ग्वाला आता, सिर पर चारे की टोकरी उठाये। नीली के सामने चारा रखता, उसके पिण्डे पर हाथ फेरता और फिर दूध दुहने के लिए बैठ जाता। कुछ देर थनों को अपने खुरदरे पोरों से सहलाता, फिर पानी के छींटे देता, फिर गागर में धारों का संगीत सुनायी देने लगता।

जितनी देर ग्वाला दूध दुहता रहता नीली टोकरी में से चने, बिनौले, खली आदि चारा खाती रहती। दूध का भाव चुकाने से पहले इस तरह का अच्छा चारा खिलाने की भी शर्त तय हुई थी। और कभी-कभी मेरी पत्नी चुपके-से जाकर टोकरी देखती, ग्वाला अपना इकरार पूरा कर रहा है कि नहीं। अच्छी खुराक़ डंगर को मिले तो दूध अच्छा होता है, मक्खन चोखा निकलता है।

प्रतिदिन सुबह नीली आती, जल्दी-जल्दी। कभी मैं सोचता उसे मसालेदार चारा खाने की जल्दी होती है, कभी मैं सोचता उसे दूध देने की जल्दी होती है, दूध देकर सुर्ख़रू हो जाने की खुशी।

नीली नित आती, कभी जब हम सो रहे होते, कभी जब हम सोकर उठ चुके होते। चुपके से आती, पीतल की गागर में धारों का एक नग़मा छेड़कर चली जाती।

कई मास इस तरह बीत गये। फिर एक दिन हमने सुना–नीली आज लात मार गयी है। नयी हुए भी तो उसे कितने दिन हो चुके थे।

खैर, बहुत दिन हमें नीली की प्रतीक्षा नहीं करनी पड़ी। अब नीली भी आती, नीली के पीछे नीली की बछिया भी आती–हूबहू नीली की शक्ल। गोरा-गोरा रंग, कोमल चमड़ी, लम्बी पूँछ। शरमा-शरमा रही, लाख लाज भरी आँखें।

मेरी पत्नी की दूध की आवश्यकता जैसे नीली के दूध देने पर निर्भर हो गयी थी। जितना नीली एक समय दूध देती सबका सब हम खरीद लेते। सम्भवत: किसी और लवेरे का दूध हमारे घर नहीं आता था। और आजकल मेरी पत्नी बार-बार ग्वाले को कहती, ''कमबख़्त इस बछिया के लिए भी कुछ छोड़ा कर, बड़ी बढ़िया गाय बनेगी।'' परन्तु ग्वाला अपनी ही मर्ज़ी करता। जब मेरी पत्नी उसे बछिया के बारे में याद दिलाती वह नाक में कुछ गुनगुना देता।

क्योंकि बछिया के मुँह मारने पर नीली दूध उतार लाती थी, आजकल ग्वाले ने मसाला भी लाना बन्द कर दिया था। हमारे शिकायत करने पर वह हमेशा कहता कि वह मसाला बाकायदा खिला रहा है, केवल वक्त उसने आजकल बदल दिया है। साँझ को भूसी के साथ ही मिलाकर खिला देता है।

आखिर वही बात हुई। बछिया मर गयी।

अगले दिन ग्वाला छोटा-सा मुँह लेकर आया। पिछली रात बछिया मर गयी थी और नीली ने न कुछ खाया था न पिया था। एक दिन दूध का नागा होगा।

मेरी पत्नी दाँत पीसकर रह गयी। उसको पता था कि ग्वाला बछिया को जान-बूझकर मार रहा है। पर पहले ही बिचारे का नुकसान हो रहा था। गाय चाहे तो बिलकुल ही लात मार जाए। डंगर का कुछ पता नहीं होता। और हम चुप हो गये। और फिर ग्वाले की आँखों में आँसू तो पहले ही छलक रहे थे।

''चुल्लू भर दूध बचाने के लिए कमबख़्त ने बछिया गँवा ली है'', ग्वाला जब पलटा मेरी पत्नी अपने होठों में बड़बड़ायी।

अगले दिन सुबह मैंने देखा, कोठी के सामने गेट पर बाहर नीली आकर खड़ी हो गयी। पीछे ग्वाला आ रहा था। उसके सिर पर मसाला की टोकरी थी। अकसर सुबह जब नीली आती तो सिर मारकर गेट को खोल लेती थी। आज चुपके-से आकर वह गेट पर खड़ी हो गयी। अकसर जब कभी गेट बन्द होता तो वह अपने सींगों से गेट को खटखटाने लगती थी। आज उसने इस तरह नहीं किया। वीरान-वीरान पलकों के नीचे उदास-उदास आँखें लिये वह बुझी-बुझी-

सी आकर खड़ी हो गयी। जल्दी-जल्दी ग्वाला आया। उसने गेट खोला। उसके पीछे नीली आयी। गिन-गिनकर कदम रख रही थी।

मैं बरामदे में खड़ा था। मेरे पास मेरी पत्नी खड़ी थी। मेरी पत्नी की गोद में हमारी बच्ची थी, हुमक रही, उछल-उछल पड़ रही, किलकारियाँ भर रही, माँ की छातियों से उलझ रही।

मेहँदी के पेड़ तले ग्वाले ने मसाले की टोकरी लाकर रखी और उसमें हाथ मारकर खली की खट्टी-खट्टी खुशबू को बिखेरने लगा। नीली अभी तक नहीं पहुँची थी। चिन्ता में डूबी हुई, उखड़े-उखड़े कदम, बेदिले-बेदिले कदम, वह आ रही थी। मेहँदी तले आकर वह खड़ी हो गयी। उसने टोकरी की ओर देखा तक नहीं। ग्वाला ने मसाले में फिर अपनी बाँह फेरी और टोकरी को उछालकर बिनोलों को दिखाया, चनों को दिखाया। इस बार खली की खुशबू बरामदे में हम तक भी आयी। नीली आगे बढ़ी। फिर रुक गयी, फिर आगे हुई, फिर उसने मुँह मोड़ लिया। कितनी देर जैसे सोचती रही, सोचती रही। सामने टोकरी में पीले-पीले चने थे, बिनौले थे, पोले-पोले बालाई के जैसे घूँट हों। और खली की खुशबू आ रही थी। इधर खाओ उधर हज़म हो जाए। और फिर खली खाओ तो भूख कितनी लगी है! किन्तु आज नीली से कुछ नहीं खाया जा रहा था। ग्वाला नीली के पिण्डे पर हाथ फेरने लगा। मुँह से उसे पुचकारने लगा। कितनी देर इस तरह करता रहा। फिर टोकरी के पास बैठकर उसने फिर उसमें हाथ फेरा। खली की खुशबू फिर उठी। नीली की जैसे आप ही आप गरदन उस ओर मुड़ गयी। आप ही आप उसका कदम जैसे आगे हुआ और उसने टोकरी में अपनी थुथनी को डाल दिया। कितनी देर इस तरह उसका मुँह मसाले में रहा। पर नीली से कुछ खाया नहीं जा रहा था। आज नीली से कुछ नहीं खाया जा रहा था। और फिर नीली ने अपनी थुथनी को उठा लिया। गरदन को टोकरी की ओर से मोड़ लिया। और जैसे पीठ देकर खड़ी हो गयी।

परेशान-परेशान दृष्टि से ग्वाला ने हमारी ओर देखा और बेबस, टोकरी को सिर पर उठाये वह लौट गया। उसके पीछे-पीछे नीली चली गयी।

''चुल्लू भर दूध के लिए कमबख्त ने अपनी गाय गँवा ली है।'' मेरी पत्नी अपने होठों के अन्दर फिर बड़बड़ायी। और फिर अन्दर नौकर को कहने चली गयी कि डेरी से जाकर दूध ले आये।

हमारी बच्ची अब मेरी छाती के साथ लगी हुई थी। और बरामदे में टहलता मैं दूर सड़क पर आगे-आगे ग्वाले को जाता देख रहा था, और उसके पीछे नीली थी, जैसे कोई अँधेरे में राह टटोलता चला जा रहा हो।

"और डेरी से गाय का तनिक गोबर भी ले आना, कल संक्रान्ति है, चौके का लेप करना होगा।" मेरी पत्नी अन्दर नौकर को समझा रही थी।

और मैं अब भी सामने सड़क पर दूर जा रही नीली की ओर देख रहा था। जैसे उथले पानी में खोखली शहतीरी, बिछड़ी राहों पर बेख़याला अश्रु, कोई पतंग अब गिरी कि तब गिरी। वह आँखों से ओझल हो रही थी। तेज-तेज आ-जा रहे लोगों में गुम होती जा रही थी। कई बार सड़क पर लोग कितने तेज चलते हैं!

अगले दिन प्रातः मैंने देखा-सामने कोठी का गेट खुला। आगे-आगे ग्वाला था सिर पर मसाले की टोकरी लिये, और उसके पीछे-पीछे नीली थी मुँह उठाये, जैसे खली की खट्टी-खट्टी खुशबू सूँघ रही हो। मैंने सोचा, ग्वाले ने मैदान मार लिया है। और वही बात हुई। मेहँदी तले उसने आकर टोकरी रखी ही थी कि नीली आगे बढ़कर टोकरी में मुँह मारने लगी। कुछ देर उसे इस तरह मसाला खाते देखकर ग्वाला बटलोई लेकर नीली के नीचे बैठ गया। नीली परे हट गयी।

ग्वाले ने मुड़कर उसके मुँह की ओर देखा। मसाला तो खा रही थी। टोकरी में मुँह दिये मसाला तो खा रही थी। ग्वाला फिर नीली की ओर जरा खिसका। नीली और परे हट गयी।

ग्वाला हारकर उठ खड़ा हुआ।

नीली मसाले की टोकरी में मुँह दिये हुए हौले-हौले मसाला खाती जा रही थी। तीन दिन की भूखी जो थी।

और ग्वाला उसके पिण्डे पर हाथ फेरने लगा। कितनी देर तक लाड़ से उसकी पीठ पर अपनी अँगुलियों को फेरता रहा। साथ-साथ मुँह से उसे पुचकारता भी जाता। बार-बार उसे 'नील, नील' कहकर पुकारता। कोई पाँच मिनट इस तरह करता रहा।

और फिर ग्वाला आहिस्ता से नीली के तले बैठ गया। अब नीली मसाला बड़ी तेजी से खा रही थी। वह हिली नहीं। एक नजर उसके मुँह की ओर देखकर ग्वाले ने नीली के थनों की ओर हाथ बढ़ाया। नीली लात झटककर परे हो गयी।

ग्वाला फिर अपना-सा मुँह लेकर उठ खड़ा हुआ। मसाला तो खाती जा रही थी किन्तु दूध का नाम नहीं लेने देती थी। आगे बढ़कर ग्वाला नीली के छोटे-छोटे सींगों को सहलाने लगा। फिर उसकी लम्बी गर्दन को अपने पोरों से पलोसने लगा। कितनी देर इस तरह करता रहा। गर्दन से लाड़ करता ग्वाला पीठ पर पोले-पोले हाथ फेरने लगा। पीठ पर हाथ फेरता वह नीली की पूँछ से खेलता रहा। इस तरह प्यार करता फिर वह चुपके से नीली के पास बैठ गया। कितनी

देर बैठा रहा। पूँछ को मलता रहा। नीली की पिछली टाँगों से गोबर के सूखे छींटों को अपने नाखूनों से उतारता रहा। और फिर भगवान का नाम लेकर उसने एक थन को धीरे-से जा पकड़ा। नीली ने बिदककर जोर से लात झटकी, और फुंकारती हुई परे हट गयी।

ग्वाला क्रोध में उठा। एक नजर उसने नीली की ओर देखा। ग्वाला की आँखों में ग़ज़ब भरा हुआ था। एक साँस नीली मसाला खा रही थी जैसे कुछ हुआ ही नहीं था।

आगे बढ़कर ग्वाले ने मसाले की टोकरी को छीन लिया और उसे सिर पर रख तेज-तेज क़दम लौट पड़ा। नीली वहीं की वहीं खड़ी गरदन मोड़े ग्वाले को देखने लगी। वह तो मसाले की टोकरी उठाये तेज-तेज डग भरता जा रहा था। दूर कोठी के गेट के पास जब वह पहुँचा नीली रँभायी। जैसे उसे बुला रही हो। ग्वाले ने परवाह न की। जब हाथ बढ़ाकर वह गेट को खोलने लगा नीली फिर रँभायी, जैसे उसे आवाज दे रही हो। ग्वाला क्रोधवश गेट से बाहर निकल गया।

कितनी देर वैसी की वैसी मेहँदी तले खड़ी, मुँह उठाये नीली गेट की ओर देखती रही, जैसे ग्वाले की प्रतीक्षा कर रही हो। बीच-बीच में कभी-कभी नीली रँभाती, जैसे ग्वाले को आवाज़ दे रही हो। जैसे नीली उससे कह रही हो–मेरे मालिक, तुझे क्यों समझ नहीं आती, अभी तो दो दिन भी नहीं हुए मेरी बच्ची को मरे? मेरी कोखजाई मुझसे छीन ली गयी है। मेरे दिल का टुकड़ा! हाय उसकी याद भुलाये नहीं भूलती। इस पेट का क्या करूँ? इसमें तो ईंधन डालना ही हुआ। आज तीन दिन से मैं भूखी हूँ। तुझे क्यों समझ नहीं आती, इन थनों को मेरी लाड़ली के कोमल-कोमल होठ जब लगते थे तो आप ही आप मेरा दूध उतर आता था? कैसे लाड़ में वह मेरी खीरी पर सिर मारती थी! तुझे नहीं पता माँ बच्चे का क्या रिश्ता होता है। मैं नहीं कहती मैं उसको भुलाऊँगी नहीं। मैं उसको भुला दूँगी। मैं नहीं कहती मैं हमेशा दूध नहीं दूँगी। मैं दूध दूँगी। पर कुछ देर और तुम सब्र कर लो। शायद एक दिन ही और। और फिर मैं अपनी जान के टुकड़े को भूल जाऊँगी। फिर मुझे अपना आस-पास खाली-खाली नहीं लगेगा। आगे-पीछे मुझे यह अँधेरा-अँधेरा नहीं महसूस होगा। और फिर मसाला खाती, अपने थनों में दूध उतार दिया करूँगी। अब दूध का मुझे करना भी क्या है? दूध पीनेवाली तो मेरी चली गयी। तुम लौट आओ। यूँ मुझे भूखा मत मारो। पहले क्या मुझ पर कम अन्याय हुआ है! तुम लौट आओ मेरे मालिक...

कितनी देर मेहँदी तले वैसी की वैसी खड़ी नीली कोठी के गेट की ओर देखती रही, देखती रही। ग्वाला नहीं लौटा।

नया घर

डिप्टी कमिश्नर से हमें पता लगा कि बड़े अफसरों के लिए घर अलग रोक लिये गये हैं। जैसे ही निकासी हुई, अच्छी-अच्छी कोठियों पर मुहरें लगा दी गयीं। तभी तो लगभग दस मिनट बाद एक कर्मचारी ने एक अलाटमेण्ट आर्डर मेरे हाथ में आन धरा।

बाहर मोटर में मेरी माँ जी बैठी हुई थीं, जो हमारे गाँव से आयी थीं। घर का नौकर था, जिसे स्वामिभक्ति अपने प्राणों से भी अधिक प्रिय थी। एक-दो ट्रंक, एक-दो बिस्तरे थे, जो लाहौर से हम जैसे-तैसे निकाल पाये।

मैं और मेरी पत्नी डिप्टी कमिश्नर का धन्यवाद करके बाहर निकले। हमें बताया गया, कोठी जरनैली सड़क से तनिक एक ओर हटकर है।

कोठी के बाहर दरवाजे पर मुहर वैसी-की-वैसी लगी हुई थी। हमने उसे अच्छी तरह देखा, तोड़ा, और अन्दर जा घुसे।

गैलरी में कदम रखते हुए मेरी वृद्धा माँ जी ने एक गहरी ठण्डी साँस ली। इसमें उनकी सारी की सारी व्यथा अंकित दिखाई दे रही थी।

मेरी माँ जी को कोठियों से कोई प्यार नहीं, मोटरों की हसरत नहीं, नौकरों की चाह नहीं, वे तो सीधा-सरल, शान्तिमय जीवन पसन्द करती रही थीं। हमने चाहे लाख यत्न किये, लेकिन उन्होंने अपना गाँव नहीं छोड़ा। साल में एकाध महीने के लिए हमीं लोग हमेशा उनसे मिलने चले जाते थे।

और जब फ़िसाद शुरू हुए, तो भी उन्होंने हमारी मिन्नतों और हमारी चिट्ठियों की कोई परवा न की और हमेशा यही जवाब देतीं-अपने घर-बार को भी कोई छोड़ दिया करता है?

और फिर फ़िसादी उनके गाँव में आ पहुँचे। इस पर भी, हमारे पड़ोसियों ने बताया, मेरी माँ जी अपनी हवेली के दालान में बैठी रहीं। फ़िसादी पराये थोड़े थे, आस-पास के गाँवों के कमीरे ही तो थे। हर रोज तो छाछ हमीं से लेने आते

थे, सर्दियों के आरम्भ में मेरी माँ जी, हमारे शहर से भेजे हुए पुराने कपड़े उनमें बाँटा करती थीं। सारा इलाका उन्हें जग-माता समझता था।

बाजार की दुकानों को फ़िसादियों ने लूटा, लूटकर आग लगा दी। मेरी माँ जी कभी छत पर चढ़कर देख लेतीं और कभी आँगन में आकर बैठ जातीं। बाजार लूटकर फिसादी गली-मुहल्लों पर आ झपटे। वे लोग बिलकुल हमारे पड़ोस तक आ गये। इस पर भी मेरी माँ जी अपने आँगन में शान्ति से बैठी रहीं।

आखिर आठ-दस गुण्डे सर से ऊँची लाठियाँ उठाये हमारे आँगन में आ घुसे। उनमें जुम्मा तेली था, शरफ़ मुसल्ली था, जहाना मीरासी था, मीरू मिस्तरी था, दूला मोची था और सैदन दर्जी के दो लड़के थे।

''चौधरानी! सलाम बन्दगी है''-आँगन में घुसते ही सबने मेरी माँ जी को नमस्कार किया और हँसते-हँसते अन्दर घुस गये। मेरी माँ जी उठकर बरामदे में खड़ी हो गयीं और एक-एक चीज लूटकर ले जाते हुए उन्हें देखती रहीं। लेकिन जब वह हमारा दहेजी पलंग उठाने लगे, तो मेरी माँ जी ने उन्हें रोका।

''बेटा जहाने! यह मेरी बहू का दहेजी पलंग है, इसे मत ले जाओ।''

जहाने ने सुनी-अनसुनी कर दी।

''इसे मत ले जा, नामुराद!''

''चौधरानी! जाने भी दे चौधरानी!'' जहाना आगे से हँसता हुआ बोला- ''क्या मोह लगा रक्खे हैं तूने?'' और जब तक उन्होंने वह पलंग हवेली से बाहर जाकर न रख दिया, मेरी माँ जी उनसे वह शीशों-जड़ा निवारी पलंग छीनने की कोशिश करती ही रहीं।

और फिर जब सैदन दर्जी के लड़के अन्दर कोठरी से एड़ी-चोटी का जोर लगाकर सन्दूक निकाल रहे थे, तो माँ जी लालटेन जलाकर खुद उनके पास ले गयीं-''अरे कमअक्लो! कीड़ों-मकोड़ों का मौसम है, जरा देख-भाल कर हाथ डालो।'' फिर उन्होंने मीरू मिस्तरी को खुद चीनी और काँच के बर्तन अलग टोकरी में और पीतल-काँसे और ताँबे के बर्तन अलग बोरी में डालकर दिये, वरना वह बेवकूफ तो सभी बर्तन एक ही बोरी में भरे जा रहे थे।

जिस तरह फ़िसादी हँसते-हँसते हवेली में आये, उसी तरह हँसते-हँसते मेरी माँ जी को सलाम करते निकल गये।

और लगभग यूँ ही गाँव के बाकी घरों में भी हुआ, एक भी व्यक्ति को चोट तक न आयी, एक चीख तक न उभरी। सुबह से शाम तक फ़िसादियों ने सारे के सारे गाँव का सामान समेट लिया।

और दिन-ढले गाँव के सारे हिन्दू-सिख नजदीकी गाँवों के मुसलमानों के

घर चले गये। दूसरे रोज शहर जाने से पहले उन्होंने रात अपने प्यारे पड़ोसियों के घर काटी।

रावलपिण्डी में फ़िसाद लाहौर से बहुत पहले हुए थे। मेरी माँ जी को आखिर मजबूर होकर लाहौर हमारे पास आना पड़ा।

फिर यह आग लाहौर में भी सुलगने लगी। अगस्त में तो चारों ओर फैल गयी। लेकिन हम अभी तक सोचते थे कि माडल टाउन में कोई खतरा नहीं। और फिर मैं तो केवल कुछेक दिनों के लिए हिन्दुस्तानी सरकार की ओर से पाकिस्तान में ठहरा हुआ था। हम सोचते थे–माडल टाउन, जहाँ सब पढ़े-लिखे लोग रहते थे, वहाँ खतरे की कभी कोई सम्भावना हो ही नहीं सकती।

पन्द्रह अगस्त गुजर गया। लाहौर में खून की होली खेली जाती रही। एक-दो दिन और भी सहमा वातावरण छाया रहा। लेकिन जब सड़कों पर सड़ रही लाशें उठायी जाने लगीं, यों अनुभव होने लगा जैसे अब शान्ति हो जाएगी, इस पर भी हम सात दिन तक बाहर न निकले।

एक शाम अभी मैं निश्चय कर ही रहा था कि अगले दिन से दफ्तर जाना शुरू कर दूँ कि मेरे एक पड़ोसी साथी ने बताया कि गुण्डे बहुत बिगड़ रहे थे और इसी में ही बुद्धिमत्ता थी कि हम सब एक घण्टे के अन्दर-अन्दर वहाँ से निकल जाएँ।

मैंने अपने मुसलमान पड़ोसी से पूछने का प्रयत्न किया, लेकिन उसने हाथ जोड़कर मिन्नतें करनी शुरू कर दीं। वह इतनी बड़ी जिम्मेदारी अपने सर नहीं लेना चाहता था। सब लोग बेकाबू हुए पड़े थे। हमारा पड़ोसी एक पुलिस का अफसर था। उनका यह हाल देखकर हम दस मिनट में अपनी भरी कोठी छोड़कर ज्यों-के-त्यों मोटर में बैठकर निकल आये। हमारे पड़ोसी ने एक पुलिस का सिपाही हमारे साथ कर दिया। वह हमें पाकिस्तान की सीमा तक पहुँचा गया।

लाहौर में हो रही फ़िसादियों की वारदातें सुन-सुनकर मेरी माँ जी हैरान होतीं और फिर जिस तरह हमें बदन के तीनों कपड़ों में वहाँ से भागना पड़ा, जिस तरह एक सिपाही बन्दूक सँभालकर हमारे साथ बैठा, जिस तरह हर राहगीर हमें घूर-घूर कर देखता, यह सब कुछ देख-देखकर वे हक्की-बक्की रह गयीं। रास्ते-भर वे मोटर में चुपचाप गुम-सुम, अहिल बैठी रहीं, निर्जीव-सी-पत्थर की तरह।

वे सड़कों पर न खत्म होनेवाले काफिलों को देखती रहीं, देखती रहीं और एक वाक्य तक न बोलीं। न कुछ खाया और न कुछ पिया।

और अब–जबकि हमने एक नये घर की गैलरी में कदम रखा, बाहर दरवाजे

की मुहर तोड़कर जब हम पहली बार एक-निकासी की कोठी में दाखिल हुए, तो मेरी माँ जी ने एक गहरी ठण्डी साँस ली।

सामने एक हैट-स्टैण्ड पर छड़ी टँगी हुई थी, जिसका दस्ता चिकनाहट से साँवला-सा हो गया था। छोटी-बड़ी पाँच-सात टोपियाँ टँगी हुई थीं। नीचे फ़र्श पर बन्द दरवाजे के सूराख में से फेंकी हुई चिट्ठियाँ पड़ी थीं, खान बहादुर शेख मीराजुद्दीन के नाम, जीनत खान एम.ए.-स्टुडेण्ट-के नाम, बेगम मीराजुद्दीन के नाम। कई एक चिट्ठियाँ विवाह के निमन्त्रण-पत्र थे। एक चिट्ठी में कमिश्नर की कोठी पर 'अमन-कमेटी' की मीटिंग के लिए बुलावा था। एक चिट्ठी गुमनाम थी कि अगर चौबीस घण्टों के अन्दर-अन्दर वे शहर छोड़कर भाग न गये, तो वे अपने नुकसान के जिम्मेदार आप होंगे।

और मेरी माँ जी ने एक गहरी-ठण्डी साँस भरी।

चप्पे-चप्पे पर हर तरफ मिट्टी जमी हुई थी। छतों के कोनों में जाले तने हुए थे। सामने बरामदे में आराम-कुर्सियाँ पड़ी थीं। उनके पास एक तिपाई रखी हुई थी। तिपाई पर धोबी का धुला हुआ एक सफेद मेजपोश बिछा था। मेजपोश पर एक फूलदान था। फूलदान में फूलों की सूखी हुई डण्डियाँ थीं। पत्तियाँ चारों ओर प्याज के मुर्दा छिलकों की तरह बिखरी पड़ी थीं।

बैठक में सोफे ज्यों-के-त्यों थे। कालीन वैसे-के-वैसे बिछे हुए थे। पर्दे ज्यों-के-त्यों लटक रहे थे। एक कुर्सी पर 15 अगस्त का 'डान' अखबार खुला पड़ा था। छत का पंखा चल रहा था, पिछले दस दिनों से यह बिजली का पंखा दिन-रात चलता रहा था।

खाने के कमरे की मेज पर खाना चुना हुआ था, शामी कबाब, गोश्त दो प्याजा, पुलाव और दूसरी कितनी ही चीजें। हर कुर्सी के सामने पड़ी हुई प्लेट पर खाना निकालकर रखा गया था। एक बच्चे की छोटी-सी, बन्द सीट वाली कुर्सी के सामने प्लेट में चावल थे, दही था, प्लेट में से भरा हुआ छोटा-सा चमचा ज्यों-का-त्यों भरा पड़ा था। अँगीठी पर रखी हुई घड़ी बारह बजकर दस मिनट पर रुकी पड़ी थी। रेडियो झुलसा हुआ था। रेडियो से निकले धुएँ के कारण दीवार काली हो गयी थी।

सोने वाले कमरे के फर्श पर एक 'मुसल्ला' बिछा हुआ था। पास ही एक तसवीर मरोड़ी हुई पड़ी थी। मुसल्ले का एक कोना मुड़ा हुआ था। सामने की आलमारी में 'कुरान शरीफ' की कई सुनहरी जिल्दें करीने से सजी हुई थीं।

रसोई में तवे पर फेंकी एक रोटी सड़कर कोयला हो चुकी थी। नलके में से हर आध मिनट बाद टपकती हुई पानी की बूँदों से नीचे रखा हुआ पतीला

भर रहा था। आँगन में सामने वाली दीवार के साथ पाँच लोटे पड़े हुए थे, जिनमें कोई बड़ा था और कोई छोटा, कोई पीतल का था, कोई अल्मोनियम का और कोई मिट्टी का।

नौकरों के क्वार्टरों की ओर एक क्वार्टर की चौखट पर मुँह रखे एक कुत्ता मरा पड़ा था। घर के पेड़ से लटकते हुए एक पिंजरे में बुलबुल औंधी पड़ी थी।

और मेरी माँ जी रह-रहकर गहरी-ठण्डी साँसें भर रही थीं।

बाहर बगीचे में हम कितनी देर तक माल्टों के बूटे देखते रहे। मैंने और मेरी पत्नी ने मिलकर कुआँ चलाया और फिर हम गिनते रहे कि कुएँ की माला में कितने लोटे टूटे हुए थे, कितने लोटे सिरे से ही गायब थे। मेरी पत्नी कहती– ''माल्टे अक्तूबर में पकेंगे!'' मैं कहता–''नवम्बर में जाकर कहीं खाने काबिल होंगे।'' तोतों के कुतरे हुए अमरूदों को मेरी पत्नी खाये भी जाती और 'कसैले-कसैले' कहे भी जाती। भूसे वाले कमरे में मुर्गियों ने जहाँ-तहाँ अण्डे दिये हुए थे। आँगन में बिखरी हुई बीटें अब मेरी पत्नी को अधिक बुरी नहीं लग रही थीं।

और लगभग आधे घण्टे बाद हम जब कोठी की ओर लौटे, तो ड्राइवर ने थोड़ी-बहुत सफाई कर ली थी। रसोई में से धुआँ निकल रहा था और आँगन वाला नलका फ़र-फ़र चल रहा था।

बगीचे में से भिण्डी-तौरियों से झोली भरे मेरी पत्नी रसोई के बाहर एक रंगीन पीढ़े पर जा बैठी। निरन्तर गहरे साँस भरती मेरी माँ जी बरामदे में पड़ी हुई एक साफ-सुथरी चारपाई पर जा लेटीं।

और खानेवाले कमरे में रखे हुए रेडियो सेट को खोलकर मैं देखने लगा कि क्या केवल ट्रांसफार्मर ही जला था या किसी दूसरे पुर्जे को भी नुकसान पहुँचा है।

मीनू

छुट्टी की घण्टी बजी तो बच्चे इस तरह भागते हुए बाहर गैलरी में आ गये जैसे किसी फल से भरपूर बेरी को झिंझोड़ने से ढेरों के ढेर बेर किड़-किड़ करते जमीन पर आ गिरते हैं।

और फिर एक-एक करके जैसे बेरों को चुन लिया जाए, अपने-अपने नौकरों के साथ, अपने-अपने माता-पिता के साथ, अपने-अपने ड्राइवरों के साथ, अपने-अपने चपरासियों के साथ बच्चे छितरने लगे। और जिन्हें स्कूल की बसों में जाना था, वह या तो बसों के भीतर जा बैठे या बसों के बाहर मँडराने लगे। कुछ थे जो झूलों के साथ चिमटे हुए थे, कुछ मैदान में दौड़ रहे थे, कुछ खेल रहे थे, कुछ पेड़ों की डालों से झूल रहे थे।

मीनू अपनी कक्षा से निकला। दौड़ता हुआ वह गुलमोहर के उस पेड़ की ओर लपका जिसके नीचे प्रतिदिन उसके पिता का चपरासी उसकी प्रतीक्षा कर रहा होता था।

आज पेड़ के नीचे चपरासी नहीं था।

मीनू को हैरानी-सी हुई। ऐसा तो कभी नहीं हुआ था! क्षण-भर वह पेड़ के खाली तने की ओर देखता रह गया। फिर वह स्वयं ही इस निष्कर्ष पर पहुँचा कि चपरासी को शायद देर हो गयी होगी।

और मीनू वैसे का वैसा सामने अँगरेजी मिठाईवाले के गिर्द एकत्रित हो रहे बच्चों के पास जाकर खड़ा हो गया।

अँगरेजी स्कूलों में के.जी. सबसे निचली कक्षा होती है। के.जी. के भी तीन दर्जे होते हैं। और मीनू सबसे निचले दर्जे में था। उसका घर स्कूल से कोई डेढ़ मील दूर था। सुबह वह अपने पड़ोसी बच्चों के साथ उसकी मोटर में आता, क्योंकि दोपहर को उस बच्चे को देर से छुट्टी मिलती थी, इसीलिए मीनू के पिता का चपरासी उसे साइकिल पर लेने के लिए आ जाता।

प्रतिदिन चपरासी छुट्टी से कितनी-कितनी देर पहले आकर पेड़ के नीचे खड़ा हो जाया करता था। जब छुट्टी होती, गुलमोहर के नीचे मुसकराता हुआ वह मीनू की प्रतीक्षा कर रहा होता।

पर आज उसे न जाने क्या हुआ था?

अँगरेजी मिठाई वाले के पास मीनू खड़ा रहा, खड़ा रहा। मिठाई खरीदने वाले एक-एक करके चले गये। मीनू तब भी खड़ा हुआ था।

फिर मीनू उसी प्रकार बस्ता गले में लटकाये, बसों के पास खेल रहे बच्चों के पास आ गया। बसों के पास खड़ा मीनू बार-बार गुलमोहर के पेड़ की ओर देख लेता। उसका चपरासी अभी तक नहीं आया था। फिर बसें चलनी आरम्भ हो गयीं। एक, दो, तीन, चार, पाँच, छह सबकी सब बसें चली गयीं।

मीनू ने देखा उसकी कक्षा का एक लड़का सामने झूले पर बैठा हुआ था।

''तुम्हारा चपरासी आज नहीं आया?'' मीनू जब उसकी ओर गया तो लड़के ने लालीपॉप मुँह से निकाल कर पूछा।

''नहीं!'' और मीनू की आँखों में आँसू आ गये।

''कोई बात नहीं।'' लड़का झट झूले से उतरकर उसके निकट चला आया। फिर दोनों ने अपनी बाँहें एक-दूसरे के गले में डाल दीं और उद्यान में तितलियाँ पकड़ने लगे। कितना समय इसी प्रकार व्यतीत हो गया। और फिर उस लड़के का बाप आकर उसे भी ले गया।

''इसका चपरासी आज इसे लेने नहीं आया।'' जाते समय मीनू के उस सहपाठी ने अपने पिता को मीनू के विषय में बतलाया।

''कोई बात नहीं, अभी आ जाएगा।'' उसके बाप ने उत्तर दिया और वह अपनी मोटर में बैठकर चले गये। मीनू फिर अकेला रह गया था। गुलमोहर के नीचे चपरासी अभी तक नहीं आया था। मीनू ने देखा, दूर खेल के मैदान के दूसरे सिरे पर कुछ बच्चे खेल रहे थे। कड़ी धूप थी। पर्याप्त दूरी पर थे, तो भी मीनू धीरे-धीरे उस ओर चल दिया।

यह तो सब अपरिचित लड़के थे। गुलेलियों के समान पेड़ों पर चढ़ जाते और छलाँगें लगाकर नीचे आ जाते। मीनू कितनी देर तक चुपचाप उनकी ओर देखता रहा। फिर उनकी हँसी के साथ उसने हँसना आरम्भ कर दिया। पर मीनू इतना छोटा था, वह इतने बड़े थे। एक बार मीनू की ओर गिरा डण्डा भी मीनू ने उठाकर उन्हें दिया, तो भी उन्होंने मीनू के साथ बात न की। और उसी प्रकार खेल में रत रहे। फिर उन बच्चों के भी नौकर बुलाने आ गये, उनके माता-पिता आवाजें देने लगे। ऐसा प्रतीत होता था कि ये बच्चे स्कूल के गिर्द बने मकानों

में रहनेवाले थे। और एक-एक करके वह भी चले गये।

और मीनू फिर अकेला रह गया। कन्धे पर अपना थैला उठाये मीनू फिर गुलमोहर की ओर चल दिया। पेड़ के नीचे चपरासी अभी तक नहीं आया था।

धूप तेज थी। मीनू को प्यास लगनी आरम्भ हो गयी। धूप लगनी आरम्भ हो गयी। मीनू चलते-चलते और खड़े-खड़े थक गया था। और फिर मीनू गुलमोहर के पेड़ के नीचे बैठ गया। तने के साथ पीठ लगाये बैठा-बैठा वह सो गया।

मीनू कितनी देर तक सोया रहा। फिर अकस्मात् मीनू की आँख खुल गयी। स्कूल में पूर्ण निस्तब्धता थी। बच्चे जा चुके थे। अध्यापक जा चुके थे। जमादार सफाई कर चुके थे। चौकीदार खिड़कियाँ और द्वार बन्द करके छुट्टी कर गये थे। अप्रिय नीरवता! दीवारें जैसे खाने को आ रही थीं। वृक्ष शान्त और चुप खड़े थे। मीनू भयभीत हो गया। उसके शरीर का रक्त जैसे सारा का सारा सोख लिया गया हो।

मीनू उठकर खड़ा हुआ। उसकी आँखों के सामने चक्कर आ गये, फिर अन्धकार छा गया। एकाएक मीनू चीख उठा। और फिर फफक-फफककर रोता वह स्कूल के फाटक की ओर हो लिया।

स्कूल के फाटक पर खड़े मीनू की आँखें छम-छम आँसू बिखेरती रहीं। सामने सड़क पर रंग-रंग की मोटरें गतिशील थीं। बसें जा रही थीं। ताँगे जा रहे थे। रिक्शा जा रहे थे। लोग पैदल जा रहे थे। और फिर मीनू जैसे इस तमाशे में खो गया। उसकी आँखों में आँसू सूख गये।

सड़क की गहमागहमी देखता मीनू अपने थैले को झुला-झुलाकर खेलने लगा। फिर कंकरियाँ उठाकर सामने नाली में पड़े हुए डिब्बे का निशाना बनाने लगा। फिर फाटक के एक पट पर खड़ा होकर कभी उसे खोल देता, कभी उसे बन्द कर देता। फाटक की चरमराहट उसे बड़ी प्यारी लगती। फिर मीनू गेट के बाहर ईंटों के चबूतरे पर बैठकर सड़क पर आ-जा रही मोटरों की गणना करने लगा। मीनू गिनता जा रहा था, गिनता जा रहा था...

"बच्चे तुम्हें किसकी प्रतीक्षा है?"

और मीनू को एकाएक यह बोध हुआ कि वह तो अकेला वहाँ रह गया था। आज घर से उसे कोई लेने नहीं आया था। वह भूखा-प्यासा खड़ा प्रतीक्षा कर रहा था। मीनू बार-बार दूर सड़क के उस ओर देखता, जिस ओर से उसके पिता की हरी मोटर आ सकती थी। उसके पिता का खाकी वर्दीवाला चपरासी आ सकता था।

"बच्चे तुम्हें किसकी प्रतीक्षा है?" साइकिल वाले ने फिर पूछा।

"मुझे कोई लेने के लिए नहीं आया।" मीनू अब भी दूर सड़क की ओर देख रहा था।

"तुमको लेने किसे आना था?"

"मेरे डैडी के चपरासी को।"

"और यदि वह न आया तो?"

"मेरे डैडी आ जाएँगे।"

"तुम्हारे डैडी कहाँ काम करते हैं?"

"बड़े दफ्तर में।"

"तुम लोग कहाँ रहते हो?"

"पटौदी हाउस।"

"तुम्हें मैं घर छोड़ आऊँ?"

"नहीं, मेरे डैडी आएँगे।"

"तुम्हें पक्का पता है?"

"हाँ, मेरे डैडी अवश्य आएँगे।"

कभी बाप भी अपने बेटे को भूल सकता है। मीनू के चेहरे पर पूर्ण विश्वास की झलक थी। साइकिल वाला चला गया।

मीनू को अब अपनी माँ की याद आने लगी। स्कूल के बाहर अकेले एक कदम भी नहीं रखना। अपने चपरासी के अतिरिक्त और किसी के साथ घर नहीं आना। और मीनू को साथी बच्चों की सुनाई कई कहानियाँ याद आने लगीं। कैसे कई लोग बच्चों को पकड़ लेते हैं। और थैलों में बन्द करके उन्हें दूर ले जाते हैं। दूर बहुत दूर, जंगलों में, पहाड़ों में, जहाँ शेर होते हैं, हाथी होते हैं। और वहाँ बच्चे को पेड़ के साथ उलटा लटका कर उसके सिर के नीचे आग जलाई जाती है। और इस प्रकार भूने जा रहे बालक के सिर में से जो रस निकलता है उसे 'ममियाई' कहते हैं।

'ममियाई' निकालने वाले का विचार आते ही मीनू फिर से चीख पड़ा। और हड़बड़ाकर सामने सड़क की ओर दौड़ने लगा। मीनू दौड़ता गया, दौड़ता गया। कुछ देर बाद थककर उसने चलना आरम्भ कर दिया। रास्ते में एक छाबड़ी वाला उसे 'बूढ़ी के बाल' बेचता हुआ मिला। मीनू उसकी ओर देखने लगा। खड़े-खड़े वह कितनी देर तक उसे देखता रहा और फिर उसकी पीठ दूर सड़क पर अदृश्य हो गयी।

मीनू पुनः सड़क पर चलने लगा। आगे दो सड़कें थीं। एक दायें मुड़ती थी और एक बायें। मीनू ठीक बायें वाली सड़क पर हो लिया।

अभी बहुत दूर नहीं गया था कि एक गोल चक्कर पर सात सड़कें आकर मिलती थीं। मीनू हमेशा मोटर पर आता था और हमेशा साइकिल पर जाता था। आज पैदल जो चलना पड़ा तो आस-पास और का और लग रहा था। गोल चक्कर के उस ओर एक सड़क थी जो सीधी मीनू के घर तक जाती थी और चक्कर काटता-काटता मीनू गलत सड़क पर पड़ गया।

मीनू ज्यों-ज्यों चलता, सड़क के किनारे के घर उसे नये-नये लगते। ज्यों-ज्यों उसे घर अपरिचित-से लगते, त्यों-त्यों वह घबराता। उसके माथे पर पसीना आता। उसका मुँह लाल होता जाता। एक कदम आगे रखता तो जैसे दो कदम उसके पीछे पड़ते। उसे लग रहा था कि वह गलत सड़क पर जा रहा है। तो भी वह चलता गया-भूखा-प्यासा, थका-हारा।

और फिर एकाएक मीनू खिल उठा। सामने वह अस्पताल था जिसमें छह माह पहले उसका इलाज हुआ था। कोई एक वर्ष हुआ यहाँ उसकी माँ रही थी, जब मीनू की छोटी बहिन आयी थी। मीनू ने सोचा यहाँ से अपने घर का रास्ता उसे अवश्य ज्ञात है। और दौड़कर वह सड़क के पार जाने ही लगा था कि पीछे से एक तेज आ रही मोटर चिचलाती हुई मुश्किल से उसके पास आकर रुक सकी। ब्रेकों के लगने पर, हार्न के कोर पर, और मोटर के इस प्रकार उसके सिर पर आकर रुकने पर मीनू बौखला गया। उसकी आँखों के सामने भयंकर चक्कर आये, घोर अँधेरा छा गया। पता नहीं फिर वह कैसे सड़क के किनारे फ़ुटपाथ पर पहुँच गया। फिर पता नहीं किधर का किधर वह सड़कों के चक्कर में खो गया। एक में से एक सड़क, उसमें से और सड़क, मीनू को कुछ ज्ञात नहीं था कि वह किस ओर जा रहा है।

और मीनू रोने लगा।

रोता जाता और चलता जाता। मीनू को एक माली मिला। "बच्चे, तुम क्यों रो रहे हो?" माली ने उससे पूछा। पर मीनू ने माली को कोई उत्तर न दिया। कुछ और आगे जाकर उसके पास से एक मोटर गुजरी। एक पुरुष और एक स्त्री उसमें बैठे हुए थे। पुरुष ने स्त्री से रो रहे मीनू की ओर संकेत करके कुछ कहा। और मोटर उसी गति से आगे निकल गयी। मीनू रोये जा रहा था और चलता जा रहा था। फिर उसे एक शरणार्थी स्त्री मिली। "हाय रे बालक, तू क्यों रो रहा है?" उसने मीनू से पूछा।

मीनू उत्तर दिये बिना आगे चला गया। और वह स्त्री कितनी देर ठोढ़ी पर उँगली रखे उसकी ओर देखती रही। किसी का निर्मल मोती के समान बच्चा है और कैसे लहू के आँसू रोये जा रहा है-उसकी आँखें कह रही थीं। फिर मीनू

को एक सिपाही ने देख लिया। सिपाही जैसे-तैसे उसे टैक्सी में डालकर थाने ले गया। मीनू चीख रहा था, चिल्ला रहा था। थाने पहुँचाकर पुलिसवालों ने उसे 'कोका कोला' पिलाया, फिर मिठाई खिलायी और धीरे-धीरे उससे उसके घर का पता पूछ लिया।

पुलिस का सिपाही जब मीनू के घर पहुँचा तो माता-पिता दोनों सोये पड़े थे।

बात यूँ हुई कि जो चपरासी मीनू को लाता था वह छुट्टी पर था। और उसका पिता बच्चे को ले आने के लिए किसी से कहना भूल गया था। माँ कहीं बाहर गयी हुई थी। पिता के आ जाने के बाद घर लौटी। दोपहर का भोजन कर दोनों सो गये।

और अब जब सन्तरी ने जाकर यह समाचार दिया तो दोनों घबराये हुए मोटर लेकर भागे आये। थाने पहुँचकर दौड़कर माँ बच्चे को गले लगाने के लिए आगे बढ़ी। पर मीनू पीछे हट गया। माँ हैरान उसकी ओर देखने लगी। फिर पिता उसे प्यार करने के लिए आगे बढ़ा। मीनू ने इस प्रकार उसकी ओर देखा जैसे कोई अजनबी हो, उससे जान-पहचान तक न हो।

''क्यों बेटा यह तुम्हारे डैडी नहीं?'' थानेदार ने मीनू से पूछा।

''नहीं।'' मीनू ने अति कठोर होकर उत्तर दिया।

''और यह तुम्हारी माँ नहीं?'' थानेदार ने मीनू की माँ की ओर संकेत करके कहा। ''नहीं'' मीनू ने फिर उसी कठोरता से उत्तर दिया।

और फिर मीनू फूट-फूटकर रोने लगा।

सफ़ेदपोश

सन्ती सोचती वह जग्गू का कहना क्यों माने। फिर उसका दिल कहता शायद जग्गू ने उस पर जादू किया हुआ है और सन्ती जो कुछ कहता करने को तैयार हो जाती। तैयार तो हो जाती किन्तु कुछ देर बाद अपना मन बदल लेती।

कई बार जग्गू उसे लातें मार रहा होता तो वह उसकी ओर इस तरह देखती जैसे कह रही हो–''मैं मर जाऊँगी, मैं मर जाऊँगी और फिर तुम किसको इस तरह मारोगे?'' और फिर सन्ती सोचती, उस पर जग्गू ने जादू किया हुआ है। वह कैसे मर सकती है और सन्ती जग्गू की लातें खाती रहती।

जग्गू एक भेड़ की तरह सन्ती को अपने पीछे लगाना चाहता था। जिधर वह जाता उधर वह जाए, जहाँ वह ठहरता वहाँ वह ठहरे, जहाँ वह बैठता, वहाँ वह बैठे, जो करने को कहता वही सन्ती करे। जैसे उसकी पहली पत्नी प्रीतो किया करती थी।

और जग्गू सोचता वह उसको कोई कठिन काम करने को थोड़े कहता था। बाज़ीगरों में वह भी थे जो अपनी औरत के सिर पर पैसा रखकर उसे तीर से उड़ा देते। हर बार वह करतब करते, हर बार औरत की जान को खतरा होता। एक सूत मात्र निशाना इधर का उधर हो जाए तो तीर माथे पर लग सकता था, आँख को चीरकर निकल सकता था। और वह जो अपने बच्चे को टोकरे के नीचे रखकर उसे कबूतर बना देते थे। और वह जो अपनी घरवाली को लिटाकर उसके ऊपर कपड़ा डाल उसकी गरदन पर छुरी फेर देते थे। सन्ती को इसका जब ख़याल आता तो उसको अपना पेशा अच्छा-अच्छा लगने लग जाता। वह जग्गू की खायी सब लातों को भूल जाती।

पर जग्गू का पेशा इतना भयानक था! सन्ती लाख अपने-आपको समझाती फिर उसके दिल में उसके लिए घृणा भर जाती और वह कोई-न-कोई बात कर बैठती जो जग्गू को बहुत बुरी लगती और जग्गू कहता, मैं तुझसे पेशा करवाऊँगा,

तेरी चोटियों में मोम लगाकर तुझे कोठे पर बिठाऊँगा और सन्ती थर-थर काँपने लग जाती। जो जग्गू कहता वही करने के लिए तैयार हो जाती। तैयार तो वह हमेशा हो जाती किन्तु कर वह कभी कुछ न पाती।

जग्गू एक आँख से काना था। जब भी कभी उसकी मारी हुई आँख का जिक्र आता वह कहता उसके पेशे में वह काम आयी थी। जग्गू का एक बाजू टेढ़ा-मेढ़ा था। यह बाजू भी जग्गू का अपने पेशे में टूटा था। जोड़नेवाले ने जोड़ तो दिया लेकिन हड्डी उलटी बैठ गयी। जग्गू की एक लात बिलकुल ही कटी हुई थी किन्तु बैसाखियों के सहारे जग्गू ऐसे चलता जैसे उसे कुछ हुआ ही न हो। राह चलते सन्ती बार-बार पीछे रह जाती। पीछे रही सन्ती उसकी टूटी हुई लात की ओर जब देखती जग्गू हमेशा उसे याद दिलाता-"नेक बख़्त! यह लात तीन बार टूटी है। पहली बार टखनों तक काटी गयी, दूसरी बार घुटनों तक इसे उतार दिया गया और तीसरी बार पट से काटनी पड़ी थी। आरी से इसे अलग किया गया था।"

और फिर जग्गू ने अपनी पहली पत्नी को अपने काम में लगा लिया था। कितने दिन प्रीतो ने उसका काम खूब चलाये रखा। भयानक से भयानक अवसरों पर उसको चोट तक भी कभी न आयी। 'जाको राखे साँइयाँ, मार न सकिहै कोई' उसकी पत्नी गाया करती थी। और जग्गू हैरान होता, कई मास हो गये थे वही काम उसकी पत्नी करती थी जो जग्गू स्वयं करता था, पर उसको कभी खराश तक नहीं आयी थी।

और फिर एक साँझ जब जग्गू अपनी झुग्गी में लौटा, उसकी पत्नी उसके साथ नहीं थी। बाकी सब बाज़ीगर कहते कि जग्गू की वह पत्नी कहीं भाग गयी है। पर जग्गू हमेशा सन्ती को बताता कि अपनी पहली घरवाली को टोकरे के नीचे लिटाकर उसने कबूतर बनाया था और फिर वह उससे औरत न बन सकी। कबूतर बनकर फुर्र करके उसके हाथों से उड़ गयी। अब भी जब जग्गू की झुग्गी पर कोई चितकबरी कबूतरी आ बैठती तो सन्ती सोचती शायद जग्गू की पहली पत्नी हो जो बार-बार फेरे काटती है।

सन्ती को जग्गू का आकार अच्छा लगा था। भले ही उसकी एक लात नहीं थी, एक बाजू टेढ़ा था, एक आँख बह गयी थी पर सन्ती ने जग्गू को दो टाँगों के साथ, दो बाजुओं के साथ, दो आँखों के साथ भी देखा हुआ था। और जब उसकी माँ ने जग्गू का नाम लिया तो वह उसके साथ ब्याह को तैयार हो पड़ी थी। सन्ती सोचती, जो कुछ भी जग्गू काम करता था उसका काम अवश्य सुथरा होगा। न शेष बाज़ीगरों की तरह वह कबूतर पालता था, न मुर्गियाँ पालता था,

न साँपों के पीछे फिरता था। न शेष बाज़ीगरों की तरह वह जड़ी-बूटियाँ ढूँढ़ता था, न दारूदर्मल करने के दावे करता था। न टोने बताता था, न टोटके करता था। जग्गू का नाम कभी किसी ने चोरी-डाके के सम्बन्ध में भी नहीं सुना था।

पर जब पहली बार जग्गू सन्ती को अपने काम पर लेकर गया, वह अपने पति के पेशे को देखकर हक्की-बक्की रह गयी। सिर से लेकर पाँव तक उसके पसीना आ गया। कितनी देर तक वह थर-थर काँपती रही। उसको चक्कर आने लगे। उसको जग्गू में एक कसाई नजर आया जैसे बाक़ी कई बाज़ीगरों में उसे प्रतीत होता था।

"इससे तो," वह सोचती, 'मैं किसी...' पर वह किसके साथ ब्याह करती। बाज़ीगरों के सारे काम मुश्किल थे और अपने गाँव में किसी ने उसके लिए हामी नहीं भरी थी। और फिर बाज़ीगर उधर आ निकले और उसकी माँ ने उसे जग्गू के पल्ले बाँध दिया।

इस तरह अपने ख़यालों में सन्ती डूबी हुई थी कि जग्गू ने इसके मन की बात समझते हुए सामनेवाली सात मंजिली इमारत की ओर संकेत किया। एक आदमी सातवीं मंजिल से रस्सियों के साथ लटककर दीवार की मरम्मत कर रहा था। सड़क से, जहाँ सन्ती और जग्गू खड़े थे, वह मजदूर एक पुतली की तरह लग रहा था और बस।

और सन्ती कहने लगी, "हाय कहीं रस्सी जो टूट जाए! हाय कहीं इसका हाथ जो उचक जाए! हाय कैसे चमगादड़ की तरह लटका हुआ है! हवा आती है तो झूलने लग पड़ता है। यह थकता नहीं? इसको चक्कर नहीं आते? कितनी देर और इस तरह लटका रहेगा..." इस भाँति प्रश्न करती सन्ती अपने पति के पेशे को जैसे भूल गयी थी। अभी वह निर्णय भी नहीं कर पायी थी कि सामने सड़क से आती हुई एक मोटर को देखकर जग्गू ने सन्ती को सड़क पर धकेल दिया। अभी मोटर दूर ही थी कि सन्ती आँखें बन्द किये चिल्लाती हुई लौट आयी। मोटर तो आ रही थी। शेष समय फ़िजूल गँवाने के बजाय जग्गू खुद सड़क पर उतर गया, इस तरह जैसे उसकी पत्नी कोई वस्तु सड़क पर गिरा आयी थी और वह उसे उठाने लगा हो। तेज आ रही मोटर ने जग्गू को बचाने की कोशिश की, किन्तु जिस ओर मोटर हुई जग्गू उसी ओर हो गया, ऐसे जैसे गड़बड़ाकर आदमी फैसला नहीं कर पाता। फिर मोटर उसके ऊपर आ गयी और जग्गू आप ही आप गिर पड़ा। मोटर जग्गू से कोई एक फुट की दूरी पर रोक ली गयी। जग्गू मिट्टी-धूल से लथपथ हो गया था। उसके कान के पास से लहू की धार बह रही थी। मोटरवाले बाहर निकले। पहले तो वह जग्गू को डाँटने लगे फिर उन्होंने उसका

लहू देखा और चुप हो गये। इतने में सन्ती ने बावेला करना शुरू कर दिया, जैसे उसे जग्गू ने समझाया था। मोटर वाले सेठ ने जग्गू की मुट्ठी में दस का नोट पकड़ाया और मोटर लेकर वह चले गये।

अभी मोटर चार कदम आगे गयी थी कि जग्गू खिलखिलाकर हँस पड़ा। एक खराश के दस रुपये! और फिर सन्ती भी उसकी हँसी में शामिल हो गयी।

जग्गू ने सन्ती को समझाया कि मोटरवाले जहाँ तक सम्भव हो किसी को नीचे नहीं लेते। हाँ, ट्रकों-लारियों वालों के समीप नहीं जाना चाहिए। मोटरवाला तो अपनी मोटर तोड़ लेगा मगर किसी को नीचे आने से जरूर बचाएगा और फिर मोटरवाले तो अधिकतर दफ्तरों के अफसर या पूँजीपतियों के ड्राइवर होते हैं। किसी को उनसे नुकसान हो जाए तो जो कुछ भी उनके पल्ले हो वह देकर जान छुड़ा लेते हैं। दोष चाहे उनका हो या न हो। कचहरियों से ये लोग बड़े डरते हैं। और फिर क़सूर चाहे किसी का हो, हर किसी की सहानुभूति उसके साथ होती है जिसको चोट आयी हो। मोटर-कारवाला तो हमेशा कसूरवार ठहराया जाता है।

और फिर जग्गू जिस तरह किसी की मोटर के नीचे आता था किसी को पता थोड़े लगने देता कि यह जान-बूझकर घायल हो रहा है। कभी यों लगता जैसे वह सड़क पार कर रहा है, कभी यों लगता जैसे वह अपनी राह जा रहा है और मोटरवाले सोचते उनका अन्दाजा गलत हो गया था और शर्मिन्दगी में, डर से, किसी भी दाम पर जान छुड़ाने को तैयार हो जाते।

जग्गू ने सन्ती को बताया, जब उसका बाजू टूटा उसे पचास रुपये मिले थे, जब उसकी आँख फूटी सौ रुपये, पाँव की बारी फिर सौ, घुटने के समय डेढ़ सौ और जब उसकी पूरी टाँग काटनी पड़ी थी तो उसने दो सौ रुपये कमाये थे। दो सौ रुपये और अस्पताल का सारा खर्च।

जग्गू कहता मोटर के नीचे इस तरह आना चाहिए कि न ज्यादा चोट लगे और न दूसरे को पता लगे कि जान-बूझकर इस तरह किया गया है। और हादसे के बाद बावेला करके, रो-धोकर उस गाड़ीवाले के पास जितने पैसे हों बटोर लेने चाहिए। एक न एक अपना आदमी साथ जरूर होना चाहिए जो लोगों को इकट्ठा कर सके, उनकी हमदर्दी ले सके। जग्गू कहता, उसने जब कभी भी अपना अंग तुड़वाया था जान-बूझकर तुड़वाया था। जब उसे ज्यादा पैसों की आवश्यकता होती वह अपने-आपको ज्यादा घायल करवा लेता। "और जब प्रीतो मोटर के नीचे आयी..." और फिर जग्गू सहसा चुप हो गया। उसने तो सन्ती को कहा था कि उसकी पहली पत्नी कबूतर बन के उड़ गयी थी।

सन्ती जग्गू के पेशे में किसी तरह शामिल नहीं हो सकी। हर बार वह

सड़क पर पाँव रखती उसको लगता जैसे उसे चक्कर आ रहे हों। उसकी आँखों के सामने अँधेरा छा जाता। वह सड़क पर खड़ी रहती और मोटरवाला मोटर बचाकर निकल जाता। एक बार सन्ती बिलकुल सड़क के भीतर जा खड़ी हुई। मोटरवाले ने बड़ी मुश्किल से उससे कोई एक गज़ दूर मोटर रोक ली और फ़िर नीचे उतरकर तड़ाक-तड़ाक सन्ती को चाँटे जड़ दिये। जग्गू आगे हुआ, उसे भी उसने धक्का देकर नीचे फेंका और स्वयं मोटर चलाकर चला गया।

जग्गू का उसूल था कि एक सड़क पर केवल एक बार हादसा करने की कोशिश करता और एक शहर में ज्यादा दिन कभी न ठहरता। सन्ती उसका कहा मानकर आगे तो हो जाती किन्तु उसका तीर हमेशा चूक जाता। कई बार तो मोटर अभी सौ कदम दूर होती और वह पहले ही डर के मारे चिल्लाने लग जाती, बेहोश होकर गिर पड़ती और मोटरवाले घूर-घूरकर उसकी ओर देखते बचकर निकल जाते।

फिर सन्ती को माँ बनने की आस लग गयी। इन दिनों लाख जग्गू उससे लड़ता वह बाहर कदम न रखती। और फिर सन्ती माँ बन गयी। अब तो जग्गू की मजाल नहीं थी कि सन्ती को अपने काम के लिए संकेत तक कर जाए।

लेकिन जग्गू की मुसीबत यह थी कि उसकी टूटी हुई लात, उसका टेढ़ा बाज़ू, उसकी एक ही एक आँख को देखकर मोटरवाले हमेशा सँभल जाते और जहाँ तक सम्भव हो उसे चोट न लगने देते। कोई दिन ही होता जो उसका दाँव लगता और इस तरह से उसके रोजगार में कई दिन से मन्दा आया हुआ था।

सफ़ेदपोश जग्गू और कोई काम नहीं कर सकता था। जग्गू भूखा रह लेता पर बाज़ीगरों में अपनी सरदारी बनाये रखता। किन्तु उसका यह भ्रम ज्यादा देर बना न रह सका। जग्गू को ऐसे लगता जैसे जीवन के ताने-बाने के तार उसके हाथों से निकलते जा रहे हों, छूटते जा रहे हों। और फिर एक बार कई दिनों से जग्गू के घर न आग जली और न कुछ पका। शहर की सड़कों पर खड़ा हो-हो जग्गू हार गया था और अपने बच्चे की माँ की ओर उसकी मजाल नहीं थी एक बार देख भी जाए। जबसे माँ बनी थी सन्ती तो जैसे शेरनी हो गयी थी।

बेरोजगारी की फिक्र हर घड़ी जग्गू को घुन की तरह खाये जा रही थी। भूख, जरूरतें, गरीबी। जग्गू घुलता जा रहा था। चार-चार दिन, पाँच-पाँच दिन वह फ़ाक़े काट लेता पर मैले कपड़ों में कभी बाहर कदम न रखता।

फिर एक दिन जग्गू का बच्चा बीमार हो गया। सारी रात उसको बुखार चढ़ा रहा। सारी रात वह खाँसता रहा। सुबह जग्गू उसे उठाकर दवाखाना ले गया। सन्ती का अपना जी ठीक नहीं था। वह साथ नहीं गयी। दुपहर को जब जग्गू

लौटा सन्ती ने देखा वह खुश-खुश था। बच्चे की दवाई भी वह लाया, घर खाने के लिए आटा भी लाया, घी भी लाया।

अगले दिन जग्गू बच्चे को फिर दवाख़ाने ले गया। बच्चा अवश्य कुछ ठीक ही था, लेकिन सन्ती अभी भी तन्दुरुस्त नहीं थी। और जब जग्गू लौटा आज फिर वह खुश-खुश था। वह अपने लिए कपड़े लाया, बच्चे के लिए कपड़े खरीदकर ले आया।

तीसरे दिन जग्गू और बच्चे को शहर गये कोई दो घण्टे हुए थे कि धूप में बैठी सन्ती को सहसा जैसे एक बेचैनी-सी महसूस होने लगी। उसके दिल में कोई बात आयी और वह वैसी की वैसी शहर की ओर दौड़ उठी। साँस फूले तड़पती हुई सन्ती जग्गू को सड़क-सड़क ढूँढ़ रही थी कि आखिर उसने उसे एक पेड़ के नीचे खड़े हुए देख लिया। सामने सड़क पर उड़ती हुई एक मोटर आ रही थी और सन्ती को पता था कि जग्गू क्या करनेवाला था। एक गोली की तरह भागी हुई सन्ती ने जग्गू से आकर अपना बच्चा छीन लिया। मोटर तो नजदीक आ चुकी थी। अपने शिकार के लिए तैयार गड़बड़ाकर जग्गू स्वयं सड़क पर कूद पड़ा। जग्गू सड़क पर गया और मोटर ने उसे लपेट में ले लिया। बायीं ओर के पहिये ने उसे गेंद की भाँति उछालकर आगे फेंका और फिर दायीं ओर का अगला पहिया भी और पिछला पहिया भी उसकी गर्दन के ऊपर से गुजर गये, उसके सिर के ऊपर से गुजर गये।

और जग्गू का सारा मग़ज़ निकलकर बाहर आ गया। उसके दूध से सफेद कपड़े खून से, मिट्टी से लथपथ हो गये। और सन्ती के देखते-देखते मोटरवाला यह गया वह गया हो गया।

शमा

शबनम, शमा, हुमा, हुसना एक के बाद एक, चार लड़कियाँ नवाब साहब के यहाँ हुईं। उनकी बेगम ने एक बेटे की तलाश में चार बेटियाँ, ऊपर तले पैदा कीं और नवाब साहब ने सब्र-शुक्र कर लिया। और ये जुआ वो नहीं खेलेंगे-उन्होंने अपने मन को समझा लिया। जिन्दगी में हार लिखी हुई थी; उधर नवाबी वाली बात सरकार ने कोई नहीं रहने दी थी और इधर चार बेटियाँ हो गयी थीं। इन चारों में से ही किसी को वो 'बेटा' कहकर पुकार लेते, किसी को बच्चू कहकर बुला लेते। नवाब साहब ने अपने मन को समझा लिया था।

और फिर लड़कियाँ जवान हुईं। भर जवान जैसे चार सरु किसी के आँगन में लगे हुए हों। ऊँची-लम्बी, गोरी-चिट्टी, हाथ लगाने से जैसे मैली होतीं। उनकी माँ मुसलमान बेटियों को ढक-ढककर, छुपा-छुपाकर थकती रहती। हँसतीं, खेलतीं, गातीं, सजतीं जैसे आकाश से उतरी परियाँ हों। एक-से-एक सुन्दर, एक-से-एक बढ़कर कोमल, एक-से-एक बढ़कर ऊँची। सरकार जागीर छीन सकती थी, पर नवाब साहब का क़द-आकार तो नहीं छीन सकती थी, उनकी बेटियों से। नवाब साहब की बेगम का हुस्न तो कोई नहीं बँटा सकता था उसकी जाइयों से। और फिर नवाब साहब को लड़कियों के लिए वर ढूँढ़ने की चिन्ता होने लगी। बेगम लड़कियों के लिए रिश्ते तलाश करती रहतीं। लड़कियाँ चार थीं, और लड़का आगे-पीछे सम्बन्धियों में केवल एक ही था।

फ़रीद लड़कियों का चचेरा भाई था। सुन्दर, सजीला जवान। खेलने में सबसे ज़बर, पढ़ने में सबसे आगे। सुघड़, मिठ-बोला। अपनी चच्ची, लड़कियों की माँ, पर जान देता। फ़रीद बेगम को चच्ची थोड़े पुकारता था; वो तो बचपन से ही उसे अम्मी कहकर बुलाता था। यह बात तो शुरू से ही पक्की थी कि फ़रीद इस घर में सेहरा बाँधकर आएगा। उधर उसकी मसें भीगीं, इधर उसका इस घर में परदा हो गया।

परदा था तो क्या, फ़रीद अपनी चच्ची से मिलने आता था, चचा, चच्ची और हुसना से। हुसना अभी इतनी बड़ी नहीं हुई थी। बड़ी तो थी, लेकिन सबसे छोटी होने के कारण वो किसी को बड़ी नहीं लगती थी। और उससे बड़ी हुमा कहती–फ़रीद भाईजान से परदा करे तो शबनम दीदी करे, हमें क्या मुसीबत पड़ी है! और यदि सीढ़ियाँ उतरते-चढ़ते ज़नानखाने में आते-जाते कभी उसकी भेंट फ़रीद भाई से हो जाती तो आँखें नीची किये शरमाने की जगह वो खिलखिलाकर हँस देती। हँसती जाती और बिट-बिट भाईजान की ओर देखती जाती। फ़रीद ने हुमा का नाम पगली रखा हुआ था। हुमा पगली थी, हुसना दीवानी थी।

"और भाई जान, शबनम दीदी?" हुसना फ़रीद को छेड़ती।

और वो चुप हो जाता।

शमा सुनती और उसे चारों कपड़े आग लग जाती। फ़रीद से कोई नहीं पूछता था कि शमा के बारे में उसकी राय क्या थी। शमा तो किसी गिनती में ही नहीं थी। और सच भी ये था कि फ़रीद की शादी शबनम से ही होनी थी। शबनम सबसे बड़ी थी। पहला हक उसका था। हाँ, ये बात और थी कि कोई ऐसा वर मिल जाए जिसे केवल शबनम ही पसन्द हो, या लड़के की आयु बड़ी हो और सबसे बड़ी बहिन का उससे परचाया जाना मुनासिब हो, उस हालत में, केवल उस हालत में फ़रीद और शमा की शादी हो सकती थी। फ़रीद तो घर का लड़का था, उसे तो किसी एक के साथ ब्याहा जा सकता था। उसे तो बस एक फ़िक्र, अपने चच्ची-चच्चा की, कम करनी थी।

और शमा सोचती–काश, कोई और लड़का शबनम दीदी के लिए मिल जाए।

लेकिन लड़के कहाँ थे !

शमा सोचती–शबनम और फ़रीद की उम्र बराबर की है। बराबर की उम्र में शादी नहीं होनी चाहिए।

लेकिन ये बात और कोई नहीं सोचता था।

शमा सोचती–क्या हुआ जो शबनम सबसे बड़ी है। शमा सबसे ज्यादा हसीन थी। सबसे सुन्दर लड़की को यह हक़ होना चाहिए कि वो सबसे पहले अपना मनपसन्द लड़क़ा चुन ले।

शमा को फ़रीद से बेपनाह मुहब्बत थी।

बचपन में हमेशा फ़रीद शमा का साथी बनता था। इकट्ठे वो छुपते थे, इकट्ठे पकड़े जाते थे। एक बार खेल ही खेल में वो राजकुमारी बनी थी; फ़रीद राजकुमार बना था, और झूठ-मूठ के घोड़े पर बिठाकर वो सचमुच उसे बाग़ के

एक कोने में ले गया थां और घास के मैदान पर दोनों एक साथ लेटे थे। शमा को कितना मज़ा आया था। हलकी-हलकी धूप, दायें-बायें खिली नरगिस की क्यारियाँ। उस दिन उसने बसन्ती रंग की चुनरी ली हुई थी। और फ़रीद ने उसकी ओर देखकर कहा था—तुम भी तो एक नरगिस हो। बीमार-बीमार आँखें! हाँ, जब शमा फ़रीद को देखती, उसकी आँखों में जैसे बुख़ार घुस आता था। गरमियों के मौसम में फ़रीद अमराई पर चढ़कर केरियाँ तोड़ा करता था; सबके लिए एक-एक फेंकता था और शमा के लिए एक और अपने नेफ़े में छुपा लाता था। शमा छुप-छुपकर उस केरी को खाती थी। उस केरी का कितना मज़ा होता था! एक बार गुल्ली-डण्डा खेल रहे फ़रीद की गुल्ली शमा के गाल पर आ लगी थी। लहू की धार फूट निकली, टप-टप आँसू बह रहे थे, किन्तु एक टीस शमा की किसी ने न सुनी, एक बोल शिकायत का उसके मुँह से न निकला। और फिर जब फ़रीद पतंग उड़ाता था, कन्नी हमेशा शमा देती थी। शमा कन्नी देती और उसकी पतंग झट से चढ़ जाती। फ़रीद पतंग उड़ा रहा होता और शमा हाथ फैला-फैलाकर दुआएँ माँगती रहती—'अल्ला फ़रीद भाईजान की पतंग न कटे! हे अल्ला, फ़रीद भाईजान की पतंग ऊपर ही ऊपर चढ़ती जाए!' दीवानी!

और फिर वो एकदम बड़ी हो गयी। फ़रीद से उसका परदा कर दिया गया। शमा को याद था, वो उस रोज कितनी रोयी थी। छत पर ममटी के पीछे खड़ी उसकी आँखें फूल गयी थीं। सारी रात उसकी आँख नहीं लगी। बार-बार उसकी पलकें भीग-भीग जातीं। अगले दिन आईने के सामने खड़ी, गज़-गज़ लम्बे अपने बालों को कंघी कर रही उसने सोचा था—अब वह दो चोटियाँ नहीं बनाया करेगी। पर नहीं, उसका मन नहीं माना। जिस घर में फ़रीद आये उस घर को सुन्दर होना चाहिए, जिस दुनिया में फ़रीद रहे उस दुनिया को हसीन होना चाहिए। और वो जाकर खिड़की में खड़ी रहती। वो खिड़की में खड़ी होती और उधर से फ़रीद आ निकलता। खिड़की में खड़ी होकर वह आँखें मूँदकर कहती—'अल्ला फ़रीद आ जाए!' और सामने अभी-अभी इसी घर से गया फ़रीद लौटकर आ रहा होता। शमा पसीना-पसीना हो जाती। कभी-कभी उसे महसूस होता जैसे फ़रीद उसकी मुट्ठी में हो, चाहे कभी उसे वो बुला ले। और वो उस गोल कमरे को सजाती रहती जिसमें आकर वह बैठता है, उस आँगन को सँवारती रहती जिसमें वह आकर कदम रखता है, उस बरामदे को साफ करती रहती, जिसमें आकर वह खड़ा होता है।

और फिर उसकी नजर शबनम दीदी पर आ पड़ती। शान्त, गम्भीर, बेलौस! हर बात में सलीका, हर बात में संयम, त्याग की जैसे मूर्ति हो। शमा सोचती—

यदि वो शबनम दीदी को अपने मन की बात बता दे, शबनम तो एक बार भी इनकार न करे। वो अपनी बहिनों पर जान देती थी। शबनम तो सारी उमर कुँवारी रह ले, अपनी किसी बहिन के मुख पर मुसकान देखने की खातिर। नहीं-नहीं, यूँ वो नहीं करेगी। शबनम दीदी से वो उसका हक़ नहीं छीनेगी। और शमा की आँखों से मोटे-मोटे अश्रु ढुलक आते। फ़रीद के बिना वह कैसे रह सकेगी! फ़रीद के बिना वह कैसे जी सकेगी! जब फ़रीद किसी और का हो जाएगा तो वह सोचती-यह दुनिया अन्धेर हो जाएगी, और उसे लगता जैसे सचमुच वह दीवानी हो रही है। एक क्षण अल्लाह के आगे हाथ फैलाती रहती, फरियादें करती रहती, मन की मुराद माँगती रहती, दूसरे क्षण शबनम दीदी को देखती और सोचती-वह तो अपनी बहिन से अन्याय नहीं कर सकेगी। और उसके छल-छल आँसू बहने लगते।

कोई और लड़का नहीं मिला। 'अल्ला' उसकी सब बातें मानता था, लेकिन उसकी ये बात उसने न सुनी। और फिर शबनम और फ़रीद की शादी निश्चित हो गयी। फ़रीद फ़ॉरेन सर्विस में आ गया था और घरवालों की मरजी थी कि परदेश जाने से पहले लड़का ब्याह करके अपनी बहू साथ ले जाए, ताकि घरवालों की चिन्ता खतम हो और लड़के को भी बाहर तकलीफ न हो।

शमा सिर पकड़कर रह गयी।

और फिर शबनम के विवाह की तैयारियाँ। ढोलक के गीत।

बिजली के पाँच हजार लट्टुओं की जगमगाहट! शहनाइयाँ! एक सौ एक साज़ियों का बैण्ड! फिर वह सेहरा बाँधकर आया, घोड़ी पर चढ़कर। शमा ने अपने मन को समझा लिया। फिर शबनम का निकाह। मंजूर? मंजूर। मंजूर? मंजूर। शबनम फ़रीद को मंजूर थी; फ़रीद शबनम को मंजूर था। और फिर शबनम डोली में बैठकर चली गयी। डोली के साथ-साथ चलता, अपने समराये को सँभाले वो भी चला गया। शमा ने अपने मन को समझा लिया।

ब्याह नहीं कर सकती थी पर उसे उसके मन से तो कोई नहीं छीन सकता था। शमा ने अपने ग़म को सीने से लगा लिया। हँस रही बहिनों के साथ हँस लेती, खा रही बहिनों के साथ खा लेती, खेल रही बहिनों के संग खेल लेती, सज रही बहिनों से मिलकर सज लेती, लेकिन अपने दिल के द्वार उसने बन्द कर लिये थे। एक साल, दो साल, तीन साल। शबनम के बाद शादी की उसकी बारी थी, पर शमा किसी और लड़के की ओर आँख उठाकर नहीं देख सकी। उसके घरवालों ने कई रिश्ते ढूँढ़े, लेकिन शमा ने किसी के लिए भी हामी नहीं भरी।

किसी को कुछ समझ नहीं आ रहा था। जब तक शमा शादी न करे हुमा का ब्याह कैसे हो सकता था! और हुमा कोठे का कोठा हो रही थी। और फिर लड़के कहाँ मिलते थे! लेकिन शमा थी कि ब्याह का नाम नहीं ले रही थी। ब्याह का कोई ज़िकर करता तो छल-छल आँसू रोने लगती।

शबनम के एक बच्चा हुआ, अब दूसरा होनेवाला था, लेकिन शमा शादी के लिए तैयार नहीं हुई।

एक शाम मोटर में बैठकर सारा परिवार कहीं सैर को निकला। शमा साथ नहीं थी। शमा अकसर बाहर नहीं जाया करती थी। बाजार में एक जगह आकर मोटर रुक गयी। सड़क तंग थी,भीड़ ज्यादा थी, और मोटर के सामने एक और मोटर खड़ी थी। ड्राइवर हॉर्न बजा-बजाकर हार गया, लेकिन यूँ लगता था जैसे अगली मोटर फेल हुई पड़ी हो।

"ये मोटर क्यों नहीं चलती?" अखबार पढ़ रही हुसना ने सिर उठाकर पूछा।

"मोटर हमारी कैसे चले, आगे शमा बहिन बैठी हुई है।" हुमा ने जवाब दिया।

और सब हँस दिये। हँस-हँसकर सबके पेट में दर्द होने लगा। एक बार हँसी खतम होती फिर छिड़ जाती। और घर आकर जब शमा को यह बात सुनायी गयी, सारी रात उसकी पलकें नहीं सूखीं। रो-रोकर वह बेहाल होती रही।

थककर, हारकर घरवालों ने हुमा का ब्याह रचा दिया। शमा ने ऐलान कर दिया था कि वह शादी कभी नहीं करेगी। आखिर वो लोग भी तो हैं, जो सारी उमर कुँवारे रहते हैं।

एक साल और बीत गया। शबनम के घर एक और बच्चा हुआ। हुमा के घर भी बच्चा होनेवाला था। अब तो हुसना के ब्याह की भी चर्चा शुरू हो गयी थी, लेकिन शमा थी कि अपनी जिद पर अड़ी हुई थी।

शमा जैसी हसीन लड़की का यूँ घर कुँवारी बैठ जाना, सारा शहर कहानियाँ करने लगा। जितने मुँह उतनी बातें। कोई कुछ पूछता, कोई कुछ कहता। और फिर ये कहानियाँ चलती-चलती शमा के कानों तक भी पहुँचने लगीं। उसकी माँ तक भी पहुँचने लगीं। उसके बाप को भी इशारे-कनाये होने लगे। और घर में आठों पहर अँधेरा-अँधेरा छाया रहता। गीले उपले की तरह शमा सुलगती रहती। उसकी माँ चारपाई पर पड़ गयी। उसका बाप घुलता जा रहा था। बेटी का क्लेश बुरा! पर वो ब्याह क्यों नहीं करती थी, ये बात किसी की समझ में नहीं आती थी।

अच्छे लड़के बेशक मुश्किल से मिलते थे, पर शमा जैसी सुन्दर लड़की के लिए कोई अकाल नहीं था।

और फिर उसकी माँ को पता लग गया, क्यों शमा ब्याह नहीं करती थी। एक दिन उसने अपनी आँखों देख लिया। फ़रीद की तस्वीर के सामने खड़ी वह अविरल आँसू रो रही थी। बेगम के सीने जैसे कटार आ लगी हो, और वो वहीं की वहीं बेसुध ढेर हो गयीं। शमा का राज़ खुल गया था। लेकिन ये कैसे हो सकता था? उसके सीने का सबसे महबूब भेद! यह कैसे हो सकता था? और शमा दीवानी ने अपनी माँ को झुठलाने के लिए ब्याह करने का इक़रार कर लिया। ये कैसे वो बरदाश्त कर सकती थी कि कोई सोचे कि वो अपनी बहिन से उसका शौहर छीन लेना चाहती है? शमा को कोई कहे तो वो लाख जानें अपनी दीदी पर न्योछावर कर दे। शबनम का इस दिशा में क्या कसूर था?

अपनी माँ को गलत साबित करने के लिए शमा ने ब्याह करने का फ़ैसला कर लिया। और पहला लड़का जिसका जिक्र हुआ उसके साथ शादी के लिए रज़ामन्दी दे दी। शमा ने 'हाँ' की और जैसे बहार आ गयी हो; सारे घर में गहमागहमी होने लगी। शबनम विलायत से उड़कर उसके विवाह में शामिल होने के लिए आयी। हुमा आयी। हुमा का घरवाला आया। ढेर से सगे-सम्बन्धी इकट्ठे हुए।

कितनी प्यारी दुलहन बनी थी शमा! उसे देख-देखकर भूख न मिटती। अम्मी ने जी भरकर अपने अरमान उतारे। ढेर-सा दहेज़ दिया गया। उसके बाप ने अपनी लाड़ली के लिए लाखों रुपये लुटा दिये।

और शमा डोली में बैठकर चली गयी। अपनी पाक मुहब्बत का मर्म सीने में छुपाये, शमा चली गयी।

एक दिन, दो दिन, चार दिन, अभी पूरा हफ्ता नहीं गुजरा था कि खबर आयी उसकी बहिन शबनम चल बसी। बच्चों के कपड़े इस्तरी कर रही उसे बिजली का झटका लगा था, और वहीं की वहीं तड़पकर उसने जान दे दी। शमा ने सुना और वो औंधी जा गिरी। ये क्या हो गया था? चार दिन उसे ब्याहे नहीं हुए थे! यह क्या हो गया था! इस तरह की अकाल मौत, सारे शहर में हाहाकार मच गया। रो-रोकर, पीट-पीटकर घरवाले बेहाल हो गये। जवान-जहान लड़की, फूलों जैसे तीन बच्चे छोड़कर, एक पलक झपकने में चली गयी थी।

कोई नहीं कहता था बेगम बचेगी; कोई नहीं कहता था कि नवाब बचेगा; शबनम के खाविन्द की ओर वो देखते, शबनम के नन्हे-नन्हे बच्चों की ओर देखते

और बूढ़े-बुढ़िया को हौल पड़ने लगते।

और फिर वो दिन समीप आ गया, जब फ़रीद को लौटकर नौकरी पर पहुँचना था। और फैसला यह हुआ कि सबसे छोटी हुसना का उससे विवाह कर दिया जाए। अपनी दीदी के छोटे-छोटे बच्चों को सँभाल लेगी, और फिर लड़का भी इतनी दूर जा रहा था, बाहर अकेले उसे तकलीफ होगी।

शमा सब कुछ सुनती रही। शमा सब कुछ देखती रही।

सबसे छोटी बहिन हुसना और उसके शौहर फ़रीद को हवाई जहाज में बिठाकर लौट रही उस शाम को अपने खाविन्द के साथ मोटर की पिछली सीट पर बैठी शमा फूट पड़ी। इतने दिन से डोर-मोर वह अपने-आपको सँभाले हुए थी। इतने दिन वह कुदरत के इस सितम पर हैरान गुमसुम थी। आज अपने घरवाले के कन्धे पर सिर रखकर, शमा की आँखों में से आँसुओं की जैसे झड़ी लग गयी। रोती जाय, रोती जाय। सब उसे समझाते, सब उसे दिलासा देते, लेकिन शमा के दिल का दर्द कोई नहीं जानता था। कोई नहीं! रब्बुल आलमीन ने जो अन्याय उससे किया था, वह कोई नहीं जानता था, कोई नहीं! और शमा में की औरत के सीने का राज़ किसी को नहीं पता लगा। चाहे सारी उमर जलती रहे, जलती-पिघलती खतम हो जाए, शमा के मन का मर्म कोई नहीं जान सकेगा।

सोनार बांग्ला

जहाँ तक नजर पहुँचती, किताबें ही किताबें थीं। नयी निकोर, रंग-बिरंगी, छोटी-बड़ी, जिल्दों वाली, बगैर जिल्दों की। जैकेटों में ढकी-लिपटी किताबें, असलियत में फूट-फूट पड़ती किताबें, आवाज़ें दे रही किताबें, सरगोशियाँ कर रही किताबें, ताजगी की सुगन्ध से उन्मत्त किताबें, जिन्दगी की हरकत में करवटें ले रही किताबें। हर ज़बान की किताबें, हर उम्र के लिए किताबें, हर मज़मून पर किताबें। पुरानी से पुरानी। नयी से नयी।

किताबें, जिन्हें देखने के लिए दर्शक काफी खर्च करके आता था, फिर भी भीतर जाकर कन्धे से कन्धा टकराता था, बाहर गेट पर लम्बी कतारें लगी रहतीं। पुस्तक मेले में एक सिरे से दूसरे सिरे तक जाने के लिए ट्रेनें चलती थीं। इस बरस में मेले में चार हजार से ज्यादा प्रकाशक आये थे। और हर प्रकाशक कितनी-कितनी जगह घेरकर बैठा था! मेले में चप्पा-चप्पा जगह सोने के भाव मिली थी।

लेकिन इस मेले में कोई किताब बिक नहीं सकती थी। थोक में किताबें खरीदने के लिए सौदे किये जाते थे। किताबों का अनुवाद करने के अधिकार बेचे जाते थे। किताबों के फिर से छापने के भाव बताये जाते थे। लेकिन इस मेले में कोई किताब बिक नहीं सकती थी। लोग तरसकर रह जाते। लेकिन इस अन्तर्राष्ट्रीय मेले का यह अटल नियम था कि परचून में कोई किताब नहीं बेची जाएगी।

कई लोग नजरों ही नजरों में जैसे किताब को निचोड़ लेते थे। लेकिन किताब खरीद नहीं सकते थे। कई लोग खड़े-खड़े किताब को मानो निगल जाते थे। लेकिन किताब खरीद नहीं सकते थे। कई लोग किताब उठाकर फिर रख देते, उठाते, फिर रख देते। लेकिन वे किताब खरीद नहीं सकते थे। कई लोग लगातार घण्टों तक किताब को टटोलते रहते, पन्ने उलटते-पलटते रहते। लेकिन वे किताब खरीद नहीं सकते थे। कई लोग अपने दोस्तों और रिश्तेदारों को वहाँ लाकर अपनी

मनपसन्द किताब दिखाते। लेकिन वे किताब खरीद नहीं सकते थे।

और तो और, सुबह नौ बजे से लेकर शाम के तीन बजे तक मेले में सिर्फ किताबों के व्यापारी आ सकते थे। किसी भी कीमत पर कोई आम दर्शक भीतर नहीं घुस सकता था। थोड़ी देर के लिए बाहर से आये सैलानी किताबें देखने के लिए मिन्नतें करते थे, सिफारिशें करवाते थे।

सुबह जरा फुर्सत होती तो मैं अपने स्टॉल की तरफ आ-जा रहे लोगों को देख सकता था, जहाँ तक हो सकता, उनके साथ मुसकराहटों का आदान-प्रदान कर सकता था। नहीं तो ज्यादा वक्त मैं लोगों से घिरा रहता था। कोई व्यक्ति भारत की किसी किताब के बारे में पूछ रहा है, तो कोई किसी लेखक का पता माँग रहा है। किसी को भारत में छपी किसी किताब का कोई चित्र पसन्द है और वह उसके पुनर्मुद्रण के अधिकार खरीदना चाहता है। कोई अपनी किताब भारत में छपवाने की बात सोच रहा। ज्यादातर लोग हिन्दोस्तान की फिलॉसफी और मज़हब के दीवाने थे। योग-विद्या पर लिखी श्री अरविन्द की किताबों की माँग सबसे ज्यादा थी। हठ-योग, राज-योग, ज्ञान-योग। लम्बे-लम्बे बालों वाले लड़के-लड़कियाँ आते और तान्त्रिक-योग पर किताबों के बारे में पूछ-ताछ करते रहते।

भारतीय स्टॉल में ज्यादातर किताबें अंग्रेजी में थीं, लेकिन एक तरफ भारतीय भाषाओं की किताबों के लिए स्थान रखा गया था। हर ज़बान की दो या तीन किताबें सिर्फ बतौर नमूने के सजाई गयी थीं। यह जगह खाली रहती थी। कभी कोई एशियाई दर्शक आता, तो एक नजर उस तरफ देखकर अंग्रेजी की किताबें टटोलने लग जाता।

लेकिन अपनी तरफ का कोई आदमी था, नसवारी कोट, दरमियाना कद, गेहुआँ रंग, इकहरा बदन। पहले दिन हमने अभी किताबें सजायी ही थीं कि मैंने उसे भारतीय भाषाओं के स्टैण्ड के सामने खड़े देखा। फिर मुझे लगा कि वह दिन में एक से ज्यादा बार हमारे स्टॉल में आता था। जब भीड़ ज्यादा होती, तो वह देसी भाषाओं के स्टॉल के सामने खड़ा होता। मुझसे मिलनेवाले बहुत-से लोग होते थे। दिन-भर मैं मुलाकातियों के साथ उलझा रहता, इस बात की तरफ मैंने कोई खास ध्यान नहीं दिया।

दो दिन बाद मेले के दफ्तर से छपा एक विज्ञापन आया-मेले में किताबों की चोरी की कई वारदातें हुई थीं। मेले में शामिल होनेवाले प्रकाशकों और पुस्तक-विक्रेताओं को मशविरा दिया गया था कि वे सावधानी बरतें।

पहली बार जब मुझे फुर्सत मिली तो हमारी सहायक लड़की मार्गरेट हाथ

में यह विज्ञापन लिये मेरे केबिन पर आयी, "सर, और तो कोई खास बात नहीं, लेकिन एक दर्शक पर मुझे पूरा शक है। कोई एशियाई मालूम होता है। जब देखो भारतीय भाषाओं के स्टैण्ड के सामने खड़ा रहता है। और आता भी उस वक्त है जिस वक्त हमारे स्टॉल में भीड़ होती है, या फिर किसी ऊटपटाँग वक्त पर आता है। देखिए, देखिए..." फिर उसने मुझे दिखाया, वही नसवारी कोटवाला दर्शक था, दरमियाना कद, गेहुआँ रंग, इकहरा बदन, एक किताब को देखकर उसने स्टैण्ड पर रखा, फिर उसी को उठाकर देखने लग गया। जैसे उसका मन अभी न भरा हो। वह कितनी देर तक किताब के जैकेट को देखता रहा। फिर उसने झिझकते हुए, जैकेट हटाकर किताब की जिल्द को देखा। पोटुओं से जिल्द पर हाथ फेरा जैसे किसी के गालों को सहलाया जाता है। फिर किताब खोलकर उसने पन्ने उलटने शुरू कर दिये।

इतने में कोई मुझसे मिलने आ गया। बाहर भीड़ और ज्यादा बढ़ गयी थी। "नहीं, ऐसी-वैसी कोई बात नहीं, यूँ ही तुम्हारा वहम है।" यह कहते हुए मैंने मार्गरेट को फारिग कर दिया।

पुस्तक-मेले में किताबें जिस तरह सजायी जाती थीं, शाम के वक्त लोग उन्हें उसी तरह यथास्थान छोड़कर बाहर निकल आते। स्टॉलों के न कोई दरवाजे थे, न ही उन्हें बन्द किया जाता था। जिन बड़े-बड़े हालों में मेला लगता था, उनकी रखवाली की जिम्मेदारी मेले के अधिकारियों की थी। कभी कोई एकाध किताब इधर-उधर हो जाए तो हो जाए, कोई खास डाका कभी नहीं पड़ा था। लोग कीमती से कीमती किताबों को बड़ी बेफिक्री से खुले स्टॉलों पर छोड़ आते थे।

मेला सुबह नौ बजे शुरू होता था और मेले के हॉलों के फाटक साढ़े आठ बजे खुलते थे, ताकि मेले में शामिल होनेवाले आध घण्टे पहले अपने-अपने स्टॉलों में जाकर किताबों की झाड़-पोंछ कर सकें, तरतीब दे सकें।

अगले दिन मैं वक्त से तैयार हो गया। वक्त से पहले ही मैंने नाश्ता कर लिया। मेले के दरवाजे खुलने के करीब दस मिनट बाद मैं मेले में पहुँच गया। मार्गरेट अभी नहीं आयी थी। मैंने दूर से देखा, वही नौजवान, नसवारी कोट, दरमियाना कद, गेहुआँ रंग, इकहरा बदन हमारे स्टॉल में भारतीय भाषाओं के स्टैण्ड के सामने खड़ा एक किताब को देख रहा था। मैंने जान-बूझकर अपने कदम हौले कर लिये। मैंने मन-ही-मन कहा-अगर उसे कोई किताब इतनी ही प्यारी है, तो बेशक उसे ले जाए। लेकिन वह तो किताब पढ़ रहा था। कुछ कदम और आगे जाकर मैं रुक गया। नसवारी कोट वाला नौजवान किताब पढ़ने में तल्लीन

था। पाँच मिनट, सात मिनट, दस मिनट। फिर बाकी स्टॉलों पर लोग आने शुरू हो गये। नौ बजने में कुछ मिनट बाकी थे, नौजवान ने किताब वापस रख दी और तेज कदमों से दूर कहवाखाने की तरफ निकल गया।

स्टॉल पर पहुँचकर मैंने देखा, हमारी सारी किताबें जहाँ की तहाँ पड़ी थीं। एक भी किताब गायब नहीं थी।

मेले की समाप्ति से एक दिन पहले की बात है। मैं उस दिन बड़ा परेशान था। किसी ने आकर बताया कि भारत और पाकिस्तान में लड़ाई शुरू हो गयी है। किसी ने कलकत्ते में फोन किया था। टेलीफोन पर आवाज साफ नहीं आ रही थी। बस वह इतना ही सुन सका था–पूर्वी बंगाल में गोली चल रही है। मैं बार-बार सोच रहा था, पाकिस्तान से जंग का मतलब है, हम लाहौर पर बम फेंकेंगे। फिर मेरा दिल कहता–और इलाज भी क्या है? कोई देश लाखों शरणार्थियों का भार कब तक उठा सकता है। अभी तो और शरणार्थी चले आ रहे हैं। जैसे कोई अपने गले की बला उतारकर पड़ोसी के गले में डाल दे। पाकिस्तानी फौजें जो जुल्म बंगालियों पर ढा रही थीं, जो भी सुनता, तोबा-तोबा कर उठता। इस तरह के लोगों को हुकूमत करने का कोई हक नहीं।

मैं ख़यालों में खोया-खोया था, इतने में मेरी नजर बाहर अपने स्टॉल पर जा पड़ी। मैंने देखा, दर्शकों की भीड़ में नसवारी सूटवाला वही नौजवान भारतीय भाषाओं के स्टैण्ड के सामने खड़ा एक किताब पढ़ रहा था। कितने मनोयोग से वह उस किताब में खोया-खोया था। वहाँ इतनी भीड़ थी, लेकिन वह पूरी तरह से जैसे अपनी किताबों में डूब गया था। फिर मुझे लगा जैसे उसकी आँखों से टप-टप आँसू बह रहे थे। हाँ, वह सचमुच रो रहा था। फिर उसने जल्दी से किताब वापस स्टैण्ड में रख दी और भीड़ में गायब हो गया।

कुछ देर तक मैं हक्का-बक्का देखता रहा। जैसे कोई सकते में आ गया हो। फिर मैंने अपने केबिन से बाहर निकलकर देखा। सचमुच वे आँसू थे। किताब का वह पन्ना गीला-गीला था। कोई कविता-संग्रह था–बांग्ला भाषा का।

मैंने सोचा, वह चाहे कोई भी हो, जब भी वह हमारे स्टॉल की तरफ आएगा तो मैं बांग्ला भाषा की वो तीन किताबें उसे भेंट कर दूँगा। तीन किताबें न भी रहीं तो कोई कयामत नहीं आएगी। और फिर इस मेले में भारतीय भाषाओं के स्टैण्ड की कोई खास पूछ नहीं थी।

हम लोग पूरी शाम इन्तजार करते रहे, नसवारी कोट वाला, दरमियाने कद का वह एशियाई फिर नहीं आया। मैंने मार्गरेट को खास तौर से हिदायत की थी कि अगर वह नौजवान फिर आये तो इत्तिला दी जाए। लेकिन उसने फिर उधर

चक्कर नहीं लगाया।

उस रात खाने की मेज पर बैठे हुए मुझे बार-बार उस दृश्य की याद आ रही थी। एकदम टप-टप आँसू उसकी पलकों से गिर रहे थे। जैसे कोई पके हुए बेरों की टहनी को झकझोर दे। फिर वह किताब को ज्यों-का-त्यों स्टैण्ड पर छोड़कर भीड़ में लोप हो गया था।

अगले दिन सारी सुबह हम लोग इन्तजार करते रहे, वह नहीं आया। मार्गरेट बार-बार आकर मुझसे कहती-"सर, वह अभी भी नहीं आया। हर रोज कई-कई चक्कर मारता था। लेकिन पता नहीं कल शाम से वह क्यों इधर नहीं आया।"

फिर खुशी से मुझे जैसे चाँद चढ़ गया। क्या देखता हूँ, मेरे सामने मेरा एक पुराना दोस्त खड़ा था। स्कूल के ज़माने का सहपाठी, भरे मेले में हम एक-दूसरे से गले मिल रहे थे, एक-दूसरे को बाँहों में लपेटकर भींच-भींचकर प्यार कर रहे थे। हमारी पलकें आँसुओं से भीगी हुईं। गले भर्राये हुए। हमीद आजकल पाकिस्त़ान का मशहूर शायर माना जाता था। उसकी रचनाएँ अकसर मुझे पढ़ने के लिए मिलती रहती थीं। हमीद पश्चिमी जर्मनी में सांस्कृतिक मेल-जोल के सिलसिले में आया हुआ था। जब उसने अन्तरराष्ट्रीय पुस्तक-मेले के बारे में सुना तो भागा-भागा आया, शायद किसी पुराने यार से ही मुलाकात हो जाए। उसे खुशी थी कि उसका अनुमान गलत नहीं निकला था।

न जाने कितनी देर तक हम पुराने वक्तों की बातें करते रहे। फिर कॉफी पीने के लिए कहवाखाने में चले गये। मुझ पर एक अजीब नशा-सा छाया था। इस बात का मुझे ख़याल ही न रहा कि आजकल पाकिस्तान से हमारे सम्बन्ध बुरी तरह से बिगड़े हुए थे।

फिर हमीद मुझे पाकिस्तानी किताबों के स्टॉल की ओर ले गया। कहवाखाने के पास ही तो था। कहने लगा-तुम्हें अपनी नयी छपी किताबें देनी हैं। आजकल हमारे मुल्कों में डाक की बड़ी गड़बड़ है।

बाँह में बाँह डाले जब हम पाकिस्तान के स्टॉल पर पहुँचे, तो मैंने देखा, वही नसवारी कोट, दरमियाने कद, गेहुएँ रंग वाला नौजवान जैसे पोले-पोले कदम से आगे-पीछे हो रहा हो। हमीद अपनी रौ में खींचकर मुझे उस स्टैण्ड की तरफ ले जा रहा था जहाँ उसकी किताबें थीं। उसने मुझे अपनी किताबें पेश कीं और फिर आस-पास देखकर कहने लगा-"वह शेख कहाँ चला गया है। तुम्हें उससे मिलवाता। बंगाली कहानियाँ लिखता है। यहाँ हमारे मिशन में नौकर है।"

म्हाजा नहीं मरा

म्हाजा अपने घोड़े से बातें कर रहा है :

"चल बेटा! तेरा साज़ फिट हो गया है। आज एक छेद और तंगदस्त में कसना पड़ा है। तेरा यह साज़ ढीला पड़ रहा है या तू आप ही ढीला हो रहा है। यार! यों दगा न दे जाना कहीं। पिछले साल करमी अल्ला को प्यारी हो गयी थी और मैंने परवाह नहीं की। मैंने सोचा, जब तक तेरा साथ कायम है, मुझे और किसी की जरूरत नहीं। ससुरी हर चौथे रोज बहू-बेटे के पास चल देती थी। कोई बात भी हुई। चल बेटा! तेरे चारे-दाने की भी फिक्र करना है। इंसा अल्ला आज तुझे मसाला जरूर खिलाना है। कल भी वादा किया था। मुझे याद है। कल झूठा होना पड़ा। परसों, अतरसों तो मैंने वादा नहीं किया था। और उससे पहले दिन भी नहीं। पर आज वादा पूरा करूँगा। अल्ला ने चाहा तो। इस सब्ज़े में जान-वान कुछ नहीं। मिट्टी ज्यादा और चारा कम। आज तुझे मसाला खिलाना है। मसाला भी तो आजकल खाक होता है। मसाला तो उन दिनों होता था।

"उन दिनों की क्या बात है। बेटा! तेरी माँ के ज़माने की बात कर रहा हूँ। उन दिनों की क्या बात है। तेरी माँ को मसाला खिलाते हुए, कई बार मैं आप उसमें से फक्की मार लेता था। मसाला तेरी माँ खाती थी और उसकी खुशबू सूँघकर भूख मेरी चमक उठती थी। सारा दिन तेरी माँ के पसीने में से खट्टी-खट्टी खुशबू आती रहती थी और शाम को उसकी मालिश करते हुए मैं उसकी पसलियों में नथुने जोड़कर सूँघा करता था। मेरी नीलम परी। नीलम परी नाम था तेरी माँ का। तुझे पहले भी बताया था शायद! बदन पर मक्खी नहीं बैठने देती थी। और अब मक्खियाँ सुबह से तुझे साँस नहीं लेने दे रही हैं।

"चल बेटा, अल्ला का नाम लेकर चल पड़। सुना है, आज बड़े-बड़े फिरंगी बाहर से आये हैं। देख, मैंने गद्दियों पर नये धुले हुए उछाड़ चढ़ाये हैं। और ताँगे का रंग देख, कैसा चमचम कर रहा है। कल पहलवान कह रहा था-तेरा माँझा

ढीला नहीं हुआ; बाकी सबकी फूँक निकल गयी। तेरे ताँगे की चाल-ढाल वैसी की वैसी है। देख बेटा घण्टी ही देख, कैसे बजती है। एक दफ़ा तो आदमी बिदककर औंधा जा गिरता है।

"देखा तूने, सरदार जी कैसे ठिठककर रुक गये हैं और मुड़-मुड़ तेरी तरफ देख रहे हैं। भई आजकल भी घण्टी की ऐसी टन-टन। भई आजकल भी ऐसा रबड़-टायर पिशावरी ताँगा। हवा से बातें करता, उड़ता चला जा रहा है। साइकिल-रिक्शावालों को तो मैंने कभी मुँह ही नहीं लगाया। बेचारे टाँगें चला-चलाकर बेहाल होते रहते हैं। मैं तो बड़े-बड़े स्कूटरों को पीछे फेंक देता हूँ, जसैली सड़क पर कोई मेरे साथ स्कूटर दौड़ाकर देखे!

"ले बेटा, चौक पर लाल बत्ती है। जरा रुक जा। यह लाल बत्तियाँ भी सरकार का नया चोंचला है। चाहे कोई उधर से गुजरे न गुजरे, लाल बत्ती इधर अपनी बारी से जल जाती है। कोई बात भी हुई! रुक जा बेटा, जल्दी मत कर।

"लाल बत्ती, पीली बत्ती और फिर हरी बत्ती! फिर हम चलेंगे। बँगला साहब के सामने से होकर, नुक्कड़ वाले पीर के मज़ार पर सलाम के बाद फिर कर्जन रोड। इन गोरों को ताँगे पर बैठने का बड़ा शौक होता है, खासकर मेमों को। आज तेरे सब गिले धो दूँगा। अपना क्या है, मलंग के मलंग, एक तू और एक मैं। बेटा! आज तुझे मैं नहीं टोकूँगा-चाहे दस टोपे मसाला तू खा ले!

"पीली बत्ती हो गयी, अब तो निकल चल, नहीं तो मोटरोंवाले शुरू हो गये तो बारी नहीं आएगी। निकल चल बेटा निकल चल! बजाने दे उनको हार्न। यह ताँगा नहीं यह रोल्ज-रैस है। लो हो गये पार। तू आलस कर जाता तो वहीं टापते रह जाते और फिर लाल बत्ती हो जाती। कई बार ऐसे हुआ है। एक तरफ की कतार अभी खत्म नहीं होती कि लाल बत्ती फिर हो जाती है। कॅनाट प्लेस में तो अकसर होता है। इसीलिए तो मैं उधर कभी जाता नहीं। कौन इन लाल बत्तियों को मुँह लगाये। न अक्कल न मौत।

"बँगला साहब को सलाम कर। हाँ, यूँ। बड़ी बरकत है इस सलाम में। इस दर पर आया कोई खाली नहीं जाता। शाम को देखा है, कितनी मोटरें यहाँ खड़ी होती हैं। जहाज़ जितनी बड़ी मोटरें और उनमें सोने से लदी सेठानियाँ निकलकर अन्दर माथा रगड़ती हैं। झोलियाँ भर-भरकर जाती हैं। ले, अब नुक्कड़ वाले पीर की मज़ार पर भी सलाम कर ले! शाबाश! कोई कहता है, बँगला साहब में बड़ी बरकत है, कोई कहता है पीर के मज़ार में बड़ी करामात है! हम तो बेटा आज दोनों जगह हो आये। ले बेटा, अब तुम दुलकी दिखाओ और अपने ठिकाने पर पहुँचो। नंगी टाँगों वाली मेम तेरा रास्ता देख रही हैं।

"तुझे पता है बेटा, एक बार...हाय वो दिन! यह बात मैंने तुझे कभी नहीं बतायी। बहुत दिनों की बात है। तब लाम लगी हुई थी। तू तो अभी पैदा भी नहीं हुआ था उन दिनों की बात है। रात को मैं घर लौट रहा था। घुप अँधेरी रात थी। हाथ को हाथ दिखाई नहीं देता था। जाड़े की घुप अँधेरी रात। यहाँ इस मोड़ पर, जहाँ जयसिंह और अशोक रोड मिलती हैं, एक क्राण्टिन ने मेरा ताँगा रोक लिया। नंगी टाँगें, शराब में मदमस्त, सिगरेट के कश पे कश लगाये जा रही थी। कहने लगी–तुम मुझे ले चलो। मैंने कहा–मैं थका-हारा अपने डेरे पर जा रहा हूँ। पर वह तो फुदककर ताँगे में आ बैठी, वह भी अगली सीट पर। फिर उसने घोड़े की बाग मुझसे छीन ली। कमबख़्त ग़ज़ब का ताँगा चलाती थी, जैसे सारी उम्र उसका यही कसब रहा हो। तेरी माँ भी खुदा की एक अनथक बन्दा थी। और क्राण्टिन ताँगे को 'बिरला मन्दिर' के पीछे पहाड़ी पर चढ़ाकर ले गयी। तोबा-तोबा, किस तरह की औरत थी! और फ़जर हो जब मैं उसे उतारकर डेरे पर पहुँचा तो छोटू की माँ एक जूती उतारे और एक पहने। बार-बार कहती–तुम्हारे कपड़ों में से खुशबू कैसी आ रही है? मैं इतनी बातें बनाता हूँ पर उस दिन मेरे मुँह में जैसे जबान न हो। वह जूतियाँ मारती रही और मैं जूतियाँ खाता रहा। चल बेटा चल, बबुआइन ताँगे में नहीं बैठेगी। यूँ ही देखे जा रही है। यह लोग घण्टा-घण्टा भर बस का इन्तजार करेंगे लेकिन ताँगे में नहीं बैठेंगे। यूँ किफायत करके चार पैसे बचाते हैं और फिर चाँदनी चौक में जाकर सुर्खी, पाउडर पर डुबो आते हैं। इन्होंने ताँगे का कभी मुँह नहीं देखा। या फिर फैशन के मारे स्कूटर पर बैठेंगे। कभी बीवी उछलकर खाविन्द की गोद में, कभी ख़ाविन्द उछलकर बीवी की झोली में। बुरा हाल करता है यह स्कूटर। आँतें हिला देता है। एक बार मैं बैठा था, दस क़दमों के बाद स्कूटर को रोककर नीचे उतर आया। पैदल चलना मंजूर लेकिन स्कूटर की सवारी बुरी।

"पुरानी दिल्ली में साइकिल-रिक्शा भी चलते हैं। तोबा-तोबा! रिक्शा पर बैठना तो यूँ है जैसे आदमी आदमी के कन्धों पर चढ़ जाए। अगले का पसीना चू रहा होता है और सवारी पसरकर बैठी रहती है। मैं तो कभी साइकिल-रिक्शा पर न बैठ सकूँ। इससे तो आदमी पैदल चल ले।

"बेचारे रिक्शा चलानेवाले का भुरकस निकल जाता है। चार पैसे कमाने के लिए आदमी को क्या-क्या करना पड़ता है। सुना है रिक्शा चलानेवालों को बवासीर बहुत होती है। बवासीर न हो तो क्या हो? बेचारे टाँगें कैसे हिलाते हैं। साइकिल की काठी पर कूल्हे छिल जाते हैं।

"सवारी तो ताँगे की है। शाही सवारी। तेरी माँ के ज़माने की बात है।

एक बार बालो रण्डी मेरे ताँगे पर बैठकर बाहर निकली। लोग सड़क पर औंधे जा-जा गिरे। तू ही बता बेटा...टैक्सी में कभी ऐसे हो सकता है? स्कूटर में कभी ऐसे हो सकता है? शाम को सैर करके जब लौटी तो कहने लगी–म्हाजा! तेरे ताँगे से उतरने को जी नहीं चाहता और मेरी मुट्ठी में दस का नोट थमाकर चली गयी।

''लो बेटा, बातें करते-करते हम ठिकाने पर आ पहुँचे। मैं तुझसे बातें न करूँ तो मेरा जी नहीं लगता। बातें तो मैं तेरी माँ के साथ किया करता था, बात अभी मेरे होठों पर होती कि वह मेरा मतलब जान जाती। मेरे इशारे को समझती थी। मैं उदास तो वह उदास; मैं खुश तो वह खुश। एक बार मैं बीमार पड़ा; एक दिन, दो दिन, उसने चारे को मुँह लगाना छोड़ दिया। मैं भी उस पर जान देता था। मालिश तेरी भी करता हूँ लेकिन उसके मालिश जैसे होती थी, कुछ न पूछ। छोटू की माँ कहा करती थी कि यह घोड़ी नहीं मेरी सौत है। हमेशा उसे सौत कहकर बुलाती। छोटू की माँ और तेरी माँ की कभी नहीं बनी।

''देख, सामने सवारी आ रही है। मैंने तुझे नहीं कहा था! आज तू दम नहीं ले पाएगा। दस दिन यह फिरंगी जो यहाँ पर हैं, चाहे इस साल भर की रोटियाँ बना ले। ले, उसने तो इशारा करके टैक्सी को रोक लिया है। एक तो यह टैक्सी वाले नहीं जीने देते। लेकिन टैक्सी से मेरा कोई बैर नहीं। टैक्सी की सवारी शरीफ़ाना सवारी है। टैक्सी वाले आदमी के कपड़े भी तो अच्छी तरह उतारते हैं। जो इस तरह अपनी खाल उतरवाना चाहें, बेशक टैक्सी में बैठें।

''इस नीम के नीचे रुकते हैं। जब तक कोई सन्तरी नहीं आता तो इस नीम तले सुस्ता लें। सन्तरी भी क्या करेगा। चार पैसे उसकी हथेली पर धर दिये तो उसका मुँह बन्द हो जाएगा। बड़े-बड़े सन्तरी म्हाजा ने देख रखे हैं बेटा! हर किसी का भाड़ा होता है। भाड़ा दिया और चाहे कोई दिन दहाड़े डाका मारकर चलता बने। ले, सन्तरी की बात की और वह सामने आ धमका। आने दो उसे, म्हाजा ने कभी निगोड़े सन्तरियों की परवाह नहीं की। लेकिन बेटा, तूने यह पाँव क्यों टेढ़ा रखा हुआ है? कहीं तेरा नाल तो तुझे तंग नहीं कर रहा? लो नाल तो तेरा उतर ही गया है। पता नहीं कहाँ फेंक आये हैं। पहले तो तेरे नाल लगवा लें, नहीं तो तेरे सुम में चोट आ जाएगी। चल बेटा, तेरा नाल लगवा आएँ।''

''क्यों म्हाजा, हमें देखकर मुँह मोड़ लिया?''

''नहीं हवलदार साब! घोड़े का नाल पता नहीं कहाँ गिर गया है। अच्छा हुआ, मेरी निगाह पड़ गयी नहीं तो बेचारे का सुम ज़र्ब खा जाता।''

''तू यार, कभी काम नहीं आया। मैंने सोचा, तुझे कहूँगा कि चौकी तक छोड़ आओ।''

''उधर ही से तो आ रहा हूँ हवलदार साहब! गोली किसकी और गहने किसके। मैं तो कभी इनकार न करता, अब तो मैं इसकी नाल लगवाने जा रहा हूँ। सुबह-सुबह यह फालतू खरच आन पड़ा है।''

''नाल तो पहाड़गंज में ही जाकर लगेगी, रास्ते में मुझे भी उतार देना। बीच में ही तो थाना पड़ता है।''

''तो फिर बैठ जाओ सन्तरी जी। हौले-हौले चलेंगे। मेरा घोड़ा आजकल जरा ढीला हो रहा है। आज बोहनी आपकी ही सही।''

''म्हाजा! तू अंगुश्तबाज़ी से बाज़ नहीं आता। अगर हम भी तेरे चालान से बोहनी करते तो। नीम के नीचे अड्डा बनाकर तू खड़ा था।''

''ओ बादशाहो! आप तो नाराज ही हो गये। हम आपसे ठट्ठा न करें तो और किससे करें? इन स्कूटरवालों से करें जो टिटहरी की तरह उड़ते-फिरते हैं?''

''सबको हमने सीधा कर रखा है-सबका तेल बनाकर कान में डाल लिया है।''

''हवलदार जी! ये बताओ, ये टैक्सी वाले भी कभी आपके काबू आते हैं?''

''पुलिस के हाथ चढ़ा, कपड़े उतरवाकर जाता है-चाहे टैक्सीवाला हो चाहे ताँगेवाला।''

''ताँगेवाले तो बेचारे अब रह ही कितने गये?''

''एक हजार और टैक्सी के लाइसेंस मंजूर हुए हैं, दिल्ली शहर के लिए। हजारों आदमी बाहर से उस मीटिंग के लिए आ रहे हैं, जिसके लिए कर्जन रोड पर सतमंजिला बनी है। अपनी तो ड्यूटी कर्जन रोड पर लगी है।''

''फिर तो चाँदी ही चाँदी है आपकी।''

''अपन के लिए टैक्सी-ताँगा बराबर है। ...बे म्हाजा, हमें यहीं उतार दे! मैं सामने चौकी तक पैदल चला जाऊँगा।''

''जैसी मर्ज़ी आपकी।''

''लेकिन म्हाजा! तुझे हो क्या गया है...आज बीड़ी तक नहीं पिलायी तूने?''

''माफ करना हवलदार जी। मेरी तो मति ही मारी गयी है। लो बीड़ी पियो...। आप लोगों के लिए ही तो लेकर रखते हैं।''

''अच्छा म्हाजा, खुश रह। हाँ देख, सड़क पर ताँगा खड़ा न किया कर, आजकल इंस्पेक्टर लोग लेंड़ी कुत्तों की तरह फिरते रहते हैं।''

''देखा बेटा! हरामखोर चड्डी मुफ्त की ले गया, बीड़ी भी पी गया और अहसान वहीं का वहीं रहा कि नीम के नीचे ताँगा न खड़ा किया कर। नीम के नीचे नहीं तो तुम्हारी माँ की टाँगों में ताँगा खड़ा करे कोई। टैक्सीवालों के लिए स्टैण्ड बनाते हैं, टेलीफोन लगवाकर देते हैं, ताँगेवालों को कोई पूछता ही नहीं। इसलिए न कि आजकल ताँगे में बैठने का रिवाज कम होता जा रहा है। ताँगे में बैठना लोग अपने वक्त की बरबादी समझते हैं। मैं पूछता हूँ बेटा! यह आजकल लोग इतना दौड़-दौड़कर वक्त बचाते हैं, तो फिर क्या करते हैं अपने वक्त का? सिनेमा का टिकट लेने के लिए घण्टों लाइन में लगे रहते हैं। डाकखाने टिकट लेने के लिए लाइन लगती है, सुबह दूध लेने जाओ-लाइनों में खड़ा होना पड़ता है। छोटे-बड़े सब लाइन में लगते हैं। इधर वक्त बचाते हैं उधर लाइन में खड़े होकर वक्त की बरबादी करते हैं। सारा दिन दौड़ते हैं और सारी शाम होटल-क्लबों में बैठकर बरबाद करते हैं। मैं भी क्या किस्सा लेकर बैठ गया! शहर का अन्देश काजी को! चल बेटा, पहलवान की दुकान आ गयी, तेरी नाल लगवा लें।''

''सलाम है पहलवान जी!''

''वालेकम म्हाजा! क्यों मेरी बात सच्ची निकली न!''

''पहलवान जी, आपको उस्ताद जो माना है, तो बात तो आपकी ही सच्ची होगी।''

''मैंने तुझे कहा था न कि एक नाल उखड़े तो सारे नाल बदलवा लो।''

''आपकी मान ली पहलवान जी!''

''आदमी की उम्र भी बँधी होती है। एक नाल गया तो समझो, बाकी भी जाएँगी।''

''पिछले हफ्ते एक उतरा। आज दूसरा उड़ गया।''

''अब बाकी दो भी नये लगवा ले।''

''काम की सवारी तो कोई ताँगे की तरफ मुँह नहीं देती, नाल घिसते रहते हैं।''

''हमारी भी तो रोज़ी चलानी है अल्ला को।''

''एक म्हाजा ने पता नहीं क्या बिगाड़ा है परवरदिगार का।''

''अरे म्हाजा, तुझे कौन-सी परवाह है। तेरा बेटा जीता रहे, तुझे क्या फ़िक्र है!''

''कहता था, महाजा तुझे क्या परवाह है–क्यों बेटा! मुझे परवाह नहीं, आज कितने दिनों से तुझे मसाला नहीं मिला। मुझे परवाह नहीं। नाल लगाते-लगाते पहलवान ने दोपहर कर दी। लेकिन काम पक्का करता है। मजा आ जाता है। ले बेटा! सामने बस के अड्डे पर खड़ी सवारियों के पास से गुज़रते हैं। शायद कोई ऊबकर तेरे ताँगे में ही आ बैठे! नाल लगवायी ही खरी हो जाए शायद नहीं। टस-से-मस नहीं होती सवारी आजकल। ये बबुआइनें चाहे खड़ी-खड़ी सूख जाएँ, आँख उठाकर ताँगे की तरफ नहीं देखेंगी। अब मुझसे आवाज नहीं दी जाती। घण्टी तो मैंने बजायी थी। तेरी घण्टी सुनकर जो कोई नहीं आया तो फिर कोई नहीं आएगा। तू चलता चल। गोल मार्केट में कभी-कभी कोई सवारी निकल आती है। इस वक्त अफसरों की बीवियाँ सौदा-सुल्फ़ खरीदकर लौट रही होती हैं। बंगालिनें होती हैं, रसगुल्लों और गुलाबजामुन के दोने दोनों हाथों में उठाये हुए। जितना मीठा खाती हैं, उतना मीठा बोलती हैं, जैसे कोई मिसरी घोल रहा हो। उस पेड़ के नीचे मुझे एक बार एक बंगालिन मिली। तोबा-तोबा, कितनी मोटी थी। कोई ढाई मन की लाश होगी। कहने लगी कि अशोका रोड की मैं अठन्नी दूँगी। मैं कभी उसकी लाश की तरफ देखूँ, कभी ताँगे की तरफ। और वह बार-बार कहे जा रही थी, मैं तो हमेशा अठन्नी ही देती हूँ। फिर मैंने उसे धीरे से कहा, 'बाई, मेरी घोड़ी से आँख बचाकर चुपके से बैठ जा।' उसने ताँगे में पाँव ही रखा कि ताँगा 'उलार' हो गया और मुझे सारा बल, बम पर ही बैठना पड़ा। बम पर टँगा हुआ मैं अशोका रोड तक गया। सवारियों के लिए कभी-कभी बड़ी जान मारनी पड़ती है।

''ले, यहाँ तो हर पेड़ के नीचे स्कूटर खड़े हैं। स्कूटर और टोकरियाँ उठाये छोकरे। चार पैसे दो और 'कंजर' कोख भर पूरे महीने का राशन उठाकर ले जाते हैं। बेटा! यहाँ तेरी दाल नहीं गलने की। वह देख! सामने से सवारी निकली और सीधी स्कूटर में जा बैठी है। मीटर का नम्बर देख रहा है! एक तरह से तो ये लोग सच्चे हैं। मीटर देखा और चल दिये। मीटर देखा और पैसे गिनकर दे दिये। ताँगे वालों से तो कितनी-कितनी देर लोग भाड़ा तै करते रहते हैं।

''चल बेटा, यहाँ से चलता बन। अपने अड्डे पर ही चलते हैं। देख एक और बाबू निकला है और स्कूटर को इशारा करके बुला रहा है। ताँगे में बैठना तो यह लोग अबस समझते हैं। खायें अपने खसम को, हमारी रोज़ी कोई नहीं मार सकता। चल बेटा, अपने अड्डे की तरफ चला चल।

''मैं भाड़ा तै करने की बात कर रहा था। आजकल तो यह भी किसी को नहीं आता। बात करते हैं जैसे कोई लट्ठ मार रहा हो–डेढ़ रुपया मिलेगा चलना

है तो चलो! कोई बात भी हुई? उन दिनों, जिसे डेढ़ देना होता वह एक से शुरू करता। हमें भी पता होता था कि इसे आखिर डेढ़ रुपये तक आना है, हम दो रुपये से बात चलाते और फिर करते-करते फैसला डेढ़ रुपये पर हो जाता। और यूँ उधर एक रुपये से डेढ़ रुपये तक चढ़ने में और इधर दो रुपये से डेढ़ रुपये तक आने में, जमाने भर की बातें होतीं। मण्डी के भाव, अखबारों में छपी खबरें, मौसम का हाल, हिन्दू-मुस्लिम इत्तहाद की चर्चा। भाव तै करने के भी लोगों के अलग-अलग ढंग होते हैं। कई सवारियाँ तो अपनी जगह खड़ी दूर से ही बात करती हैं। कई ताँगे के पास आकर, छत की कमानी पकड़कर बात करते हैं। कई ताँगे की सीट पर बैठकर भाड़ा तै करते हैं। कई ताँगा चलने पर सौदा शुरू करते हैं। कई ठिकाने पर पहुँचकर अपनी मन-मर्जी के पैसे ताँगेवाले की हथेली पर रखते हैं और फिर पाँच-पाँच, दस-दस पैसे करके, जेब से निकालते जाते हैं। ताँगे वाले की हमेशा कोशिश होती है कि वह चार पैसे ज्यादा बटोर ले, सवारी की कोशिश होती है कि वह चार पैसे बचा ले।

''क्यों बेटा! पानी पिएगा? तुझे प्यास लग रही होगी। आजकल हौज़ ढूँढ़ने के लिए भी कोस भर चक्कर काटना पड़ता है। पहले तो हर सड़क पर, हर कोने में हौज़ बने रहते थे। अँगरेज के राज़ में तो ताँगेवालों के लिए क्वार्टर बने थे। सबके लिए न सही, पर अँगरेज को हमारी फिक्र तो थी। अब तो ताँगे की कोई पूछ ही नहीं। इन स्कूटर वालों ने बण्टाढार कर दिया है। रावलपिण्डी के 'भापे' मौज़ में आ जाएँ तो सवारी को मुफ्त बिठाकर ले जाते हैं और रास्ते में परायी औरत से मीठी-मीठी बातें कर लेते हैं या फिर सामान उतार रही सवारी की कोई चीज खिसका लेंगे।

''अल्ला झूठ न बुलवाये। म्हाजा ने कभी यूँ नहीं किया। एक सवारी नोटों से भरा बटुआ पिछली सीट पर गिरा गयी। मुझे सारी रात नींद नहीं आयी। अगली फ़जर, पहली बात, मैंने उसका बटुआ उसे जा लौटाया। बाबू जैसे घोड़े बेचकर सो रहा था। यह जानकर कि सारी रात उसका बटुआ गुम रहा, बाबू को गश आ गया। बाबू सामने बेहोश पड़ा था और मेरी हँसी नहीं रुक रही थी। एक मौलाना अपनी सन्दूक़ची मेरे ताँगे में भूल गये। उनकी बेटी का ब्याह हो रहा था। नये कपड़े के थान, आटे-दाल की बोरियाँ, दहेज के बर्तन, कटोरे-लोटे और थारियाँ, सारा सामान उतारकर ले गये, बस गहनों की सन्दूकची छोड़ गये। रात ही रात मैंने जाकर सन्दूक़ची उनके हवाले की। मैंने सोचा, जब मौलाना को पता चलेगा कि गहनों की सन्दूक़ची वो खो बैठे हैं तो उनके घर कोहराम मच जाएगा। और वही बात हुई, जब मैं उनके यहाँ पहुँचा तो उनके यहाँ मातम छाया हुआ था।

मौलाना के दस्त छूट रहे थे। और तो और, एक बार एक क्राण्टिन मेरे ताँगे में बैठी। शाम का वक्त था। ढेर सारे उसके बच्चे थे। पिल्लों की तरह चूँ-चूँ कर रहे थे। ताँगे में बैठते हुए, क्राण्टिन ने गोदी के बच्चे को अगली सीट पर सुला दिया। उतरते वक्त अपने सारे बच्चों को साथ ले गयी लेकिन गोदवाले बच्चे को भूल गयी। मैंने ताँगे से उतरकर पैसे लिये और फिर पान-बीड़ी लेने सामने पुरबिया के यहाँ जा खड़ा हुआ। कितनी देर मैं पान खाता रहा, बीड़ी पीता रहा। जब लौटा तो मैंने देखा कि क्राण्टिन का गोदी का बच्चा मज़े से अगली सीट पर सोया पड़ा है। ले बेटा, बातें करते-करते हम अड्डे पर आन पहुँचे। सवारी बस आयी कि अब आयी। इतनी देर तू जरा चारे में मुँह मार ले। मसाला आज शाम से पहले-पहले तुझे जरूर खिलाना है, यह वादा है। मर्द की ज़बान होती है। अभी तू घास-चारे में मुँह मार ले, तुझे भूख लगी होगी। तीसरा पहर होने को है। मैं इतने में बीड़ी पी लेता हूँ।''

''...नहीं कोई सवारी आयी? बैठे-बैठे शायद मेरी आँख लग गयी थी। आजकल मौसम ही कुछ ऐसा है। गर्मी जा रही होती है, जाड़ा अभी आया नहीं होगा—तब मुझे नींद बहुत आती है। कोई सवारी आयी भी हो तो मुझे सोता देखकर चली गयी होगी। जरूर कोई सवारी आयी होगी। इतनी देर हमें इन्तजार करते हो गयी है। सवारी जरूर आयी होगी।

''अगर पहले आयी थी, अब भी आएगी। देख, सामने कचहरी में से कई लोग निकले हैं। ताँगे की सवारियाँ लगती हैं। सालिम ताँगा कर लेंगे। ये तो शाहदरा या महरौली की सवारियाँ हैं। एक चक्कर, और समझो कि सारे दिन की रोटियाँ निकल आयीं। सुनार की खट-खट और लुहार की एक ही चोट। लो, ये तो बस के अड्डे की तरफ हो लिये। और बस भी सामने आ रुकी। दौड़कर बस में जा बैठे हैं। किस कदर सवारियाँ लदी हुई हैं बस में। आदमी पर आदमी चढ़ा हुआ है। लेकिन ये लोग बस में जरूर बैठेंगे। मैं कहता हूँ, उतने ही पैसे मुझे देते, मैं इन्हें आराम से ठिकाने पर पहुँचा आता। बस तो अड्डे से लेती है ओर अड्डे पर छोड़ती है। ताँगा तो तंग से तंग गली में घुस जाता है। सवारी के घर के सामने उसे उतारकर आता है।

''...खड़े-खड़े तुम ऊब गये हो बेटा? तुम भी सच्चे हो। परछाइयाँ ढल रही हैं। आज भी कोई सवारी नहीं आयी। ये काले लोग आजकल ताँगे में नहीं बैठते। कोई गोरी चमड़ीवाला ही आएगा और सारी कसर पूरी कर देगा।

''देखा तूने? ये बसें कैसा धुआँ छोड़ती हैं? जैसे कि पिचकारी मारकर गयी हो। बेटा, तेरी माँ ने कभी काली सड़क पर लीद नहीं की थी। ताँगे की

इन बेक़द्रों को क्या काम? मैं अब किसी काले आदमी को अपने ताँगे में नहीं बैठने दूँगा। कोई काला आदमी इस ताँगे पर नहीं बैठ सकेगा।

''परछाइयाँ ढल रही हैं।

''आज मैं थका-थका क्यों लग रहा हूँ बेटा? तुम भी मुझे उदास-उदास लगते हो। खड़े-खड़े तुम्हारी टाँगें दुखने लगी हैं? चलते-चलते, दौड़ते-दौड़ते कोई इतना नहीं थकता, जितना खड़े-खड़े इन्तजार करते-करते थक जाता है। तुम सोच रहे हो कि मैं बीड़ी पर बीड़ी पिये जा रहा हूँ! यह बुरी लत मुझे लगी हुई है। लेकिन मैं बाकी कोचवानों की तरह सुल्फ़ा तो नहीं पीता, गाँजा तो नहीं पीता। तुझे पता है, ताँगेवाले कौन-कौन-सा नशा करते हैं। तुझसे कौन-सी बात छुपी है! मैंने कभी भाँग को नहीं छुआ। दारू को मुँह नहीं लगाया। अफीम से मुझे नफरत है। बस, एक बीड़ी पीता हूँ, वो भी सबसे सस्ती। जो भी सस्ती बीड़ी बाजार से निकलती वही पीना शुरू कर देता हूँ। पहलवान कह रहा था कि इस बीड़ी में घोड़े की लीद भरी होती है। हो। घोड़े की लीद ताँगे वाले नहीं पिएँगे तो और कौन पिएगा। टैक्सी वाले तो दारू पीते हैं जिसमें बकरे का खून निचोड़ा होता है। एक बार मैंने भी दारू पी थी, अल्ला झूठ न बुलवाये। बस एक ही बार। तब मैं जवान था। नौजवान लड़कों के साथ मिलकर एक दिन मैंने बोतल चढ़ायी थी। तेरी माँ के ज़माने की बात है, बेटा! आप भी चुस्की लगायी थी और रूई के फाहे के साथ तेरी माँ के नथुनों को भी गीला किया था। पहले तो जैसे वह बिदक-सी गयी। फिर नशे-नशे में उसने आँखें मूँद लीं। तेरी माँ की क्या बात थी। अपने मालिक की रज़ा में राज़ी। छोटू की माँ मुझसे दुई कर सकती थी, लेकिन तेरी माँ ने कभी ऐसा नहीं किया।

''लो परछाइयाँ ढल भी गयीं। आजकल उधर परछाइयाँ ढलीं, इधर रात हो गयी। बत्ती की फिक्र करो। तेल तो अभी कल ही मैंने डलवाया था। जब सवारी आये, तो बत्ती जलाने में वक्त बरबाद होता है। सवारी और मौत का कुछ पता नहीं, कब आ जाए।

''देख! सवारी आ रही है!

''नहीं, टैक्सीवाले ने उसे उड़ा लिया है।

''वो मेम आएगी!

''नहीं, उसे तो पीछे से आ रहे किसी साहब ने अपनी मोटर में बिठा लिया है।

''हजूम-दर-हजूम सामने गेट से निकल रहे हैं। हर कोई टैक्सी स्टैण्ड की तरफ जाता है। या उनकी अपनी मोटरें इन्तजार कर रही होती हैं।

"वो आएँगे। माँ-बेटे अकेले निकले हैं। इधर ही आ रहे हैं।

"नहीं, उन्होंने तो स्कूटर को रोक लिया है। गोरे भी आजकल कंगाल हो गये हैं। स्कूटर पर बैठना कंगाली की निशानी है बेटा, कंगाली की निशानी।

"मैं उस तरफ पीठ करता हूँ–तो सवारी आएगी। मैंने आज़माकर देखा है, जब मुँह उठाकर इन्तजार करो तो सवारी कभी नहीं आती।

"बेटा आज तू उदास है! आज तू ख़फ़ा-ख़फ़ा लगता है, रुआँसा-रुआँसा। तुझे मसाला जरूर खिलाना है, मैंने वादा किया है। आज तुझे मसाला..."

"ले सवारियाँ आ बैठी हैं! मैंने कहा था न, इधर देखना बन्द करूँगा तो सवारी आ जाएगी। चल बेटा!"

"क्यों साहब, कॅनाट प्लेस?"

"नहीं हमें लोधी गार्डन जाना है।"

"चल बेटा, उड़कर ले चल साहब को और..."

"हमें कोई जल्दी नहीं, बेशक़ मजे-मजे चल ताँगेवाले।" साहब तो बोली नहीं जानता था, उसके साथ सटकर बैठी देसी लड़की ताँगेवाले को हिदायत कर रही थी।

ताँगा अभी चार कदम ही आगे चला होगा कि ताँगेवाले ने मुड़कर सवारियों की ओर देखा। यूँ उसने पहले कभी नहीं किया था। उसे लगा जैसे उसने लड़की को पहले भी कहीं देखा हो।

नहीं, आजकल कटे बाल, सब लड़कियाँ एक-सी लगती हैं। एक-सी होठों पर सुर्खी, गालों पर लाली, कन्धों पर कन्धों वाला फर।

घोड़ा दुलकी पर था। ये सुबह से पहली सवारी आयी थी। अँधेरा था तो क्या। ताँगा अपनी पूरी शान से घण्टी बजाता तेज हो रहा था।

"भई, ताँगेवाले भाई! हमें कोई जल्दी नहीं। रात अपने में..."

यह आवाज तो उसकी पहचानी हुई थी। ताँगेवाले ने कनखियों से उस लड़की को देखा। फिरंगी ने उसे अपनी बाँहों में लिया हुआ था। कजरारी आँखें, तिरछी भवें, गालों पर ज़ुल्फ़ों के सावनिया निशान। म्हाजा सोचता, यह आवाज तो उसकी पहचानी हुई है।

और फिर वह चौंक गया। हाय अल्ला! कहीं यह राय साहब की बेटी तो नहीं है! इतने में वह लड़की बोली–"ताँगेवाले भाई! ताँगा बेशक आराम से चलाओ। हमें ताँगा सारी रात रखना है। जो माँगोगे सो किराया मिलेगा।"

यह तो वही है। और ताँगेवाले के हाथ से लगाम छूट गयी। म्हाजा पसीना-

पसीना हो रहा था। और काँपते होठों से उसने लड़की से पूछा–"बेटी! तुम दिल्ली की रहनेवाली हो?"

"हाँ तो।"

"होली रोड में तो नहीं रहते?"

"हाँ, तो।"

"तुम राय साहब किशोरीलाल की..."

"हाँ, मैं राय साहब की बेटी हूँ।"

शराब में बदमस्त लड़की अपने अँगरेज साथी का सिगरेट लेकर कश लगा रही थी। म्हाजा ने लगाम खींचकर ताँगा एकदम रोक लिया।

"आप उतर जाइए ताँगे में से।"

"क्यों?"

"शराफत इसी में है कि आप उतर जाएँ ताँगे में से।" म्हाजा की आँखें लाल हो रही थीं।

"इस वीरान सड़क पर?"

"मैं कहता हूँ, मैं तुम्हें अपने ताँगे में नहीं ले जाऊँगा।"

और इससे पहले कि म्हाजा कुछ और बोलता, वह लड़की अपने साथी के साथ गिटपिट करती ताँगे में से उतर गयी। बाँह में बाँह डाले, वे टैक्सी स्टैण्ड की तरफ जा रहे थे। कुछ देर, और अँधेरे में उन दोनों के बुत खो गये।

म्हाजा कितनी देर, वैसे का वैसा स्तब्ध-सा, अँधेरे में उस ओर देखता रहा। फिर घोड़े की बाग मोड़कर वह अपने घर की ओर चल दिया।

म्हाजा फिर अपने घोड़े से बातें कर रहा है :

"बेटा! तुझे पता है कि यह लड़की कौन थी? तुझे क्या पता? तेरी माँ होती तो एकदम पहचान जाती। राय साहब किशोरीलाल की बेटी थी। पुलिस कप्तान होते थे। इसे मैं स्कूल ले जाया करता था। सुबह स्कूल छोड़ आता, शाम को ले आता। स्कूल कौन-सा नजदीक था। बिरला मन्दिर वाले स्कूल में यह पढ़ती थी। कच्ची...कोंपल-सी। पक्की पहली से दस जमातों तक, मैं इसे स्कूल ले जाता रहा और लाता रहा। मजाल है, एक से दूसरी बात कर जाए। कभी आँख उठाकर इसने आगे-पीछे नहीं देखा था। जब जरा बड़ी हुई तो राय साहब कहने लगे–म्हाजा! तू ताँगे में परदा लगवा ले। मैंने कहा–राय साहब! किसी की मजाल नहीं जो म्हाजा के ताँगे की तरफ आँख उठाये! हाय, कमबख्त यह लिली थी? लवलीन! ज़माने को क्या से क्या होता जा रहा है! आग लग गयी है! आग लग गयी है..."

और यूँ तड़पते हुए म्हाजा ने ताँगे को अपने डेरे पर ला खड़ा किया। खाली हाथ–भूखा–प्यासा।

''बेटा! आज भी इकरार नहीं पूरा हुआ। आज भी म्हाजा को झूठा होना पड़ा।'' घोड़े का साज़ उतारते हुए म्हाजा ने अपना हाथ घोड़े के दाँतों में दे दिया और घोड़ा आहिस्ता-आहिस्ता अपने मालिक के हाथ को चाटने लगा।

10 × 8 का कमरा

''यह कमरा 10 × 8 का होना चाहिए।'' तिपाई पर खुले पड़े नक्शे की ओर इशारा करते हुए मिसेज मलिक ने फिर कहा। यह तीसरी बार उन्होंने सुझाव दिया था। किन्तु पता नहीं कैसे, न उनके पति ने और न ही आर्किटेक्ट ने उनकी बात की ओर ध्यान दिया था।

मिसेज मलिक अपना मकान बनवा रही थीं। दिल्ली के सबसे अधिक फैशनेबल इलाके में उनका प्लाट था। और आजकल जब उनका तबादला दिल्ली में हुआ था, उन्होंने फैसला किया, चार-छह महीने लगाकर यह काम भी निपटा दें।

मिसेज मलिक कहतीं, ''मैं तो अब दिल्ली ही रहूँगी। आपकी तबदीली तो हर चौथे रोज हो जाती है, मैं तो अब बच्चों की पढ़ाई और खराब नहीं करूँगी। मैं और माँ जी (मिसेज मलिक की सास) बच्चों के साथ दिल्ली ही रहेंगे। कोई बात भी हुई, हर दूसरे रोज तामझाम उठाकर दूसरे शहर!''

बच्चे जवान हो रहे थे। दिल्ली में अकेले रहने से क्या डर? और फिर माँ जी उनके पास होंगी। मिस्टर मलिक भी अपनी पत्नी से सहमत थे।

''यह कमरा 10 × 8 का होना चाहिए।'' मिसेज मलिक ने फिर कहा। पिछले कुछ क्षणों से मिस्टर मलिक साथ वाले कमरे में टेलीफोन सुन रहे थे।

''लेकिन यह तो स्टोर है।'' आर्किटेक्ट ने मिसेज़ मलिक को समझाया।

''यह तो ठीक है। मेरा मतलब है, यह कमरा माँ जी का हो जाएगा। फिर स्टोर बना लेंगे।''

आर्किटेक्ट को जैसे बात समझ में न आयी हो, वह मिसेज मलिक के मुँह की ओर देख रहा था।

''मेरा मतलब है, माँ जी इस कमरे में उठ-बैठ लिया करेंगी। फिर उनके बाद...उन्हें कौन-सा अब ज्यादा समय...''

इतने में मिस्टर मलिक टेलीफोन सुनकर आ गये। टेलीफोन पर बातें करते-करते उन्होंने भी यही सोचा था कि स्टोर-रूम जरा बड़ा होना चाहिए। आदमी खुलासे से अन्दर सामान रख सके। और फिर खुले स्टोर की सफाई भी तो आसानी से हो सकती है।

और फैसला हुआ, बच्चों के बेडरूम और गुसलखाने के साथ लगता कमरा 10 × 8 का बना दिया जाए। आँगन कुछ सिकुड़ जाएगा, इसमें कोई हर्ज नहीं।

बाकी सब सुविधाएँ नक्शे में पहले ही मुहैया की हुई थीं। और नक्शा पास कराने के लिए भेज दिया गया। मिसेज मलिक ने बड़े चाव के साथ अपना घर बनवाया। गरमी के दिन, सारी-सारी दोपहर छाता लेकर वे कारीगरों के सिर पर खड़ी रहतीं। कई बार जब कोई मजूदर औरत न पहुँचती, खुद मजदूरों का हाथ बँटाने लगतीं। सुबह हर किसी से पहले मौका पर पहुँचतीं। शाम को सबको भेजकर वापस आतीं। मिसेज मलिक मिट्टी के साथ मिट्टी होती रहीं। और फिर उनका मकान खड़ा हो गया।

कमरे तो पहले ही बँटे हुए थे; कौन-सा कमरा किसका होगा। मिसेज मलिक कहतीं, पुराने फर्नीचर का पटरा तक वे इस घर में न घुसने देंगी।

घर बनकर तैयार हो गया था, अभी गृह-प्रवेश नहीं हुआ था कि सरकार ने मकान रेक्वीजीशन कर लिया। मिसेज मलिक को जब पता चला, चारों कपड़े उन्हें आग लग गयी। लेकिन फिर ढेर सारी रकम किराये की सुनकर, उन्होंने सरकार के इस जुल्म को माफ कर दिया।

अड़ोस-पड़ोस की औरतों से, पहले से बना रखी दोस्ती, गली-मोहल्ले में मकान बनाते वक्त पैदा हुई साँझ, मिसेज मलिक की छोटी-मोटी कई आकांक्षाएँ, वैसे की वैसी धरी रह गयीं। अपने बनाये घर को सँवारने-सजाने के उनके सपने वैसे के वैसे अधूरे रह गये। मिसेज मलिक सोचतीं, और एक फीकी-सी हँसी उनके लिपस्टिक रँगे होठों पर खेलने लगती।

और फिर उनका तबादला हो गया। मिसेज मलिक ने शुक्र मनाया। न अब वे अपना मकान देखा करेंगी, न उन्हें गुस्सा आया करेगा; न अगले क्षण ढेर-सारे किराये की फिक्र, उनका गुस्सा ठण्डा हुआ करेगा।

दिल्ली से चलते समय कभी मिसेज मलिक सोचतीं-अच्छा है, जायदाद तो बन गयी। कभी उन्हें अफसोस होने लगता, इतने शौक से उन्होंने अपना मकान बनवाया था, हर अपनी जरूरत का ध्यान रखकर, और चार दिन भी वे उसमें रह नहीं पायी थीं।

तबदीलियों के चक्कर में, एक शहर से दूसरे शहर घूमते, कई वर्ष बीत

गये। एक अरमान था मिसेज मलिक का अपने घर में रहने का, वह पूरा न हुआ। सरकार ने उनके घर में कोई दफ्तर खोल रखा था। और मिसेज मलिक सोचतीं– चलो अच्छा है, किराया तो हर महीने की पहली को हमारे नाम जमा हो जाता है। यदि सरकार न उठाती, तो कभी कोई किरायेदार, कभी कोई। किसी का यह नखरा, किसी का वह। कौन किरायेदारों की फरमाइशें पूरी करता रहता।

यों तबादलों के चक्कर में मिसेज मलिक की सास चल बसीं। बूढ़ी उम्र, कितने दिन और इन्तजार करतीं। मिसेज मलिक की बेटी ब्याही गयी। बस अब बेटे का ब्याह रचाना था। उधर उनके पति के रिटायर होने का वक्त आ रहा था। उन्होंने फैसला किया, रिटायर होने से कुछ दिन पहले वे लड़के का ब्याह भी कर डालेंगे। नौकरी में ब्याह रचाने में सौ मदद मिल जाती हैं।

उनके बेटे का ब्याह हो गया। घर बहू आ गयी। और फिर मिस्टर मलिक रिटायर हो गये। लेकिन दिल्ली वाला घर सरकार ने अभी तक खाली नहीं किया था।

मिस्टर मलिक और मिसेज मलिक अपने बहू-बेटे के साथ रह रहे थे। दिल्ली में ही तो उनका बेटा नौकर था। मकान के मालिक खुद किराये के घर में रहते, उनका अपना घर सरकार ने सँभाला हुआ था।

मिस्टर मलिक सरकार के साथ अर्ज़ी-पर्चे करते हार गये, फिर एक दिन उसका आखिरी वक्त भी आ गया। अभी मिस्टर मलिक की मृत्यु को तीन महीने नहीं हुए थे कि उनका घर खाली कर दिया गया।

मिसेज मलिक की फैशनेबल बहू अपनी सास से भी ज्यादा उतावली थी अपने घर में जाने के लिए। उधर मकान खाली हुआ, इधर उसने अपना सामान ढोना शुरू कर दिया। एक दिन, दो दिन, तीन दिन, ठेले जाते रहे। बाजार से नया फर्नीचर पहुँचता रहा। मिसेज मलिक की बहू सारा-सारा दिन अपने मकान में जाकर सफाई कराती रहती, घर सजाती रहती।

सोमवार, सुबह उन्हें अपने घर में प्रवेश करना था। उस दिन सोकर उठे और बाहर वर्षा हो रही थी। मिसेज मलिक की बहू, बेटा, मिसेज मलिक खुद प्रतीक्षा करते रहे, वर्षा अभी रुकती है, किन्तु पानी लगातार पड़ता रहा। और फिर मिसेज मलिक के बेटे का दफ्तर का समय हो गया। फैसला यह हुआ कि शाम को वे अपने घर में प्रवेश करेंगे। शाम को भी वर्षा वैसी की वैसी हुए जा रही थी। मिसेज मलिक बार-बार कहतीं–मुहूर्त आज का निकला है, किसी तरह आज अपने घर पहुँच जाना चाहिए। और फिर माँ जी का कहना मान, बहू-बेटा वर्षा में ही चल दिये। जो सामान बाकी रह गया, वह फिर ढोया जा सकता था। एक

अपनी कार थी, एक टैक्सी मँगवा ली गयी।

छम-छम, बाहर मेह पड़ रहा था। कार की पिछली सीट पर बैठी मिसेज मलिक यादों की झुरमुट में खोयी जा रही थीं।

वह अरमान जिसके साथ उन्होंने अपना घर बनवाया था, वे दिन, हाय! वे दिन भी कैसे थे! सारा-सारा दिन वे धूप में खड़ी, मजदूरों को काम करता देखती रहतीं और क्या मजाल जो उन्हें रत्ती-भर भी थकावट हो। उनके आर्किटेक्ट ने घर का एक रंगीन नक्शा बनाया था; घर तैयार होकर कैसा लगेगा। नक्शे में बरामदे के खम्भे के साथ सटकर एक औरत खड़ी थी-बेहद खूबसूरत, जैसे कोई परी हो। और उस रात सोने के लिए लेटीं मिसेज मलिक को लगा, आर्किटेक्ट ने नक्शे में वह चित्र उनका बनाया है। और फिर कई दिन बार-बार वे शृंगार-मेज के सामने जा खड़ी होतीं; बार-बार उस चित्र को देखतीं। मिसेज मलिक को लगता, आर्किटेक्ट ने वह चित्र उन्हीं का ही बनाया था। मिसेज मलिक सोचतीं, वह चित्र कभी वे अपनी बहू को दिखाएँगी।

उनकी बहू (ये आजकल की लड़कियाँ) कैसे अगली सीट पर पति के साथ बैठी, हैण्ड-बैग में से शीशा निकालकर, लिपस्टिक से अपने होंठ रँग रही थी। आखिर अपने घर ही तो वे जा रहे थे। बाहर पानी पड़ रहा था। ऊपर से रात हो रही थी। ऐसे में इतने शृंगार की क्या जरूरत! लेकिन ये आजकल की लड़कियाँ! तोबा-तोबा! कैसे गिटपिट-गिटपिट यह अँगरेजी में बातें कर रही थी।

मिसेज मलिक से बस एक अँगरेजी नहीं सीखी गयी थी। और सब कुछ उन्होंने सीखा था। क्या-क्या नहीं उन्होंने किया था! पी भी थी। पार्टियों में, क्लबों में, कब तक कोई इनकार कर सकता है। डांस भी उन्होंने सीखा था। अपने पति के साथ भी, पराये मर्दों के साथ भी वे नाची थीं।

लेकिन उनकी बहू तो जैसे दस कदम उससे आगे हो। मिसेज मलिक को लगा-आर्किटेक्ट के रंगीन नक्शे में वह बेहद खूबसूरत लड़की कहीं उनकी बहू तो नहीं? नहीं-नहीं, उनकी बहू कैसे हो सकती थी, वह तो तब किसी के सपने में भी नहीं थी। तब तो उसका बेटा भी स्कूल में पढ़ता था। तरबूज़ी रंग की साड़ी जो उनकी बहू ने आज बाँधी हुई थी, वही रंग तो शायद था नक्शेवाली लड़की का। हाँ, तरबूजी रंग ही तो था। तरबूजी रंग मिसेज को कभी नहीं अच्छा लगा। इतना भड़कीला रंग। जैसे किसी को आग लगी हो। आग तो लगी हुई थी इस ज़माने को!

तरबूज़ी रंग की साड़ी पहन सकती है-मिसेज मलिक सोच रही थीं-तब मानूँ जब मेरी जैसी मेहनत भी कर सके, जैसे मैंने घर बनाया था इसकी उम्र

में। एक-एक ईंट अपने सामने लगवायी। चाहे धूप हो चाहे कुछ, मैं कभी न हिली थी चिनाई की दीवार से। मैं तो कई बार ईंटें उठा-उठाकर उन्हें पकड़ाती रही। मैं तो कई बार रबड़ का पाइप उठाकर, खुद सीमेंट की दीवारों पर छिड़काव करती रहती। मैंने तो कई-कई दिन रेत बीनी, जब कोई मजदूर औरत नहीं आती थी–उन दिनों उन चुड़ैलों के बच्चे होनेवाले थे।

और फिर कार उनकी कोठी में जा रुकी। आँख झपकने की देरी में मिसेज मलिक की बहू कूदकर बरामदे में जा खड़ी हुई। ठीक वहीं खम्भे के साथ सटकर, जैसे नक़्शे में लड़की खड़ी थी। मिसेज मलिक के कलेजे में मानो छुरी चल गयी। शायद आर्किटेक्ट ने उनके साथ छल किया था।

सामने बरामदे में खम्भे के साथ सटकर खड़ी, तरबूज़ी रंग की साड़ी के साथ, अपने मोटे, भारी जूड़े को ढाँपती, उनकी बहू पीछे टैक्सी में से सामान उतरवा रही थी, अपनी गाड़ी में से सामान निकालने के लिए नौकरों को कह रही थी।

सारा सामान निकल गया था। टैक्सीवाला पैसे लेकर चला गया। मिसेज मलिक वैसी की वैसी कार में बैठी थीं। जैसे नीचे ही नीचे दलदल में कोई धँसता चला जा रहा हो। और फिर उनका बेटा कोठी के अन्दर चला गया, उनकी बहू चली गयी, उनके नौकर चले गये। हर कमरे में बत्तियाँ जल उठीं। मिसेज मलिक वैसी की वैसी कार में बैठी थीं जैसे उनका अंग-अंग शिथिल पड़ गया हो। फटी-फटी आँखों से देखे जा रही थीं, देखे जा रही थीं।

एक घण्टा, दो घण्टे गुजर गये। और फिर जैसे घरवालों को याद आया।

''अरे माँ जी!'' उनका बेटा घबराया हुआ लपका और उसने मोटर का दरवाजा खोल माँ को बाहर निकाल लिया।

''बैठे-बैठे मेरी आँख लग गयी।'' मिसेज मलिक का बेटा हँसता हुआ अपनी माँ को कोठी में ले चला। उनकी बहू भी बाहर आ गयी थी। बरामदे में खम्भे के साथ सटकर खड़ी हँस रही थी। तरबूज़ी रंग की साड़ी का पल्ला उसके मोटे भारी जूड़े को ढक रहा था।

''मुझे खाना-पीना कुछ नहीं, मैं तो अब लेटूँगी।'' मिसेज मलिक ने अपनी बहू से कहा। खाना मेज पर लग चुका था। खाने के मेज पर ही तो उन्हें माँ जी की याद आई थी।

''तो फिर आप अपने कमरे में आराम करें।'' मिसेज मलिक को बहू ने 10 × 8 के उस कमरे की ओर इशारा करते हुए कहा। और बेटा माँ जी की बाँह पकड़े उन्हें उनके कमरे की चारपाई पर लिटा आया।

''मेरा मतलब है, यह कमरा माँजी का हो जाएगा, फिर स्टोर बना लेंगे।'' चारपाई पर लेटे बार-बार मिसेज मलिक के कानों में उनके ये अपने ही शब्द गूँज रहे थे।

मिसेज मलिक सोचतीं, उन्हें कौन-सा अब बैठे रहना है, उनका सिरताज चल दिया था, जिनको लाख बार उन्होंने एक साथ जीने, एक साथ मरने के वचन दिये थे।

''मेरा मतलब है, यह कमरा माँ जी का हो जाएगा, फिर स्टोर बना लेंगे!'' बार-बार उनके कानों में पड़ रही आवाज कितनी ऊँची होती चली जा रही थी।

मिसेज मलिक सोचतीं, उन्हें अब कौन-सा बैठे रहना है। उनके अरमान एक-एक करके पूरे हो गये थे।

''मेरा मतलब है, यह कमरा माँ जी का हो जाएगा, फिर स्टोर बना लेंगे।'' यह आवाज जैसे उनके कानों में गूँजने लगी। हाँ, एक अरमान मिसेज मलिक का बाकी था। मिसेज मलिक सोचतीं, मर तो उन्हें जाना है, काश मरने के बाद वे यह देख सकें, उनकी बहू उस कमरे को स्टोर बनाएगी कि नहीं।

''और सब कुछ है, एक स्टोर नहीं इस घर में,'' सामने खाने की मेज पर बैठी उनकी बहू कह रही थी।

मिसेज मलिक ने सुना तो उन्हें लगा, उनके दिल की हरकत जैसे बन्द हो गयी हो। एक झटका-सा उन्हें महसूस हुआ और फिर उनकी आँखें मुँद गयीं।

मुण्डू

मुण्डू के हाथ में से शीशे की प्लेट गिरकर टुकड़े-टुकड़े हो गयी है। मुण्डू सिर से लेकर पाँव तक काँप गया है। उसकी गरदन सहसा झुक गयी है जैसे कि ऊपर से उसे थप्पड़ पड़ रहा हो। शायद किसी ने देखा ही नहीं। प्लेट का गिरना शायद किसी ने सुना ही नहीं। और मुण्डू की जान में जान आ जाती है। किन्तु नहीं, जब जल्दी-जल्दी वह प्लेट के टुकड़े सँभाल रहा होता है, उसकी निगाह साथ वाले कमरे में पड़ती है; बीवी जी सामने दीवान पर बैठी बिट-बिट उसकी ओर देख रही हैं। बीवी जी ने प्लेट को गिरते भी देखा है, उसको टूटते भी सुना है।

लेकिन बीवी जी ने उसे कहा कुछ नहीं। शीशे की प्लेट थी, गिर गयी, टूट गयी।

मुण्डू सोचता है, शायद साहब डाँटेंगे। जब चाय के लिए मेज पर बैठेंगे- एक प्लेट कम देखेंगे तो शायद साहब उस पर खफ़ा होंगे। पर नहीं। साहब से तो शायद किसी ने जिक्र ही नहीं किया। मेज पर बैठे पति-पत्नी हर रोज की तरह नाश्ता कर रहे हैं, साहब नाश्ता कर रहे अपनी किताब पढ़ रहे हैं, बीवी नाश्ता कर रही अपनी किताब पढ़ रही हैं। बीच में पति कोई बात करता है, पत्नी हाँ या ना में जवाब दे देती है, पत्नी बात करती है, साहब सिर हिलाकर जवाब दे देते हैं और बस।

मुण्डू सोचता है, पीछे उसके घर, उससे यदि मिट्टी का कुल्हड़ ही टूट जाता, उसकी सौतेली माँ सारा आँगन सिर पर उठा लेती। एक बार मिट्टी का शकोरा उसके हाथ से टूट गया और इधर उसकी माँ की पाँचों की पाँचों उँगलियाँ उसके गाल में आ धँसीं, उधर उसके बाप की लात उसके कूल्हों पर आ पड़ी थी। तोबा! तोबा! वह तो अधमरा हो गया था।

मुण्डू को इस घर में नौकर हुए तीन दिन हो गये हैं। उसके मामा ने कहा

था, दफ्तर से लौटता हुआ उससे मिलता जाएगा। लेकिन वह नहीं आया। साहब खुद घर शाम को इतनी देर से लौटते हैं, चपरासी को कहाँ छुट्टी मिलती होगी।

तीन दिन हुए, उसके मामा ने अपने अफसर के यहाँ मुण्डू को नौकर रखवाया है। पहले वह एक बनिया के यहाँ नौकर था। आटे-दाल की मण्डी में उसकी दुकान थी। मामा कहता, ''साल-छह महीने तू हमारे सरकार की ख़िदमत कर, उनको खुश कर, फिर उनके पाँव पड़कर तुम्हें दफ्तर में भरती करवा दूँगा। सरकारी नौकरी मिल गयी तो जन्म सफल हो जाएगा। पहले एक साल, दो साल नौकरी कच्ची रहेगी, फिर पक्की हो जाएगी।''

जितना अच्छा मुण्डू काम करेगा, उतनी जल्दी मालिक खुश होंगे, उतनी जल्दी उसे सरकारी नौकरी दिला देंगे। एक बार सरकारी नौकरी लग गयी तो फिर मजे ही मजे। फिर तो मुण्डू लोगों को नौकर रखवाया करेगा, जैसे अब उसका मामा करता है।

लेकिन वह उसे मिलने क्यों नहीं आया? तीन दिन हो गये हैं, मुण्डू सोचता है, उसका मामा उसे मिलने क्यों नहीं आया?

तीन दिन से मुण्डू से किसी ने बात नहीं की। तीन दिन से उसके कानों में बस कुछ इस तरह की आवाजें पड़ रही हैं–

''मुण्डू, चाय रख दो।''

''मुण्डू, एक चम्मच लाना।''

''मुण्डू, बरतन उठा लो।''

''मुण्डू, देखना बाहर अखबार आया कि नहीं।''

और हर रोज बाहर अखबार पड़ा हुआ होता है। मुण्डू अखबार उठा, साहब या बीवी के सामने ला रखता है। मुण्डू सोचता है, अखबार न आता होता तो वह इतना तो कह सकता–सरकार अखबार अभी नहीं आया। अखबार वाले ने आज पता नहीं क्यों इतनी देर कर दी। मैं बाहर सड़क पर जाकर देखता हूँ। कहीं हमारा अख़बार वाला बीमार ही न हो गया हो। यह अखबार वाले...

जिस घर में वह पहले नौकर था वहाँ कितनी बातें किया करता था! तोबा! तोबा! उसकी बातें क्या, बातें तो ललाइन करती थी। कभी जो उसकी ज़बान तालू से लग जाए। सारे दिन बोलती रहती। अगर मुण्डू काम अच्छा करता तो उसके काम की बड़ाई करती रहती। अगर उससे कोई गलती हो जाती तो उसकी निन्दा शुरू कर देती। मजाल है कभी माफ कर दे, कभी भूल हो जाए। सारा दिन खुद ख़फ़ा होती रहती, रात को लाला जी से डाँट पिलवाती। मजाल है उससे घर का कोई नुकसान हो जाए; उधर मुण्डू से कोई गलती हुई, इधर थप्पड़ उसके

मुँह पर आ पड़ता। ''खसम-खाणा, रण्डी छोड़णा, मत्था सड्या'' इस तरह की गालियाँ ललाइन की ज़बान पर हर वक्त रहती थीं। चाहे मुण्डू अच्छा काम करे चाहे बुरा, ललाइन गाली जरूर देती।

और मुण्डू के यह नये मालिक हैं, पति-पत्नी आपस में ही मुश्किल से बात करते हैं, उसे कौन मुँह लगाये? सारा दिन रेडियो चलता रहता है, बीवी कभी कुछ, कभी कुछ, कोई-न-कोई काम करती रहती है। मजाल है कि रेडियो की आवाज ऊँची हो जाए, बीवी जी के कानों तक पहुँचती है और बस! सुबह शाम खबरों के वक्त रेडियो जरा ऊँचा होता है; लेकिन खबरें तो वह अँगरेजी में सुनते हैं। और फिर यह पति-पत्नी कितना धीमे बोलते हैं। आपस में जब बात कर रहे होते हैं, मुण्डू को उनके होठ भर हिल रहे दिखाई देते हैं और बस!

मुण्डू सोचता है, उसका मामा क्यों नहीं आया? काश, उसका मामा आ जाता। वह कह तो गया था, मैं शाम को आऊँगा। और आज तीन दिन हो गये हैं। शाम हो गयी है। बत्तियाँ जल गयी हैं। सब लोगों के दफ्तर बन्द हो गये। साहब आ गये हैं। अपने कमरे में बैठे पढ़ रहे हैं। बीवी जी मशीन पर बैठी कुछ सी रही हैं।

मुण्डू का जी जैसे बेचैन हो रहा हो। उसका मन कहता है, कि गिरेबान में हाथ डालकर अपने कुरते को लीर-लीर कर दे, उसका साफ खादी का कुरता। तोबा! तोबा! सुबह ही तो उसने धोया है।

और फिर मुण्डू देखता है, सामने दीवार पर एक बूढ़ा तिलचट्टा एक पुराने कपड़े की तरह घिसटता-घिसटता शिकार की तलाश में है। मुण्डू एक तिनका उठाकर तिलचट्टे को छेड़ने लगता है। कभी उसे पीछे से धकेलता है, कभी आगे से जा रोकता है। कितनी देर यूँ ही तिलचट्टे के साथ खेल करता रहा है। सामने एक चींटी चल रही दिखाई देती है। तिलचट्टा सहसा चौकन्ना हो जाता है, बिजली की तेजी से, वह चींटी को पकड़ने के लिए लपकता है। मुण्डू अचानक उसके सामने तिनका ला रखता है। और तिलचट्टा तिनके की नोक के साथ टकराकर नीचे फर्श पर औंधा जा पड़ा है।

तिलचट्टा फर्श पर औंधा पड़ा है। अत्यन्त विकलता में हाथ-पाँव चला रहा है। लेकिन वह सीधा नहीं हो पा रहा। मुण्डू तिलचट्टे को देख-देखकर खुश हो रहा है। कितनी तेजी से वह हाथ-पाँव हिलाता है। जैसे आटे की मशीन का इंजन चल रहा हो। तेज, बहुत तेज! जितना तिलचट्टा परेशान हो रहा है उतना मुण्डू खुश होता है। लेकिन फिर अचानक उसका अंग-अंग सिहर कर रह जाता है। तिलचट्टा जैसे तड़प रहा हो। और मुण्डू तिनके से तिलचट्टे को एकदम सीधा

कर देता है। तिलचट्टा पुराने छकड़े की तरह घिसटता-घिसटता एक कोने की ओर चला जाता है। तिलचट्टा पटड़े के नीचे छुप गया है। मुण्डू दिखाई नहीं दे रहा।

और मुण्डू मुड़कर सामने गोल कमरे की ओर देखता है। साहब अपनी कुर्सी पर बैठे पढ़ रहे हैं। बीवी जी अपनी कुर्सी पर बैठी पढ़ रही हैं। कब नौ बजेंगे और वह उठेंगे। बीवी जी रसोई में आकर खाने को खुद गर्म करेंगी। मुण्डू मेज पर खाना लगाने में उनकी मदद करेगा। और फिर चुपचाप पति-पत्नी खाना खाएँगे। खाना खाते समय, शायद उसे आवाज आएगी-

''मुण्डू, मेज पर नमक नहीं।''

''मुण्डू, पानी खत्म है।''

या बीवी जी को कभी खाँसी आ जाएगी। कैसे सलीक़े से वह मुँह पर हाथ रखकर खाँसती हैं। परसों यूँ खाँसी थीं, उसका मुँह लाल सुर्ख़ हो गया था।

लेकिन नौ कब बजेंगे! अभी तो बस सात ही बजे हैं।

और मुण्डू देखता है, एक चितकबरी बिल्ली चुपके से आयी है और सोने के कमरे में पलंग के नीचे छुप गयी है। मुण्डू के जैसे जान में जान आ गयी हो। वह उकड़ूँ होकर, बिल्ली को ढूँढ़ने लगता है। दुबकी हुई, एक पाये से लगकर बैठी है। मुण्डू एकटक बिल्ली को देख रहा है। बिल्ली जैसे मुण्डू को घूर रही है। कितनी देर यूँ ही गुजर जाती है। मुण्डू फर्श पर उकड़ूँ बैठा बिल्ली को देखता जा रहा है। और फिर मुण्डू बिल्ली की आवाज निकालता है। अपने गाँव में वह बिल्ली की आवाज निकाला करता था। कुछ देर, और बिल्ली उसे जवाब देती है-म्याऊँ! मुण्डू फिर बिल्ली को बुलाता है बिल्ली जैसे पहचान गयी हो, यह तो मुण्डू है, उसके साथ मजाक कर रहा है। अब वह जवाब नहीं देती। मुण्डू एक बार फिर कोशिश करता है। फिर बिल्ली की आवाज निकालता है। बिल्ली छलाँग लगाकर बाहर बरामदे में चली जाती है। मुण्डू दौड़कर उसके पीछे हो लेता है। बिल्ली सामने लॉन में से होती हुई मेहँदी की बाड़ में छुप जाती है।

निराश मुण्डू रसोई में लौट आता है। फिर पटरे पर बैठकर सोचने लगता है-उसका मामा क्यों नहीं आया। उसका मामा आये तो उसके साथ वह ऐसे लड़ेगा, ऐसे लड़ेगा कि रहे साईं का नाम! मुण्डू सोचता-सोचता अपने होठों पर ज़बान फेरने लगता है। अपने मन-ही-मन शिकायतों का अम्बार इकट्ठा कर लेता है।

लेकिन मामा तो नहीं आया। जो अभी तक नहीं आया वह अब क्या आएगा? शायद सुबह आ जाए। नहीं, सुबह को उसे दफ्तर जाने की जल्दी होती है, सुबह नहीं आएगा। फिर कल शाम का इन्तजार। तोबा! तोबा! पूरे चौबीस घण्टे।

और मुण्डू अपने सिर को दोनों हाथों से जकड़कर जैसे किसी गहरी सोच में डूब गया होगा।

आधा घण्टा, घण्टा, डेढ़ घण्टा, दो घण्टे बीत गये हैं। मुण्डू जैसा का तैसा बैठा है। अधजगा, अधसोया। और फिर दूर किसी गली में एक कुत्ता भौंकता है। और फिर मुण्डू अचानक कुत्ते की आवाज निकालकर ऊँचा-ऊँचा भूँकने लगता है।

''क्या हो गया?''

''क्या हो गया?''

गोल कमरे में से बीवी जी दौड़ी हुई आती हैं, साहब आते हैं। और मुण्डू घबराकर छल-छल आँसू रोने लगता है। ''कुछ नहीं, कुछ नहीं, कुछ नहीं।'' वह यह कहे जाता है और रोये जाता है। ''कुछ नहीं, कुछ नहीं, कुछ नहीं-'' कभी साहब की ओर देखकर कहता है-''कुछ नहीं, कुछ नहीं, कुछ नहीं'' कभी बीवी जी की ओर देखकर कहता है-''कुछ नहीं, कुछ नहीं।'' ''कुछ नहीं, कुछ नहीं, कुछ नहीं'' कहता हुआ जी भर बोल लेता है।

बाप के बाप के बाप का कसूर

मैजिस्ट्रेट मुरली कृष्ण उपन्यास पढ़ रहा था। पिछले कुछ क्षणों में, एक से अधिक बार रुककर, उसने अपनी ऐनक साफ की। कभी शीशे साफ करने लगता, कभी कमानियाँ। कभी कमानी के कब्जों को नाखूनों से कसने लगता। बार-बार मैजिस्ट्रेट उपन्यास की घटना को सोचता, बार-बार हैरान होता।

अजीब बात थी।

उपन्यास के नायक की पत्नी मर चुकी थी। अकेला मर्द बड़ा परेशान था, विशेषकर उसे खाना पकाने की बड़ी तकलीफ थी। सोच-सोचकर उसने सन्ती से कहा, उसके लिए सुबह-शाम दो रोटियाँ सेंक दिया करे। सन्ती उसके यहाँ झाड़ू बुहारने आया करती थी। सन्ती ने सुना और हँसने लगी। हँसती जाए, हँसती जाए। हँस-हँसकर उसके गाल लाल सुर्ख हो गये। उसकी बड़ी-बड़ी काली आँखें मिंच गयीं। उसके बालों की अनसँवरी लटें उसके मुँह पर पड़ने लगीं।

''साहब! मैं अछूत आपके चौके में कैसे जा सकती हूँ?'' जब उसने ज्यादा आग्रह किया, सन्ती ने घर के मालिक को समझाया।

''पर क्यों नहीं?'' वह ज़िद कर रहा था।

''साहब! हमारी बिरादरी क्या कहेगी?'' सन्ती ने अपनी मजबूरी जतलायी।

और फिर वह चुप हो गया।

अपनी बिरादरी को वह समझा सकता था। अगर वह न समझते, उनकी अवहेलना कर सकता था। पर सन्ती की बिरादरी को कैसे मनाये? एक अछूत को क्या ऐतराज हो सकता था, ऊँची जाति वाले किसी की रोटी पका दे। उसे यह बात समझ में नहीं आ रही थी।

और फिर सुबह-शाम जब सन्ती उस घर में आती, जैसे उसकी पलकों के पीछे चित्रित होता-''साहब! मैं तो आपका कहा कभी न टालूँ पर मैं मजबूर हूँ। हमारी यह बिरादरी बड़ी सख्त है।''

और सन्ती की मजबूरी को पहचान, सन्ती उसे अच्छी लगने लगी। ज्यों-ज्यों दिन बीतते, उसे वह और अच्छी-से-अच्छी लगती। उसकी आँखों में हमेशा एक सहानुभूति उसके लिए झाँक रही होती। बेंत की तरह लचक-लचक पड़ती, ऊँची-लम्बी सन्ती हँसती-हँसती आती, गाती-गाती अपना काम करती, काम करके झाड़ू सिर पर टिकाये ठुमक-ठुमक चली जाती। उसके हाथ में हर रोज कुछ खाने के लिए होता जो उसे इस घर में से मिलता था। पिछले कई दिनों से, कुछ-न-कुछ बचा-खुचा जरूर उसे यहाँ से मिल जाता। कभी कोई मिठाई कभी कोई फल का दाना। और हर रोज काम के बाद कोई चीज लेकर सन्ती कैसे उसकी ओर देखती थी जैसे खिली हुई ज्वार की पिटारी हो।

"साहब! तेरा आँगन बसता रहे।" हर रोज़ सन्ती उसे दुआएँ देती और पायल की झंकार का संगीत बिखेरती चली जाती।

फिर एक दिन उसकी अंजलि में खाँड की रेवड़ियाँ डालते हुए इसकी नज़रें जैसे उसके मोती के दानों जैसे दाँतों में गड़कर रह गयीं। रेवड़ियाँ उँड़ेलकर इसके हाथ जैसे सन्ती के हाथों में रुककर रह गये। और सन्ती का आकुल शरीर इसकी तड़प रही बाँहों में ढेरी हो गया।

होठों पर होठ, पलकों पर पलकें, गालों पर गाल, इसकी बाँहों में लिपटी सन्ती एक उन्माद में कूकी-"साहब! अब तुम मुझे मार डालो।" हमेशा एक नशे में बस यही कहती-"साहब! अब तुम मुझे मार डालो।" जिन्दगी के उस स्वाद-शिखर पर वह खत्म हो जाना चाहती थी।

किन्तु उस 'पर' के लिए रोटी फिर भी सन्ती नहीं पका सकती थी। लोग क्या कहेंगे? उसकी बिरादरी वाले तो उसकी चमड़ी उधेड़ दें अगर उन्हें पता लग जाए कि वह ऊँची जातिवाले किसी के चौके में घुसी है।

बिल्कुल अकेले उस घर में सन्ती सुबह-शाम आती, हर चीज को सँभालती-सँवारती, बिस्तर की चादरें, तकियों के ग़िलाफ़ बदलती, परदों की सिलवटों को ठीक करती। जी चाहता रेडियो चला देती, जी चाहता रेडियो बन्द कर देती। ग़ुसलख़ाने में खुद नहाती, अपने महबूब की पीठ मल-मलकर उसे नहलाती। कई बार इसके दाँतों में से बिस्कुट छीनकर अपने मुँह में डाल लेती। सबसे अच्छा लगता, जब खुद कुछ खा रहा होता, और अपना चम्मच वह सन्ती के दाँतों में ला रखता। सन्ती अपने मुँह को अपने दुपट्टे से साफ करती, उसके नयनों में देख कर रह जाती। इतना प्यार, इतना प्यार!

लेकिन सन्ती उसके चौके में कभी पैर न रखती। ड्योढ़ी का दरवाजा बन्द होता, तो भी इसके चौके की ओर सन्ती कभी न जाती। यूँ उसका जन्म वह भ्रष्ट

नहीं करेगी। यूँ अपनी माँ की माँ की माँ की मर्यादा वह नहीं तोड़ेगी।

मैजिस्ट्रेट मुरली कृष्ण के मुँह का स्वाद कसैला-कसैला हो रहा था। किस तरह का यह हमारा समाज था।

और इधर मैजिस्ट्रेट मुरली कृष्ण की बिरादरी वाले कई दिनों से, सरकार से लिखा-पढ़ी कर रहे थे कि उन्हें पिछड़ी श्रेणियों की सूची में शामिल कर लिया जाए। इस सूची में शामिल होकर उन्हें कई सुविधाएँ प्राप्त हो जानी थीं। उनके बच्चों की स्कूल-कॉलेज की पढ़ाई मुफ्त हो जाएगी। उनको नौकरियाँ जल्दी मिल जाएँगी। मैजिस्ट्रेट मुरली कृष्ण खुद भी चाहे सैशन जज बन जाए। पुराना इतिहास खोजकर, सालों पुराने सरकारी कागजों को टटोलकर उन्होंने यह साबित किया था कि वे लोग वास्तव में हरिजन थे। कई वर्ष हुए किसी ने भूल से उनका नाम इस सूची में से निकाल दिया था।

सरकार कहती थी, वह अछूत नहीं। मैजिस्ट्रेट मुरली कृष्ण की जाति वाले कहते थे, वे अछूत हैं। और आखिर उन्होंने मुकदमा जीत लिया। सब रियायतें जो हरिजनों को मिलती थीं, इनकी जातिवालों को भी मिलने लगीं। चार दिन, और मैजिस्ट्रेट मुरली कृष्ण की तरक्की हो गयी। इस छोटी उम्र में सैशन जज! लोग सोचते, वह चाहे तो सुप्रीम कोर्ट तक पहुँच जाएगा। अभी तो उसका ब्याह भी नहीं हुआ था। कॉलेज पास करने के बाद उसने इम्तिहान दिया, और नौकरी जैसे उसको ढूँढ़ती हुई उसके पीछे-पीछे चली आयी।

और फिर सैशन जज मुरली कृष्ण ने लड़कियों के कॉलेज की एक फैशनेबल प्रोफेसर के साथ शादी कर ली। जानकी अत्यन्त सुन्दर लड़की थी-विलायत पास। जाति की ब्राह्मण। लड़की के माँ-बाप ने सुना और सिर पीटकर रह गये। वे चाहे पढ़े-लिखे थे पर जाति-बिरादरी की कुछ तो मर्यादा होती है। बड़ा शोर मचा, बड़ा तूफान उठा, लेकिन लड़की अपने फैसले पर अटल रही। और आखिर उसने अपनी मन-मर्जी कर ली। इस शादी से उसके माँ-बाप, बहन-भाई सब छूट गये।

सुहागरात, जानकी के होठों पर होठ रखे मुरली कृष्ण ने धीरे-से उसके कान में अपने मन की बात कही, ''मैंने सोचा था, मैं शादी करूँगा तो एक ब्राह्मण लड़की के साथ।''

''अपने बाप के बाप के बाप का बदला लेने के लिए!'' हँसते हुए जानकी ने उसे छेड़ा और फिर उसे प्यार करने लगी।

जानकी अपने पति से अत्यन्त प्रेम करती थी। इतने वर्ष जैसे रोक-रोककर उसने अपनी मुहब्बत को रखा। अपने प्रियतम पर उसने सब कुछ लुटा दिया। एक-एक अरमान उसका पूरा किया।

अभी साल भी पूरा नहीं गुजरा था उनकी शादी हुए, कि उनके यहाँ एक बच्चा हुआ। गोरी-चिट्टी, खिलौने का खिलौना, उनकी बेटी हू-ब-हू अपनी माँ की शक्ल की थी। सड़क पर जा रहे राहगुज़र खड़े हो-होकर बच्ची को लाड़ करने लगते। फिर एक और बच्चा। यह लड़का था। जैसे चाँद का टुकड़ा हो। एक लड़की, एक लड़का-जानकी खुश थी। जानकी का घरवाला अत्यन्त ख़ुश था।

एक वर्ष, दो वर्ष, फिर जानकी के माँ-बाप राजी हो गये। बेटी कैसे छोड़ी जा सकती थी। उनकी बिरादरी ने भी जैसे इस रिश्ते को स्वीकार कर लिया। अब इस विवाह की घर-घर, गली-गली चर्चा नहीं होती थी। अब जानकी के हठ का जिक्र करके उसके साथ की लड़कियाँ कानों को हाथ नहीं लगाती थीं। जिस समाज में वह बैठते-उठते थे, वह समाज कितनी जल्दी बदल रहा था, कितनी रवादारी उसमें आ रही थी।

अब जानकी का जीवन खुशी-खुशी गुजरने लगा। दो बच्चों की माँ, उसने कभी का कॉलेज पढ़ाना छोड़ दिया था। सारा दिन उसका बच्चों की देखभाल में लग जाता; बच्चों की, पिता की खातिर में गुजर जाता। सिविल-लाइन में सबसे प्यारा उसका बँगला था; उनके नौकर सलीके वाले, उनका बगीचा सुन्दर, मालिक खुश, हर कोई मुसकान बिखेर रहा था।

उन दिनों मुरली कृष्ण के पास एक अजीब मुकदमा आया हुआ था। जवान-जहान एक हरिजन लड़की ने अपने जमींदार के बेटे का गला घोंट दिया था। ऊँची-लम्बी चमारिन, जैसे चट्टान को काटकर किसी ने उसका अंग-अंग गढ़ा हो। उसके चेहरे से नज़र फिसल-फिसल जाती। बड़ी-बड़ी शराबी आँखें, खुला-चौड़ा माथा, मटमैले से गालों में से जैसे लाली फूट पड़ रही थी। अटूट जवानी लड़की पर उतरी हुई थी।

नीचे हर किसी को कहती रही, ''मैंने इस लड़के की हत्या की है, पर क्यों मैंने इसे मारा, इसका जवाब मैं ऊपर जाकर दूँगी।''

और उस लड़की की कहानी सुनकर मुरली कृष्ण के पाँव के नीचे से जमीन निकल गयी।

''मैं खेतों में काम कर रही थी कि जमींदार के बेटे ने मुझे पीछे से आकर पकड़ लिया। हल्की-हल्की फुहार पड़कर हटी थी। हरी घास पर ताजी-ताजी पड़ी वर्षा की बूँदें, जैसे शबनम के मोती किसी ने पिरोये हों। मैं कहती रही, ''सरकार मैं चमारिन हूँ! सरकार मैं चमारिन हूँ।'' पर इसने मेरी एक न सुनी, और वैसी-की-वैसी मुझे घास पर गिरा दिया। जमींदार का बेटा, मैं इसे इंकार

भी कैसे करती। पता नहीं कितनी देर हो गयी, हम वैसे-के-वैसे पड़े हुए थे। और फिर साँझ हो गयी। मुझे लगा मेरी आँखें मुँद-मुँद जा रही हैं।'' एक हिलोर-सी में आकर मैं कह रही थी-''मेरे सरकार, तुम मेरी दँतुलियों को भी चूम लो। मेरे सरकार अब तू मेरी दँतुलियों को भी चूम ले।'' मेरे होठों को जैसे आग लगी थी। पर यह मेरा मुँह नहीं चूम रहा था। बार-बार मैं मुँह इसके मुँह के पास ले जाती, अपना मुँह यह परे-परे कर लेता और फिर पता नहीं मुझे क्या हुआ। मेरी आँखों में एक वहशत-सी आयी। मैंने अपने दोनों हाथों से इसके गले को पकड़ लिया। गले को वैसे-का-वैसा पकड़े मैं इसे चूमने लगी। चूमती गयी, चूमती गयी, चूमती गयी। इसके होठों को, इसके दाँतों को, इसकी आँखों को। जब इसका गला मैंने छोड़ा, यह ठण्डा हो चुका था।''

मुरली कृष्ण ने बड़े-बड़े मुकदमे सुने थे, किन्तु इस तरह का मुकदमा उसकी नजरों से पहले कभी नहीं गुजरा था। कचहरी में, कचहरी से लौटकर घर अचानक उसके कानों में चमारिन के वह बोल गूँजने लगते, ''मेरे सरकार, तुम मेरी दँतुलियों को चूम लो। मेरे सरकार, अब तू मेरी दँतुलियों को चूम ले। मेरे होठों को जैसे आग लगी थी। पर यह मेरा मुँह नहीं चूम रहा था।''

वह दिन और यह दिन, मुरली कृष्ण से अपनी पत्नी का मुँह न चूमा जाता। हर क्षण, हर पल उससे दूर-दूर हो रहा था। उसे कुछ समझ न आती, उससे अपने बच्चों की ओर देखा न जाता। जानकी हैरान थी, उसके घरवाले को यह क्या हो गया था। हर वक्त उदास-उदास, हर वक्त गुम-सुम। न घर में कोई दिलचस्पी, न बच्चों में कोई दिलचस्पी, न बच्चों की माँ में कोई दिलचस्पी। हफ्ता-दो हफ्ता, महीना-दो महीना और फिर वर्ष बीतने लगे। जानकी हर कोशिश कर चुकी थी, किन्तु उसे कोई कामयाबी नहीं मिली।

फिर उसे पता लग गया, उसके पति का फालतू समय कहाँ बीतता था। क्यों उसका मर्द उससे दूर-दूर हो रहा था। पहले जानकी को केवल शक़ ही था, कुछ देर उसने पीछा किया और फिर उसका शक यकीन में तबदील हो गया।

शहर के सरकारी स्कूल की कोई उस्तानी थी।

जानकी को चारों कपड़े आग लग गयी।

साँवला रंग, उस्तानी जाति की हरिजन थी।

जानकी सोचती, वह अपने आप को कुछ कर लेगी।

और फिर जानकी रो-रोकर थक गयी। फरियादें कर-करके हार गयी, किस मुँह से वह लौटकर माँ-बाप के जाए, किन्तु उसका पति टस-से-मस नहीं हुआ। न उसे बच्चों का ख़याल था, न बच्चों की माँ का कोई डर था। हर रोज, हर

रोज वह उनसे कोसों दूर हो रहा था।

जानकी सोचती, उसका मर्द यदि उसे छोड़ दे, तो वह अलग रह लेगी। फिर नौकरी करके अपने बच्चों को पाल लेगी। लेकिन, न उसे वह छोड़ता था, न उसे मुँह लगाता था। हर शाम उसकी स्कूल की उस उस्तानी के यहाँ गुजरती थी। जानकी जैसे शूली पर चढ़ी हो। जानकी सोचती, किस पाप की वह सजा भुगत रही थी। आखिर उसका कसूर क्या था?

खट्टी लस्सी

'खट्टी लस्सी' तेज का यह नाम उसकी बहन सोमाँ ने रखा था। सर्दियों की एक दुपहरी में धूप में पड़ा गोरा-चिट्टा वह उसे ऐसा लगा मानो खट्टी लस्सी हो। और कितनी देर सोमाँ उसके छोटे-छोटे पैरों को मुँह में लेकर चबाती, उसके हाथों को चूमती-चाटती, उसके अंग-अंग को सहलाती, बार-बार उसे 'खट्टी लस्सी', 'खट्टी लस्सी' कहती रही और वह खिलखिला कर हँसता रहा। हँस-हँस कर दुहरा होता रहा।

और फिर जब कभी उसे अपने नन्हे भाई पर प्यार आता, उसे वह 'खट्टी लस्सी' कहकर पुकारा करती थी।

'खट्टी लस्सी' उसे कहती और सोमाँ का अपने भैया के लिए समूचा प्यार जैसे उसकी आँखों में उमड़ आता। वह उसे 'खट्टी लस्सी' कहकर पुकारती, यह सुनते ही वह मुसकराता और बहन के हाथ अपरिमित स्नेह में डूबकर भाई की ओर फैल जाते, और अपनी छाती से लगाकर वह उसे भींच-भींच-सी डालती। वह खेल रहा होता, दूर से उसे 'खट्टी लस्सी' कहकर वह पुकारती, उसका मुख जैसे शहद के घूँट से भरा होता, मीठी मिश्री का स्वाद-सा जैसे आस-पास बिखर जाता।

फिर वह बड़ा हुआ, और भाई-बहन जब कभी अकेले होते तो वह उससे पूछा करता, "बहन, तूने मेरा नाम 'खट्टी लस्सी' क्यों रखा था?"

बहन को कोई कारण न सूझता। वह भाई के गोरे-गोरे मुखड़े की ओर बार-बार निहारती और एक अल्हड़ युवती के मुँह में इमली का नाम सुनकर जैसे पानी भर जाता है, वैसे ही अपने भाई की ओर देखते ही उसके मुँह में पानी आ जाता।

और वह उसे फिर 'खट्टी लस्सी' कहती। उसे 'खट्टी लस्सी' कहती और उसकी उँगलियों को धीरे-से मुँह में लेकर दाँतों के नीचे मानो चबा-चबा लेती।

फिर वह और बड़ा हो गया। उसकी बहन और बड़ी हो गयी। उसकी

बहन का ब्याह हो गया। फिर वह अपने ससुराल चली गयी। ससुराल से बहन के पत्र आते, चिट्ठी देखकर वह तड़प उठता था, ''कहाँ सोमाँ ने लिखा है 'खट्टी लस्सी' को प्यार?'' और 'खट्टी लस्सी' अपना यह नाम पत्र में देखकर उसे ठण्डक-सी पड़ जाती।

उसकी बहन उसे 'खट्टी लस्सी' कहकर बुलाती है, यह बात एक दिन एक पड़ोसी लड़के ने बातों-बातों में अपने स्कूल के साथियों को बता दी। 'खट्टी-लस्सी' नाम सुनते ही एक बच्चे ने हँसना शुरू कर दिया। एक को हँसता देखकर बाकी वे सब लड़के भी हँस पड़े। हँसते जाते, हँसते जाते। जब हँसी जरा धीमी पड़ने लगती तो फिर कोई कह देता 'खट्टी लस्सी' और फिर सब-के-सब बच्चे खिलखिलाने लगते। वह उनके मुख की ओर देखता रहा और चुपचाप कमरे में जाकर अपनी किताब खोलकर पढ़ने लग गया।

वह चला गया। बच्चे फिर हँसते रहे। फिर एक लड़के को शरारत सूझी, स्कूल के सामने वाले घर में गाय थी, वहाँ से एक छाछ का गिलास ले आया और एक छोटी श्रेणी के लड़के के हाथ गिलास अन्दर भिजवा दिया।

''यह खट्टी लस्सी का गिलास तुम्हारे लिए माई हीरो ने भेजा है।'' जैसे छोटे लड़के को सिखाया गया था, वैसे ही उसने अन्दर जाकर उसे कह दिया। और सोमाँ का भाई तेज क्रोध-भरे नेत्रों से उस बच्चे की ओर देखने लगा। बाहर खिड़कियों के पीछे छिपे हुए लड़कों ने फिर कहना शुरू कर दिया-'खट्टी लस्सी' 'खट्टी लस्सी।' 'खट्टी लस्सी' कहते और हँसते जाते।

उसी दिन पढ़ते हुए एक लड़के ने अपने अध्यापक से पूछा, ''जी, खट्टी को अँगरेजी में क्या कहते हैं?'' अध्यापक ने उसे बताया। दूसरा लड़का बोला, ''जी, लस्सी की क्या अँगरेजी होती है?'' और फिर सब लड़के हँस पड़े। अध्यापक की समझ में कुछ न आया।

अगली घण्टी में स्वास्थ्य के नियम बताते हुए विज्ञान के अध्यापक ने कहा, ''स्वास्थ्य के लिए हमें दूध, दही और लस्सी का अधिक से अधिक प्रयोग करना चाहिए।''

''मास्टर जी खट्टी लस्सी भी सेहत के लिए अच्छी होती है?'' एक लड़के ने खड़े होकर पूछा और बाकी सब लड़के हँस पड़े।

इस अध्यापक की समझ में भी कुछ न आया और वह पढ़ाता रहा, पढ़ाता रहा।

अगली घण्टी के शुरू में तेज एक क्षण के लिए बाहर गया। जब वापस आया तो सामने ब्लैकबोर्ड पर चाक से लिखा हुआ था-खट्टी लस्सी। उसने यह

देखा और उसका चेहरा एकदम तमतमा उठा। लड़कों ने हँसना शुरू कर दिया। इतने में अध्यापक आ गया और उसने भूगोल पढ़ाना आरम्भ कर दिया। न इस अध्यापक को ब्लैकबोर्ड की आवश्यकता पड़ी, न उसने ब्लैकबोर्ड की तरफ देखा। इस घण्टी के सारे समय में सामने ब्लैकबोर्ड पर मोटे-मोटे अक्षरों में लिखा रहा 'खट्टी लस्सी' और तेज एक पल के लिए आँखें ऊपर न उठा सका।

स्कूल के पश्चात् उसने आँख बचाकर भागने का प्रयत्न किया और लड़कों ने जैसे-तैसे उसे घेर लिया। 'खट्टी लस्सी', 'खट्टी लस्सी' कहते गये और हँसते गये। तेज, जो अभी तक चुप था, झुँझलाकर एक लड़के को ठोकर मार बैठा। फिर क्या था, शेष सभी उस पर टूट पड़े और उसे खट्टी लस्सी, खट्टी लस्सी कहते हुए मार-पीट कर अपने-अपने घर भाग गये।

अगले दिन जब वह पढ़ने आया, स्कूल की चारदीवारी, हलवाई की दुकान पर, कमरे के दरवाजे पर, ब्लैकबोर्ड पर, जहाँ वह बैठता था हर जगह 'खट्टी लस्सी', 'खट्टी लस्सी', लिखा हुआ था, जिधर उसकी आँख उठती; हरी, सफेद, लाल खड़िया मिट्टी से लिखा 'खट्टी लस्सी, खट्टी लस्सी' के अतिरिक्त उसे कुछ भी न दिखाई देता।

सहमा-सहमा, दुबका-दुबका, एक फ़ाख़ता की तरह अपने परों को समेटे वह कमरे के अन्दर अपनी जगह पर बैठ गया। उसे ऐसा लगा मानो उसके दिमाग को किसी चीज ने जकड़ लिया हो। जैसे उसके कन्धों पर मानो बोझ टूट पड़ा हो, जैसे लाखों आँखें घूर-घूरकर उसे देख रही हों, और उसे आँख झपकते ही छलनी-छलनी कर देंगी।

तेज सारे स्कूल में सबसे सुन्दर, सबसे कोमल और सबसे ज्यादा बुद्धिमान लड़का था। जो काम दूसरे लड़के न कर सकते, वह कर लेता। जो बात दूसरों की समझ में न आती वह उसे झट समझ लेता। उसका बस्ता, उसकी किताबें, कापियाँ, हर चीज हमेशा साफ-सुथरी होती।

यही कारण था कि लड़के उससे हमेशा ईर्ष्या करते थे। जब भी अध्यापक विद्यार्थियों पर क्रुद्ध होता तो एक वही उनके क्रोध से बचा रहता। कई लड़कों को वह अच्छा लगता था पर तेज उनको हँसता, खेलता, मिलता नहीं था। कई एक को परीक्षा में उसकी नकल टीपनी होती और वह इस काम में उनकी सहायता नहीं करता था।

उस दिन पहली घण्टी में ही अध्यापक ने कोई प्रश्न पूछा। सारी की सारी श्रेणी में कोई उत्तर न दे सका। तेज को उत्तर भली-भाँति ज्ञात था, पर वह लड़कों के भय के कारण चुप रहा। फिर अविरल आँसू बहाते हुए सब लड़कों के समान

उसने तड़ाक-तड़ाक दो बेंत अपनी हथेलियों पर खा लिये। बेंत लगाकर अध्यापक ने सारी श्रेणी को उत्तर लिखवाना आरम्भ किया। तेज ने जब डेक्स में से दवात निकाली तो स्याही की जगह उसमें लस्सी भरी हुई थी। तेज की दवात देखकर सारे लड़के अट्टहास कर उठे। हँसते जाते, हँसते जाते। अध्यापक कुछ न समझ सका। उसने खीझ कर दो लड़कों के साथ तेज को भी पीट डाला और उसकी लस्सी से भरी दवात बाहर फेंक दी।

स्कूल में, कमरे से बाहर जिधर भी वह जाता, स्कूल के चपरासी, खोमचे वाले, माली, भंगी, अध्यापक, हेडमास्टर, सब उसे खट्टी लस्सी कहकर छेड़ते। स्कूल की दीवारें, ब्लैकबोर्ड, दरवाजे, खिड़कियाँ, फर्श, 'खट्टी लस्सी खट्टी लस्सी' से भरे जा रहे थे। स्कूल के लाल लेटर बक्स पर भी किसी ने खट्टी लस्सी चित्रित किया हुआ था। शहतूत के नीचे पड़े हुए पानी के मटकों पर सफेद खड़िया मिट्टी से लिखनेवाले बार-बार खट्टी लस्सी, खट्टी लस्सी लिख जाते और बार-बार कहार उन्हें मिटाता रहता।

तेज के मन में आता कि वह कहीं भाग जाए। छिप-छिप कर वह रोता रहता। हर समय उसे डर रहता कि अभी कोई उसे खट्टी लस्सी कहकर चिढ़ाएगा, और आस-पास खड़े लोग हँस पड़ेंगे। जब कभी उसकी नजर ऊपर उठती, जहाँ भी उसकी आँख अटकती वहाँ खट्टी लस्सी लिखा होता।

जिस दिन उसकी लड़कों के साथ मार-पीट हुई थी उस दिन से कोई लड़का उससे बात नहीं करता था। तेज स्वयं भी किसी के साथ नहीं बोलता था। वैसे भी उसका स्वभाव चुप रहने का था।

श्रेणी के बाहर वह एक कदम चैन से नहीं उठा सकता था। और श्रेणी में दशा यह थी कि लड़कों को एक अध्यापक के जाने और दूसरे के आने में जो समय मिलता, उसमें तेज की मिट्टी पलीद कर देते।

और फिर एक दिन स्कूल के कमरे में वह फूट-फूटकर रोने लगा। अगले दिन उसे ज्वर हो गया और वह स्कूल न आया। फिर प्रतिदिन स्कूल के नाम से ही बुख़ार चढ़ जाता। दोपहर के बाद जब उसका ज्वर उतरता तो उसका जी चाहता कि वह बाहर निकले पर जिस गली में वह जाता, लड़के 'खट्टी लस्सी खट्टी लस्सी' कहकर उसे चिढ़ाते। बाजार में, खेल के मैदान में, हर जगह जहाँ भी कोई तेज को देख लेता, धीरे-धीरे खट्टी लस्सी कह देता और बाकी सब हँसना शुरू कर देते।

अपने लड़के की ओर से चिढ़कर उसकी माँ ने अड़ोस-पड़ोस से लड़ना

शुरू कर दिया। उसके पिता ने एक रविवार को बाजार में खड़े होकर शरारती लड़कों के माँ-बाप को गालियाँ दीं।

फिर क्या था, जैसे एक आग सारे गाँव में लग गयी। हर जगह खट्टी लस्सी की पुकार सुनाई देने लग गयी। पंचायत के पंच इस बात पर हँसते रहते, चौपाल में बैठे युवक इस परिहास में आनन्द लेते, स्त्रियाँ पानी भरती हुई, मन्दिर जाती हुई, गली-कूचों में खड़ी, 'खट्टी लस्सी खट्टी लस्सी' का बखान करती रहतीं।

तेज डर के मारे बाहर न निकलता। घर बैठता तो माता-पिता उस पर नाराज होते। उधर स्कूल की पढ़ाई खराब हो रही थी। इस बात की चिन्ता स्वयं उसे खाये जा रही थी।

घर में भी बाहर आँगन में न बैठता। गली में से गुजरते छोटे-छोटे बच्चे 'खट्टी लस्सी' कहकर भाग जाते और वह दाँत पीसता रह जाता। उसकी माँ गालियाँ देती थी। और बच्चे ऊँचे स्वर में मिलकर कहते 'खट्टी लस्सी' और फिर छिप जाते।

रात को सोते-सोते कई बार घबराया-सा वह उठ बैठता, घबराहट से उसका पसीना छूट जाता। डरता हुआ, काँपता हुआ, कुछ-न-कुछ बड़बड़ाता रहता।

एक साँझ लेटर बक्स में एक पत्र डालना था। उसका पिता घर पर नहीं था। उसकी माता रसोई से निवृत्त नहीं हुई थी। कितनी देर से वह तेज को पत्र डालने के लिए कह रही थी। तेज टालता जा रहा था, टालता जा रहा था। अन्त में उसकी माँ क्रुद्ध हो उठी। तेज माँ से डरता हुआ चिट्ठी लेकर घर से निकल पड़ा। उसे दो गलियों में से होकर गुजरना था फिर खेल का मैदान और फिर पक्की सड़क पर लेटर बक्स।

तेज गली में से डरता-सहमता गुजर गया। दूसरी गली में लड़के गिल्ली डण्डा खेल रहे थे। एक लड़के ने उसे देखते ही कहा, 'खट्टी लस्सी' और शेष सब खेल छोड़कर हँसने लगे। लड़कों ने मिलकर फिर कहा, 'खट्टी लस्सी' और जैसे उसके पीछे-पीछे चलने लगे। तेज का दिल धड़कने लग गया। उसके क़दम तेज़ी से बढ़ने लगे। तेज एकदम दौड़ने लगा। सब के सब लड़के 'खट्टी लस्सी खट्टी लस्सी' कहते उसके पीछे हो लिये। सामने बाजार था, बाजार में लोगों ने तालियाँ बजायीं। आगे-आगे तेज और पीछे-पीछे बच्चे, जवान-बूढ़े, स्त्री-पुरुष 'खट्टी लस्सी', 'खट्टी लस्सी' कहते; तेज को ऐसे लगा मानो एक बाड़ उसके पीछे चली आ रही हो।

खेल के मैदान में और लड़कों ने 'खट्टी लस्सी, खट्टी लस्सी' कहना शुरू

कर दिया। तेज दौड़ता-दौड़ता मार्ग से भटक गया, और झाड़-झंखाड़, खेत-खलिहान, पार करता गाँव से बाहर निकल गया। दौड़ता गया, दौड़ता गया। उसे ऐसा प्रतीत होता जैसे सारे का सारा गाँव उसके पीछे चला आ रहा हो। आखिर झाड़ी के पास वह बेसुध गिर गया।

अँधेरा हो चुका था, जब उसके पिता ने उसे गाँव के बाहर जंगल में पड़ा पाया। ज्वर से जैसे वह फुँका जा रहा था। घर लाकर लाख दवाइयाँ की गयीं, डॉक्टर आये, हकीम आये, फिर कहीं तेज ने आँखें खोलीं। आँखें चाहे उसने खोल दीं पर तेज किसी को पहचान न सकता था। उसकी आँखों से आँसू बहते जाते, बहते जाते। और डॉक्टर आये, और इलाज हुआ। फिर पता चला कि तेज का दिमाग चला गया है। उसने कपड़े फाड़ना, बाल नोचना, दाँतों से काटना और गन्दी गलियाँ देना आरम्भ कर दिया। 'आ गये, आ गये' कहता और पलंग से उठकर भागने लगता। न किसी के समझाये समझता, न किसी के सँभाले सँभलता। माता-पिता बाँध-बाँध कर उसे रखते, जकड़-जकड़कर उसे रखते।

माँ-बाप का एकमात्र पुत्र, तेज के अनेक इलाज हुए। झाड़-फूँक करनेवाले आये, मन्त्र पढ़ने वाले आये, मालिश करने वाले सारा-सारा दिन मालिश करते रहते। अँग्रेजी दवाइयाँ, देशी दवाइयाँ, किसी प्रकार के इलाज की कसर न रहने दी गयी। घर में जब वह अच्छा न हुआ तो उसे अस्पताल में दाखिल करवा दिया गया। जिस दिन वह अस्पताल पहुँचा, उसी साँझ उसकी बहन सोमाँ आ गयी।

अस्पताल वालों ने उसे अकेले, शान्त, हवादार कमरे में रखा हुआ था। घरवालों को उससे मिलने की आज्ञा नहीं थी। पर जैसे-तैसे सोमाँ चुपके से तेज के कमरे में चली गयी।

'खट्टी लस्सी' सोमाँ ने अरमान भरे स्वर में कहा और उछलकर जैसे अपने भैया के पलंग पर जा गिरी। 'खट्टी लस्सी' कहती और उसे चूमती। 'खट्टी लस्सी' कहती और उसे छाती से लगाती। 'खट्टी लस्सी' कहती और उसकी उँगलियों को दाँतों के नीचे धीरे-धीरे दबाती। जैसे घनघोर घटाओं के पीछे से कभी सूर्य बलपूर्वक उभर आता है, वैसे ही तेज के दिमाग पर छाया गहरे अन्धकार का आवरण हटना शुरू हो गया। सोमाँ 'खट्टी लस्सी' 'खट्टी लस्सी' कहती और तेज के माथे से बीमारी के चिह्न मिटते जाते। उसकी आँखों में चमक-सी आनी शुरू हो गयी। सोमाँ उसके हाथों को दबाती, माथे को मलती, गालों को सहलाती, उसके बालों में उँगलियाँ फेरती बार-बार उसे 'खट्टी लस्सी', 'खट्टी लस्सी' कहकर पुकारती मानो उसे प्रगाढ़ निद्रा से जगा रही हो। कोई पन्द्रह मिनट इसी प्रकार करते रहने के बाद जब सोमाँ ने 'खट्टी लस्सी' कहा तो तेज के मानो जकड़े

हुए अंग-प्रत्यंग स्वच्छन्द हो गये। उसके होठों पर मुसकराहट दौड़ गयी।

उसने अपनी बहन को पहचान लिया। फिर वे दोनों कितनी ही देर छोटी-छोटी बातें करते रहे। 'खट्टी लस्सी' सोमाँ कहती तो उसके भैया की जैसे मैल की तहें उतरती जातीं। 'खट्टी लस्सी' सोमाँ कहती तो उसका भैया जैसे रिमझिम फुहार में नहा रहा हो, उसे ठण्डक पड़ती जाती। 'खट्टी लस्सी' सोमाँ कहती तो उसकी रगों में जमा हुआ रक्त जैसे गतिमान हो जाता। बार-बार वह सिसकियाँ भरता, और बार-बार वह अपनी बहन की आँखों में स्नेह का जीवन देनेवाला अपार सागर उमड़ता हुआ देखता। उसके अंग-अंग में शक्ति आती जाती।

उस रात सोमाँ वहाँ रही। अगले दिन वह अपने हँसते-खेलते भैया को ताँगे में बिठाकर घर ले आई। 'खट्टी लस्सी' वह अपनी बहन को पुकारते हुए सुनता तो उसमें इतना बल, इतनी दिलेरी आ जाती कि तेज सोचता कि वह तो दीवारों को गिरा सकता है, लाखों से लड़ सकता है।

जब ढोल बजता है

ममूद ने अखाड़े में मुकाबले के पहलवान से हाथ ही मिलाया था कि आँख झपकने की देर में कुछ हुआ और फिर तालियाँ बज उठीं। ममूद चित हो गया था। दर्शक तालियाँ पीटते गये, पीटते गये। ढेरी चकरी वालों ने अपने पहलवान को कन्धों पर उठा लिया। और ममूद अवाक्-सा अखाड़े में टुकुर-टुकुर देख रहा था कि यह हो क्या गया है? और दस आदमी जो उसके साथ आये थे, चुपके-चुपके छँटने शुरू हो गये।

ममूद हैरान था। ढेरी चकरी वाला उसे कैसे पछाड़ सकता था? 'सुआँ' की भैंसों के दूध पर पला हुआ ममूद नमाज़ें पढ़नेवाले ढेरी चकरी के पट्ठे से कैसे हार गया! ममूद की आँखों के आगे चक्कर आने शुरू हो गये।

पूरे एक साल की मालिशें, पीपे के पीपे सरसों के तेल के रमके पुट्ठों में रच गये थे! पूरे एक साल की कसरतें, बैठक और दण्ड, मुद्गर और 'मुरलियाँ' दाँव और पेंच! पूरे एक साल की खुराक; दूध और मलाई, मक्खन के पेड़े और घी की मशकें जो उसके लिए पुंछ से आती थीं! पूरे एक साल की तैयारियाँ, पूरे एक साल की बाट 'गोलड़े शरीफ़' के मेले की!

और अब पूरे एक साल की उपेक्षा। हारे हुए पट्ठे की बेबसी। हारे हुए पट्ठे की मेहनत।

और ममूद ने एकदम सिर हिलाते हुए, अखाड़े के उस्ताद को जा पकड़ा। ममूद नहीं हारा था। लोग ठट्ठा कर रहे थे, उपहास कर रहे थे और ममूद कहता कि वह हारा नहीं था। मुकाबले की पार्टी नाच-नाच उठती थी, उनका ढोल गूँज-गूँज पड़ता था, उनकी चादरें और पगड़ियाँ हवा में उड़-उड़ जाती थीं, उनके साँटे उछल-उछल गिरते थे, और ममूद कहता कि वह हारा नहीं था।

लोगों ने ममूद की पीठ लगते देखी थी। ममूद के कन्धों के बीच अभी भी मिट्टी लगी हुई थी। और ममूद कहता कि वह हारा नहीं था।

पर विपक्षी तो ममूद के मुँह से हार मनवाना चाहते थे। और निर्णय यह हुआ कि दंगल फिर होगा। शर्त केवल एक ही थी कि ममूद का 'ख़लीफ़ा' अखाड़े में हाजिर हो ताकि अगर फिर भी ममूद हार न माने तो उसके ख़लीफ़े को झूठा किया जा सके।

ममूद ने यह शर्त मान ली। दंगल अगले दिन होना नियत हो गया।

ममूद ने तो शर्त मान ली पर उसे अखाड़े से बाहर आकर ख़याल आया कि उसका गाँव तो तीस मील दूर था।

और ममूद आँखें बन्द करके मेले से निकल पड़ा। सारा दिन ममूद दौड़ता रहा, दौड़ता रहा। कहीं अगर उसे घोड़ी मिल गयी तो उसने घोड़ी पकड़ ली, कहीं उसे बैलगाड़ी मिल गयी, तो बैलगाड़ी पर सवार हो गया। और शाम को सूरज डूबते ही ममूद अपने गाँव जा पहुँचा।

गाँव पहुँचकर ममूद को ख़याल आया कि उसका ख़लीफ़ा तो आज कितने दिन हुए शहर गया हुआ था। फिर एकदम ममूद को अपने ख़लीफ़े के बेटे का ख़याल आया और वैसा-का-वैसा दौड़ता हुआ जमींदार के घर जा पहुँचा।

ख़लीफ़ा भी बाहर गया हुआ था, ख़लीफ़े की घरवाली भी बाहर गयी हुई थी। घर में केवल ख़लीफ़े का ग्यारह साल का बेटा था और उसकी बूढ़ी दादी।

दादी कैसे अपने पोते को तीस मील दूर मेले में, नीच जाति के साथ भेज सकती थी? और ममूद आँगन में फूट-फूटकर रोने लगा। करमो बीवी ने ममूद को समझाया भी, उस पर नाराज भी हुई पर ममूद की पूरे एक साल की मेहनत अकारथ जा रही थी और फिर वर्ष-भर का अपमान, ममूद कहता कि वह तो बच्चे को लेकर ही जाएगा।

और करमो बीवी ममूद को लाख-लाख गालियाँ देती।

करमो बीवी के पारे से डरकर और कोई हवेली की तरफ मुँह न करता।

गाँववालों के लिए बड़ी समस्या खड़ी हो गयी थी। खलीफा घर पर नहीं था। और यदि ममूद हार जाता है तो सारे गाँव का इसमें अपमान था। सबकी पगड़ी उतर जाती। उधर करमो बीवी भी सच्ची थी, ग्यारह साल के बच्चे को तीस मील दूर मेले में कैसे भेज देती।

और इसी सोच-विचार में रात हो गयी।

एक पहर रात बीत चुकी थी कि घर के नौकरों और मुहल्लेवालों और पड़ोसियों और गाँव के बड़े-बूढ़ों ने मिलकर, सोये हुए जमींदार के बच्चे को हवेली से उठवा लिया और रातोंरात घोड़ी पर बिठाकर ममूद के साथ मेले भिजवा दिया। सारी रात घोड़ी दौड़ती रही। और सवेरे ठीक समय पर ममूद अपने ख़लीफ़े को

कन्धों पर उठाये हुए अखाड़े में आ उतरा। लोगों ने ममूद के ख़लीफ़े को देखा और तालियाँ बजाना शुरू कर दिया। पर ममूद नाचता हुआ, झूमता हुआ, अपने ख़लीफ़े को वैसा-का-वैसा सिर पर उठाये हुए अखाड़े के उस्ताद के पास ले गया। उस्ताद ने ख़लीफ़े के साथ हाथ मिलाया। उसके गले को फूलों से भर दिया गया। और अखाड़े के एक सिरे पर बैठकर करमो बीवी का पोता दंगल की प्रतीक्षा करने लगा। ढोल एक सुर, एक ताल, पूरी गमक से बज रहा था और झुण्ड-के-झुण्ड लोग जमा हो रहे थे। अखाड़े के चारों ओर कहीं तिल धरने की जगह न थी।

और उधर पीछे गाँव में करमो बीवी ने जब अपने पोते को पलंग पर न पाया, तो सिर पीट-पीटकर बेहाल हो गयी। सारा गाँव उसने इकट्ठा कर लिया। लोग सोचते कि ममूद का बच्चा कच्चा कोल्हू में पिसवा दिया जाएगा। करमो बीवी तो उसकी बोटी-बोटी चिड़ियों से चुगवा देगी। ममूद के घरवाले डर से गाँव छोड़कर भाग गये।

करमो बीवी का क्रोध अपार था। एक बार किसी ने गली में आँख उठाकर उस की ओर देखा था और करमो बीवी ने हट्टे-कट्टे उस जाट को उसी की पगड़ी के साथ बाँधकर, उसके मुँह को लेंड़ी कुत्तों से चटवाया था। जवानी में करमो बीवी अकेली भैंस को पकड़कर उसकी नाक को नथ देती। बिगड़ैल-सी बिगड़ैल घोड़ियाँ करमो बीवी के सामने सिर न उठातीं। और अब चाहे करमो बीवी बूढ़ी हो गयी थी, उसके चेहरे की लाली वैसी-की-वैसी थी, उसके माथे पर दबदबा वैसा-का-वैसा था, उसकी छाती में हिम्मत रत्ती-भर कम नहीं हुई थी।

और फिर करमो बीवी ने गोलडे शरीफ़ के मेले की ओर घोड़े दौड़ाए ताकि उसके पोते की उसे ख़बर लाकर दें, घोड़े दौड़वाए शहर की ओर ताकि उसके बेटे को गाँव में हुए इस अनर्थ की सूचना दें।

और फिर करमो बीवी ने हण्टर उठा लिया। इस्पात जैसी कठोर, हाथीवाला हण्टर जिसकी चाबुक साँप की तरह फुँफकारती थी। और करमो बीवी शेरनी की तरह बिफरती इन्तजार करने लगी।

उधर ममूद लिश-लिश करते अपने पट्ठों पर हाथ मारता हुआ अखाड़े में उतरा, अपने ख़लीफ़े के उसने पैर चूमे और शेर की तरह गरजता हुआ, मुकाबले के पहलवान पर जा टूटा। पत्थर की तरह सख़्त ममूद के कमाये हुए शरीर पर जहाँ भी दूसरा हाथ डालता, उसका हाथ छूट-छूट जाता। और फिर ममूद ने अपने सिर के साथ उसकी छाती पर घुस मारी और ढेरी चकरी के पहलवान को टाँगों से पकड़कर उलटा दिया। आँख झपकने में ममूद उसकी छाती पर जा बैठा। ममूद

छाती पर बैठा हुआ था पर दूसरे की पीठ अभी लगी नहीं थी। एक कन्धे पर ममूद जोर डालता और वह दूसरा उठा लेता, दूसरे पर बोझ डालता तो वह पहला जमीन से हटा लेता। अखाड़े का उस्ताद नीचे पंजे दे-देकर खाली जगह को बार-बार देखता। पहलवानों के दम फूल रहे थे। उनके शरीर लाल हो गये थे। तमाशबीन तालियों पर तालियाँ पीट रहे थे। दोनों तरफ लोग ऐसे तन गये थे जैसे कि हर कोई स्वयं कुश्ती लड़ रहा हो। और फिर ममूद ने दायें-बायें, बायें-दायें, ढेरी चकरी वाले को अपनी कलाइयों से मारना शुरू कर दिया। मारता जाता, मारता जाता। नीचे फँसे हुए पहलवान की चीखें निकल रही थीं। ऐसे लगता जैसे लहू उसके कन्धे से फूट निकलेगा, उसकी हड्डियाँ जैसे पिसी जा रही थीं, पर फिर भी वह एक कन्धा जमीन के साथ लगाता और दूसरा उठा लेता। दूसरे कन्धे को नीचे लगाता तो पहला उठा लेता। जब तक दोनों कन्धे ठीक जमीन के साथ न लग जाएँ, पहलवान चित नहीं समझा जाता था। और फिर ममूद ने एक नजर अपने खलीफे की तरफ देखा और जैसे अथाह बल उसमें आ गया हो, वह बिजली की तरह कूदा और उलटा होकर अपने घुटनों को उसने ढेरी वाले के कन्धों पर रख दिया और हाथों से उसकी टाँगों को सीधा कर दिया। ढेरी चकरी का पहलवान चित हो गया था। तालियाँ और नारों की गूँज से आकाश फटने लगा। ममूद ने अपने ख़लीफ़े को सिर पर उठाकर नाचना शुरू कर दिया। ढोल बजते, ममूद नाचता, फूलों के हार बार-बार लोग ममूद के गले में डालते, ममूद के ख़लीफ़े के गले में डालते! और फिर ममूद के साथियों ने मिलकर गाना शुरू कर दिया, नाचना शुरू कर दिया।

इस तरह गाना हो रहा था, नाच हो रहा था कि ममूद को करमो बीवी का ध्यान आया और वैसे-के-वैसे ममूद और उसके साथी ढोल पीटते, घोड़ियों पर सवार गाँव की ओर चल दिये।

घोड़ियाँ दौड़तीं, घोड़ियाँ ठहरतीं, पानी पीतीं, चारा खातीं, तीस मील का फासला था, आखिर पहुँचते-पहुँचते ही पहुँचतीं। और ऐसे ही दोपहर ढल गयी।

शाम हो रही थी जब अपनी हवेली की सबसे ऊँची छत पर खड़ी करमो बीवी ने देखा, सामने गोलडा शरीफ़ की सड़क पर कुछ सफेद कपड़े दिखाई दिये। करमो बीवी के हाथ में पकड़ा हुआ हण्टर जैसे फुंकारने लगा। उसके दाँत बार-बार उसके होठों को आकर काटते और उस पर एक रंग आता और एक रंग जाता। और गाँव के लोग सोचते कि आज न जाने क्या कहर बरसने वाला था। करमो बीवी चाहे तो ममूद को छत से उलटा लटकाकर उसके नीचे लाल मिरचों की धूनी सुलगा दे, उसे कोई पूछने वाला नहीं था।

फिर दूर क्षितिज पर चींटियों की तरह दिखाई देते सफेद कपड़े बढ़ने लग गये। सारा गाँव छतों पर खड़ा इन्तजार कर रहा था। सारा गाँव आतंकित था। और फिर सफेद कपड़े और बढ़ गये। घोड़ियाँ दिखाई देने लगीं। ये तो वही थे, ममूद और उसके साथी। ज्यों-ज्यों वे पास आते, लोगों ने थर-थर काँपना शुरू कर दिया। करमो बीवी की आँखें जैसे क्रोध में फटने लगी थीं।

और फिर गोलडे शरीफ़ की ओर से आ रहे सवार और पास हो गये। ये तो वही थे, ममूद और उसके साथी। ममूद ने करमो बीवी के पोते को अपने कन्धों पर उठाया हुआ था। और ढोल पीटा जा रहा था। ये तो जीतकर आये थे। उनके गले फूलों से लदे हुए थे। डम-डमा-डम, डम-डमा-डम ढोल बज रहा था। ममूद अपने ख़लीफ़े को सिर के साथ लगाये हुआ था। डम-डमा-डम, डम-डमा-डम ढोल बज रहा था और करमो बीवी के चेहरे का रंग बदलने लग पड़ा। डम-डमा-डम, डम-डमा-डम ढोल बज रहा था और करमो बीवी की बूढ़ी आँखों को सामने आ रहे लोगों के गलों में फूल दिखाई देने लग पड़े। डम-डमा-डम, डम-डमा-डम ढोल बज रहा था और करमो बीवी को बाहर गाँव तक पहुँच चुके ममूद और साथियों के नारे सुनाई देने लग पड़े। डम-डमा-डम, डम-डमा-डम ढोल बज रहा था और करमो बीवी के हाथ से उसका हण्टर फिसलकर नीचे आ पड़ा। डम-डमा-डम, डम-डमा-डम ढोल बज रहा था और विजेता गाँव आ पहुँचे थे। करमो बीवी का चेहरा खिलकर गुलाब की तरह हो गया। डम-डमा-डम, डम-डमा-डम ढोल बज रहा था और करमो बीवी की आँखों में खुशी के आँसू छलक आये और वह दौड़ती हुई नीचे गली में आ गयी। डम-डमा-डम, डम-डमा-डम ढोल बज रहा था और करमो बीवी ने ममूद को छाती से लगा लिया और अपने पोते को चूमना शुरू कर दिया। डम-डमा-डम, डम-डमा-डम ढोल बज रहा था और करमो बीवी ने अपने अनाज के कोठे खोल दिये। और जितना किसी से उठाया जाता, लोग अनाज उठा-उठाकर करमो बीवी की हवेली से ले जाते। डम-डमा-डम, डम-डमा-डम, ढोल बज रहा था कि बार-बार ममूद की तरफ देखती करमो बीवी कहती, ''बेटा! मैं इस वक्त लड्डू कहाँ से लाऊँ। बेटा! मैं इस वक्त बताशे कहाँ से लाऊँ।''

ढोल, डम-डमा-डम, डम-डमा-डम बज रहा था, बजता जा रहा था।

मोतियों वाले

पीछे हमारे गाँव में कुछ घर रजवाड़ों के थे। हम लोग उनको 'मोतियों वाले' कहा करते थे। रजवाड़ों के ढोर किसी खेत में चर सकते थे। गाँव में से आता-जाता रजवाड़ा किसी को भी कोई फरमाइश कर सकता था और सुननेवाले को वह बात पूरी करनी होती थी। रजवाड़ों की मैली नजरें गाँव में किसी भी स्त्री पर पड़ सकती थीं और उनको कोई कुछ नहीं कह सकता था। अपना सतीत्व सँभालने की जिम्मेदारी हर स्त्री की अपनी थी, और गाँव की बहू-बेटियाँ ढकी-लिपटी बाहर निकलतीं, लुक-छिप कर जीवन गुजार लेतीं। रजवाड़ों की भौंएँ का अँगरेज सरकार ने मामला माफ किया हुआ था। मवेशियों की मण्डी में हर मंगल को जितना टैक्स इकट्ठा होता, रजवाड़ों को वह ख़ज़ाने में जमा नहीं करना होता था। रजवाड़ों के कपड़े हमेशा दूध-से सफेद होते थे जिनको धोने की जिम्मेदारी गाँव के बरेठों की थी। किसी की कोई चीज किसी रजवाड़े के मन भा जाती, उसे वह चीज उनकी भेंट करनी होती थी। बाजार में से, गली-मुहल्ले में से, रजवाड़ों का चाहे कुत्ता भी गुजरे, लोग बैठे हुए खड़े हो जाते थे। रजवाड़े हँसते तो सारा गाँव हँसता, रजवाड़ों के दु:ख में सारा गाँव दु:खी होता। जो बात रजवाड़े करते वही बात अच्छी मानी जाती। 'मोतियों वाले' जो वह ठहरे।

और फिर देश आजाद हो गया। देश की आजादी के साथ देश को भी बाँट दिया गया। देश के बँटवारे के समय जो फ़साद हुए वह किसी को भुलाये नहीं भूलते। हमारे गाँव के रजवाड़ों ने अपने हिन्दू-सिखों को जैसे अपने परों के नीचे छुपाये रखा। और फिर जब लोग उनसे बेकाबू हो गये तो वह हम सबको अपने साथ लाकर सरहद पर छोड़ गये। बिछुड़ते समय उनकी आँखों से आँसू बह रहे थे और 'मोतियों वाले मोतियों वाले' कहते हमारे जैसे मुँह न थकते हों।

अमृतसर में जो घर हमें एलाट हुआ वह शहर से जरा हटकर था। हमारी कोठी के साथ पाँच-सात और कोठियाँ थीं और बस। हमारे साथ वाली कोठी में किसी देशी रियासत का एक राजकुमार रहता था। उसने छह कोठियाँ खरीद

रखी थीं। एक में स्वयं रहता था, शेष पाँच को उसने किराये पर चढ़ा रखा था। कुछ दिन हमें इकट्ठे रहते हुए कि राजकुमार के बच्चे हमारे बच्चों के साथ खेलने लग गये। राजकुमार की पत्नी हमारे यहाँ आतीं, हमारे से उनके यहाँ जातीं। उनको किसी चीज की आवश्यकता होती तो हमारे यहाँ से मँगवा लेते, हमारे यहाँ कोई चीज कम पड़ जाती तो हम उनके घर से पुछवा लेते। कई बार खेलते-खेलते हमारे बच्चे उनके बच्चों को पीट आते, कई बार खेलते-खेलते उनसे मार खा आते। राजकुमार की पत्नी हमारे आँगन में बैठी कई बार कितनी-कितनी देर गुजरे हुए समय की बातें करती रहतीं। महलों का जीवन राजाओं के ठाठ, हुक्मरानी के मजे। अब भी हम लोग राजकुमार की पत्नी को 'टिकारानी' कहकर बुलाते थे। राजकुमार को 'टिका साहब' पुकारते थे। एक मामूली सरकारी कर्मचारी के पड़ोस में एक देशी रियासत का राजकुमार रहता था! टिकारानी को जो टिका साहब से कोई शिकायत होती तो हमारे यहाँ आकर अपने मन को शान्त कर लेतीं। टिकारानी को अपने बाकी परिवार से कोई निराशा होती तो हमारे यहाँ आकर अपना दु:ख रो लेती। नौकरों से तो उन्हें हमेशा शिकायत रहती थी। कोई चोर था, कोई गुस्ताख़ था, कोई बदतमीज था, कोई निकम्मा था और मजाल है उनके यहाँ कोई नौकर टिक जाए। बस एक आया थी जो पुराने समय से उनके यहाँ चली आ रही थी और जो अब टिकारानी का बस एक सहारा था, उसके सुनहरी समय की एक मीठी याद। एक रोज मैं अपने बगीचे में टहल रहा था। पड़ोसियों की आया उनके बच्चे को वहाँ खिला रही थी। 'मोतियों वाले' 'मोतियों वाले' कहके वह उसको पुकारती। बच्चा बार-बार वही बात करता जिससे वह उसे रोकती। आया फिर उसे 'मोतियों वाले' 'मोतियों वाले' कहती। उसका मुँह जैसे न थकता हो।

और मुझे गाँव के रजवाड़ों का ख़याल आने लगा, जिनको हम 'मोतियों वाले' पुकारा करते थे। जिनके ढोर किसी खेत में चर सकते थे। जिनकी मैली नजरें किसी भी औरत पर पड़ सकती थीं और उनको कोई कुछ नहीं कह सकता था। जिनके कपड़े हमेशा दूध से सफेद होते थे, जिनको धोने की जिम्मेदारी गाँव के बरेठों की थी।

इस बात को कई साल गुजर गये। नौकरी के चक्कर में हम एक से ज्यादा शहर घूमकर अमृतसर से भी बड़े एक शहर में आये हुए थे। कई दिन से इस शहर में बड़ी गहमा-गहमी थी। म्युनिसिपल कमेटी के चुनाव होनेवाले थे। हर रोज शाम को जुलूस निकलता। 'जिन्दाबाद' 'जिन्दाबाद' करते लोग झण्डे लिये हमारे सामने सड़क पर से गुजरते रहते। रात गये तक दूर बाजार में लाउडस्पीकरों पर लोगों के बोलने की आवाजें आती रहतीं। कभी कोई गाने लगता, कभी कोई

कविता सुनाने लगता। एक जुलूस ट्रकों पर निकला, इस पार्टी की निशानी ट्रक था। एक जुलूस ताँगों पर निकला, इस पार्टी की निशानी ताँगा था। एक जुलूस बैलगाड़ियों पर निकला, इस पार्टी की निशानी बैलगाड़ी थी। एक पार्टी के लोग सड़क से गुजर कर जाते और दूसरी पार्टी के लोग आ जाते। यह लोग हटते कि तीसरी पार्टी वाले थैया-थैया करते कहीं से निकल आते। बड़ों को देखकर बच्चे भी उनके साथ शामिल हो जाते और जो भी पार्टी आती उसके साथ 'जिन्दाबाद जिन्दाबाद' करते रहते।

कई दिन इसी तरह होता रहा। फिर एक रोज म्युनिसिपल कमेटी के कर्मचारी आये और हमें चुनाव के कागज दे गये। एक वोट मेरी थी, एक वोट मेरी पत्नी की। उन्होंने बताया कि तीन रोज के बाद वोट डालना है। हमारा बूथ सामनेवाले बाजार को छोड़कर बच्चों के स्कूल में था।

जिस दिन वोट डालना था उस रोज शहर के सब दफ्तरों में छुट्टी हो गयी। सुबह जब हम उठे तो हम सोचने लगे कि वोट किसको देंगे।

"हमें तो किसी ने पूछा भी नहीं," मेरी पत्नी कहने लगी।

और मुझे भी ख़याल आया कि न एक पार्टी का, न दूसरी पार्टी का और न तीसरी पार्टी का, हमारे पास तो कोई भी नहीं आया था।

"हमारे यहाँ जो भी आया," मेरी पत्नी बोली, "मेरी तो शर्त यह है कि पहले हमारे सामने के नाले को पक्का कराया जाए, फिर मैं वोट दूँगी।"

"हाँ, नाला गन्दा तो बहुत है," मैंने उत्तर में कहा, "नाला तो साफ होना ही चाहिए।"

"नाला और इस ओर का खुला मैदान," मेरी पत्नी फिर बोल रही थी, "इस मैदान में तो हमेशा कूड़ा-करकट पड़ा रहता है। यहाँ सड़क को कोई नहीं साफ करता, कूड़ा होता है हवा से उड़ जाता है, वर्षा से धुल जाता है। और फिर कमेटी वालों को चाहिए कि सड़क पर वृक्ष लगायें, उनके जंगले बनवायें, माली रखें, खाद का प्रबन्ध हो, पानी का प्रबन्ध हो, और सड़क पर ये लोग फलोंवाले वृक्ष क्यों नहीं लगवाते? साये का साया और फल-के-फल। साल-के-साल फलों पर ठेका दे दिया जाए। मुझसे कोई पूछे तो मैं आमों के पौधे सड़क-सड़क लगवाऊँ।"

आमों का ख़याल आते ही मेरी पत्नी का मुँह मजे से जैसे भर गया और वह चुप हो गयी।

पर हमें तो वोटों के लिए किसी ने पूछा भी नहीं-मुझे फिर ख़याल आया।

बरामदे में बैठे हम अखबार पढ़ते रहे। सारी सुबह गुजर गयी। दोपहर हो गयी। हमारे सोने का समय आ गया। दोपहर को खाने के बाद मेरी पत्नी जरूर

सोती थी। पर कोई भी तो नहीं आया। न एक पार्टी का, न दूसरी पार्टी का और न तीसरी पार्टी का।

हम अभी तक प्रतीक्षा कर रहे थे।

फिर अपने काम-काज से अवकाश पाकर हमारे नौकर छुट्टी के लिए आये। रसोइया, आया, माली, ड्राइवर, अर्दली, जमादार सब वोट देने जा रहे थे। मैंने उनसे पूछा किसको वोट दे रहे हैं। किसी ने किसी के साथ वादा किया हुआ था; किसी को किसी की सिफारिश आयी हुई थी।

कोई पन्द्रह मिनट प्रतीक्षा करके मेरी पत्नी अन्दर सोने के लिए चली गयी। और मैंने सोचा, बेकार बैठा क्या करूँगा, एक चक्कर दफ़्तर का ही लगा आऊँ, आज की डाक आयी होगी।

और मैं दफ़्तर चल दिया। कोठी के गेट के बाहर सड़क पर मैंने देखा कई रिक्शा खड़े थे। और सामने हमारा बैरा था, बैरे की पत्नी थी। आया थी, आया का पति था। माली था, माली की दो घरवाली थीं। ड्राइवर था, ड्राइवर का भाई था, भाई की पत्नी थी। अर्दली और उसकी औरत थी। जमादार था, जमादार की माँ थी, जमादार का पिता था, जमादार की तीन जवान बहनें थीं। और किसी उम्मीदवार का एजेण्ट उन्हें एक ओर खींच रहा था, किसी उम्मीदवार का एजेण्ट उन्हें दूसरी ओर खींच रहा था। ''मोतियों वालो, इधर आओ'' तीसरा उम्मीदवार स्वयं उनके हाथ जोड़ रहा था, ''मोतियों वालो, मैं खुद हाजिर हुआ हूँ, स्वयं चलकर आया हूँ, मोतियों वालो...'' और ढेर से रिक्शा इन ढेर-सी वोटों की प्रतीक्षा कर रहे थे।

मोतियों वाले! अकेला अपनी एकमात्र वोट को जेब में डाले दफ्तर की ओर जा रहा मुझे बार-बार अपने गाँव के रजवाड़ों का ख़याल आने लगा, जिन्हें हम 'मोतियों वाले' कहकर पुकारते थे। जिनके ढोर किसी भी खेत में चर सकते थे, जिनकी मैली नजरें किसी भी औरत पर पड़ सकती थीं और उनको कोई कुछ नहीं कह सकता था। जिनके कपड़े दूध-से सफेद होते थे, जिनको धोने की जिम्मेदारी गाँव के बरेठों की थी। 'मोतियों वाले!' टिका साहब, टिकारानी और उनका बच्चा, जिनकी छह कोठियाँ थीं। एक रहने के लिए थी, शेष पाँच का वे किराया खाते थे। जिनको महलों का जीवन, राजों के ठाठ, हुक्मरानी के मजे अभी तक नहीं भूले थे। जिनकी आया हमेशा जिनके बच्चों को 'मोतियों वाले' 'मोतियों वाले...' कहकर पुकारती थी। ''मोतियों वालो! मैं स्वयं चलकर आया हूँ, मोतियों वालो!'' एक खद्दरधारी महोदय की आवाज फिर कितनी देर तक मेरे कानों में गूँजती रही।

सोयी हुई हीर

बहन देवकी जगत-बहन थी। अड़ोस-पड़ोस वाले, गली-मुहल्ले वाले, छोटे-बड़े सब उसे बहन देवकी कहकर पुकारते थे। उसका सगा भाई भी उसे बहन देवकी कहकर पुकारता था।

बहन देवकी का बस एक ही भाई था, संसार में और कोई नहीं था। न माँ, न बाप। अभी वह अनजान ही थी कि उसका विवाह हो गया। अभी उसे किसी चीज की खबर भी नहीं थी कि उसका पति चल दिया। जब उसने होश सँभाला तो बहन देवकी को पता चला कि वह बाल-विधवा थी।

वह दिन और यह दिन, बहन देवकी ने एक छत के नीचे एक आँगन में अपने जीवन के पाँच जाड़े गुज़ार दिये थे। अब उसके बालों में सफेदी आनी शुरू हो गयी थी। जब वह चोटी करने लगती, गुच्छों के गुच्छे उसके बालों के कंघी के साथ उतर आते। बहन देवकी को यों लगता जैसे दोपहर ढलने का धीमा पड़ रहा सेंक होता है।

बहन देवकी सारे-के-सारे गाँव में एक फूल की तरह थी, जिसकी बस सुगन्ध-ही-सुगन्ध होती है, रंग-ही-रंग होता है। हर कोई बहन देवकी का शैदाई था। यदि कोई अच्छा काम होता, वह बहन देबकी का किया होता। बुरे काम बाकी गाँववालों के हिस्से में थे। किसी के क़सीदे में बढ़िया बूटी होती, तो वह बहन देवकी की बनायी होती, किसी के घर में कोई स्वादिष्ट सलोना पकता तो उसकी तरकीब बहन देवकी की सिखायी होती। किसी की आँख आ जाती, बहन देवकी की एक चुटकी और वह भला-चंगा हो जाता। बहन देवकी गुरुद्वारे पाठ करने बैठती तो किसी का उठने को जी न चाहता। घरवालियों की पीछे हड्डियाँ जल-जल जातीं, गायें दूध के लिए रँभा-रँभा कर बेहाल हो जातीं, दूध-दही को देर हो जाती और फिर मक्खन बिगड़-बिगड़ बैठता, हाथ में ही न आता।

लड़कियाँ-बालियाँ जोर से कभी न हँसतीं कि बहन देवकी क्या कहेगी। खोंचेवाले बहन देवकी के लिहाज के मारे न कम तौलते न खोट कमाते।

सुथरा खाती, सुथरा पहनती, सुथरा जीवन गुजारती, बहन देवकी सारे गाँव में एक नमूना थी। किसी को अपनी बेटी को समझाना होता, बहन देवकी का उदाहरण दिया जाता। किसी को अपनी पत्नी से शिकायत होती, बहन देवकी के सुघढ़ापे को याद किया जाता। गाँव की विधवा औरतें बहन देवकी की ओर देखतीं और अपने मन को मार कर बैठ जातीं। दिल में आये कई अरमानों को छाती में भींच कर रख लेंती। बहन देवकी स्वयं पढ़ी थी और गाँव में उसने कई और को पढ़ाया था। प्रतिदिन सवेरे उसके आँगन में जैसे एक पाठशाला-सी लग जाती। बड़े शौक से, बड़ी मेहनत से, बड़े प्यार से वह पढ़ाती। जो बच्चे स्कूल में न चल सकते, वह बहन देवकी के पास आकर सुधर जाते। कई अधेड़ औरतें, कई पुरानी बूढ़ियों को उसने पढ़ने की चाट लगा दी थी। छोटे-छोटे इम्तहान, बड़े-बड़े इम्तहान, बहन देवकी स्वयं कहीं-की-कहीं पहुँच गयी थी।

हर वक्त शान्त, हर वक्त अडिग, सेवा-भाव में लीन, बहन देवकी को कभी किसी ने ख़फ़ा होते नहीं सुना था, कभी किसी के साथ ऊँचा बोलते नहीं सुना था। हर किसी के काम आती, हर किसी की सहायता करती, हर किसी को सुमत देती; जैसे कोई गहरी झील हो, गम्भीर, सोयी-सोयी।

हमारे गाँव में, बीमारी पड़ी। जिस किसी के कहीं सींग समाये लोग गाँव छोड़ कर चले गये। बहन देवकी का भाई लिलिया-लिलिया रहा, उसने किसी की न सुनी और सुबह उठते ही गरीबों, अनाथों की सेवा में लग जाती, कहीं रात होती और वह जाकर साँस लेती। मल-मूत्र सँभालने से लेकर मुर्दों को जलाने की लकड़ियों का प्रबन्ध तक बहन स्वयं करती। स्वयं करती और औरों को अपने साथ लगाये रखती।

''यह बीमारी तो निरी आग है,'' बहन देवकी को देखकर लोग कहते, ''यह लड़की तो भस्म हो जाएगी।'' देवकी सुनती और अनसुना कर देती। निआसरों की मदद में कोई मरता हो तो बेशक मरे। बहन देवकी तो हर पल ऐसी मौत मरने के लिए तैयार थी। और वह अपनी धुन में लगी रहती। शहर से आये सरकारी डॉक्टर, बहन देवकी की ओर देख-देखकर आश्चर्यचकित होते। न यह लड़की थकती थी, न हारती थी, न ही इसे डर लगता, और जो कोई भी आता बहन देवकी का सेवा-भाव देख-देखकर हैरान होता रहता। होठों पर गुरुवाणी और हाथों से निर्धनों की सेवा। बहन देवकी गली-गली फिरती, घर-घर घूमती।

उसे देखकर रोगियों को जीवन की आस लग जाती। दवाई देती, साफ रहने का ढंग सिखाती और गुरुवाणी का पाठ सुनाती। बहन देवकी के हाथों में बाँहें देकर मरनेवालों को मौत से डर न आता।

आखिर गाँव से बीमारी निकल गयी। जो लोग भाग कर गये थे वह लौट आये, जो लोग मरे थे उनकी याद पुरानी हो गयी। और गाँव का जीवन फिर वैसे-का-वैसा हो गया। बहन देवकी की जीवनधारा फिर वैसी अडोल, फिर वैसी-की-वैसी निश्छल, फिर वैसी-की-वैसी निर्लिप्त बहने लगी। सोयी-सोयी, जैसे सरो की परछाईं होती है।

बहन देवकी सुबह-सवेरे उठती, बावली में नहाकर गुरुवाणी का पाठ करते हुए घर आती। पाठ करते-करते चूल्हे-चौके का काम करती। उधर उसका भाई काम पर जाता, इधर यह गुरुद्वारे कीर्तन सुनने के लिए चल देती। हर रोज नौ-दस गुरुद्वारे में ही बज जाते थे। गुरुद्वारे से निकली उसे कोई-न-कोई बातों में लगा लेता। लड़कियाँ अपने दुःख उससे रोतीं, बड़ी बूढ़ियाँ छोटी-छोटी बातों में उसकी सलाह लेतीं। जब घर लौटती, बच्चे पढ़ने के लिए प्रतीक्षा कर रहे होते। दोपहर को बच्चे जाते और अड़ोस-पड़ोस की औरतें क़सीदे लेकर आ जातीं। किसी की कोई समस्या, किसी की कोई मुश्किल, और इस तरह साँझ हो जाती। फिर चूल्हे-चौके का काम, फिर उसका भाई काम से लौटता; अपने एक-ही-एक भाई से वह दिन-भर की कहानियाँ सुनती, अपने एक-ही-एक भाई को वह दिन-भर की छोटी-छोटी बातें बताती, बहन देवकी सो जाती। उसके जीवन का एक और दिन व्यतीत हो जाता।

यों खुशी-खुशी दिन गुजर रहे थे कि कुछ दिनों से बहन देवकी को महसूस होने लगा जैसे उसकी नज़र कमजोर हो रही हो। पहले उसके बाल गिरने शुरू हुए थे। अब उसकी नजर ने जवाब देना शुरू कर दिया था। पढ़ रही, पढ़ा रही, बहन देवकी के पपोटे दुखने लगते, अकसर उसका सर भारी-भारी रहने लगा।

बहन देवकी के कितने देशी इलाज हुए, कोई फर्क न पड़ा। उसकी नज़र कमजोर हो रही थी, उसको साफ लग रहा था। और फिर उसने सोचा, छावनी आँखें दिखाकर वह ऐनक लगा लेगी। यह कौन-सा कठिन था! गाँव का एक डॉक्टर छावनी अस्पताल में नौकर था और उसने कहा, ''चाहे किसी रोज बहन देवकी आ जाए, मैं सब कुछ कर दूँगा।'' बहन देवकी के लिए कौन सब-कुछ करने के लिए तैयार न हो जाता था!

आँखों का निरीक्षण कराने के लिए आयी बहन देवकी के साथ, कितनी देर अपने कमरे में बैठा डॉक्टर बातें करता रहा। कितना लम्बा, कितना सुन्दर जवान

था! कुछ महीने हुए बेचारे की पत्नी चार दिन बीमार रहकर चल दी थी। पीछे एक बच्चा था, और डॉक्टर कहता, "हर समय मेरा ध्यान बच्चे में रहता है। नौकरों पर बच्चे थोड़े ही पलते हैं!" और फिर डॉक्टर कितनी देर अपने बच्चे की बातें करता रहा। पत्नी के बगैर मर्द के जीवन की ख्वारी की बातें करता रहा। उदास-उदास, कितना भावुक हो रहा था!

बहन देवकी को लगा, यह डॉक्टर उससे क्यों इस तरह चबा-चबाकर बातें कर रहा था। और वह सारी-की-सारी लरज़ गयी। पर नहीं, यों ही यह उसका भ्रम था, अगले ही क्षण बहन देवकी को ख़याल आया। और वह डॉक्टर के साथ उसके बच्चे के सम्बन्ध में, उसके अपने जीवन के सूनेपन के बारे में कितनी देर बैठी बातें करती रही।

फिर डॉक्टर उसे आँखों के निरीक्षण के लिए विशेष कमरे में ले गया। एक कमरा, उसके अन्दर एक और कमरा। कमरे की खिड़कियाँ बन्द कर दी गयीं, झरोखे बन्द कर दिये गये। जब किवाड़ बन्द हुआ तो कमरे में घुप अँधेरा हो गया था। कमरे की खिड़कियों, रोशनदानों के शीशों पर नीले परदे लगे हुए थे। कमरे में अँधेरा हुआ और बहन देवकी के पाँव के नीचे से जैसे धरती निकल गयी। उसे यों महसूस हुआ जैसे डॉक्टर ने उसके कन्धे पर हाथ रखा हो।

बिजली की तेजी से बहन देवकी पीछे हटी और चिल्लाते हुए उसने एक चाँटा डॉक्टर के मुँह पर दे मारा। फिर लाख-लाख गालियाँ बकते किवाड़ खोल वह बाहर आ गयी। रोती जाती और गालियाँ बकती जाती। डॉक्टर हक्का-बक्का उसके मुँह की ओर देख रहा था। कहता तो क्या? अपनी सफ़ाई पेश करता तो कैसे?

उसे कुछ समझ नहीं आ रहा था। बस हाथ जोड़ रहा था, माफियाँ माँग रहा था, आँखें नीचे किये, उसकी मजाल नहीं थी बहन देवकी के क्रोध की ओर देख भी जाए।

और बहन देवकी वैसी-की-वैसी ख़फ़ा, वैसी-की-वैसी दाँत पीसते, वैसी-की-वैसी होठ काटते गाँव लौट आयी।

पता लगाने वालों को पता लग गया था, जो घटना अस्पताल में हुई थी। और कितने दिन लोग खुसुर-फुसुर करते रहे। कितने दिन डॉक्टर शरमिन्दा-शरमिन्दा बाहर न निकलता और बहन देवकी वैसी-की-वैसी गुरुद्वारे पाठ करती, वैसी-की-वैसी गली-मुहल्ले में खड़े अड़ोस-पड़ोस की औरतों को सलाह देती। वैसे-के-वैसे गाँव में हर किसी की ज़बान पर 'बहन देवकी', 'बहन देवकी' चढ़ा रहता।

यदि डॉक्टर इतना बड़ा आदमी न होता, इतना पढ़ा-लिखा न होता, इतना अमीर न होता तो पता नहीं लोग उसका क्या हाल करते।

और फिर डॉक्टर का ब्याह हो गया, शहर के एक प्रसिद्ध डॉक्टर की बी.ए. पास लड़की के साथ। परियों जैसी सुन्दर लड़की, उसे देख-देखकर गाँववालों की भूख न मिटती। हर कोई डॉक्टर को बधाई देता और डॉक्टर कहता, उसे तो सिर्फ अपने बच्चे की चिन्ता थी, अब कोई घर रहेगा और उसका बच्चा पल जाएगा। लड़की पढ़ी-लिखी थी, सयानी थी, आते ही जैसे उसने बच्चे को आँखों में बिठा लिया।

डॉक्टर का घर बस गया।

कई दिन गुजर गये।

परन्तु बहन देवकी जब भी डॉक्टर को देखती, डॉक्टर की पत्नी को देखती, डॉक्टर की गली से गुजरती, डॉक्टर की गली का कुत्ता भी उसे कहीं नजर आ ज़ाता तो उसे घुप-अँधेरे कमरे में डॉक्टर का उसके कन्धे पर हाथ रखना याद आ जाता, और उसे चारों कपड़े जैसे आग लग जाती। उसे अपना आप मैला-मैला लगता। वह सोचती, सात पानियों से कहीं नहाये तो जाकर वह उजली हो। उसके मुँह का स्वाद कितनी-कितनी देर तक कड़ुवा-कड़ुवा रहता।

कई दिन और गुजर गये। अपने ध्यान में बैठी बहन देवकी को डॉक्टर का उसके कन्धे पर हाथ रखना याद आ जाता और वह पानी-पानी हो जाती। एक मन, एक चित्त होकर पाठ करते सहसा उसके सामने अँधेरे कमरे का वह दृश्य आ जाता और बहन देवकी के माथे पर बल पड़-पड़ जाते, मुँह की पंक्ति मुँह में ही रह जाती, उसका पाठ बीच में छूट जाता। अड़ोसियों-पड़ोसियों से हँसते-खेलते, कहानियाँ सुनते अचानक उसे डॉक्टर का चबा-चबाकर उसके साथ बातें करना याद आ जाता और उसे लगता जैसे उसे किसी ने गाली दी हो। गन्दगी की टोकरी जैसे किसी ने उठाकर उसके ऊपर ला डाली हो।

कई दिन और गुजर गए।

बहन देवकी को डॉक्टर का उसके साथ छोटी-छोटी, इधर-उधर की बातें करना नहीं भूलता था। अँधेरे कमरे का वह दृश्य नहीं भूलता था जब खिड़कियाँ, झरोखे और किवाड़ बन्द कर दिए गए थे। किसी का पीछे से कन्धे पर हाथ रखना बार-बार याद आ जाता था।

कई दिन और गुज़र गए।

और फिर बहन देवकी का जी चाहता वह अकेली-अकेली चुपचाप बैठी रहा करे। अकेले बैठे उसे लगता जैसे पीछे से आकर किसी ने उसके कन्धे पर

हाथ रख लिया हो और बहन देवकी आँखें बन्द किए बैठी रहती, बैठी रहती। और कितनी देर हाथ जैसे वैसे-का-वैसा उसके कन्धे पर टिका रहता। और फिर सारी-सारी शाम, सारी-सारी रात उसे अपना वह कन्धा अच्छा-अच्छा लगता रहता।

कई दिन और बीत गये।

फिर बहन देवकी को अकेला बैठना अच्छा लगने लगा। आँखों में आँसू भरे दूर क्षितिज पर देखना अच्छा लगने लगा। खाली-खाली आकाश में आँखें फाड़-फाड़ कर कुछ ढूँढ़ना अच्छा लगने लगा। दूर गा रहा कोई चुप क्यों हो जाता था? उसका जी चाहता कोई सारी रात गाता रहे। हल्की-हल्की धूप में ऊँघना अच्छा लगता। कल-कल करते बावली के मोतियों जैसे पानी में जब वह उतरती उसका बाहर आने को जी न चाहता।

कई दिन और बीत गये।

फिर बहन देवकी का जी चाहता कोई चुपके से आये और उसके कन्धे को पीछे से पकड़ ले। और वह कितनी-कितनी देर ड्योढ़ी की ओर पीठ किये बैठी रहती। शाम, रात में ढल जाती।

फिर बहन देवकी का जी चाहता आज-कल जब वह धूप निकलने तक सोयी रहती थी क्यों नहीं कोई आकर उसे कन्धे से पकड़ कर उठा देता।

अपने ख़यालों में डूबी जब वह यों गुरुद्वारे में बैठी होती, उसका जी चाहता कोई उसे कन्धों से पकड़कर पूछे, ''अरी देवकी, यह तुझे हो क्या रहा है?''

रो-रोकर थक गयी, पाठ कर-करके हार गयी, माथा रगड़-रगड़ कर बेहाल हो गयी। बहन देवकी बहती ही जा रही थी।

कई दिन और बीत गये।

फिर बहन देवकी का जी चाहता कोई तेज-तेज डग भरता आये और उसके दोनों कन्धों से पकड़कर झिंझोड़ दे।

कई दिन और बीत गये।

और फिर सुना गया कि बहन देवकी एक राहगुज़र की घोड़ी पर बैठकर चली गयी थी। हर हफ्ता वह उनके घर के पास से गुजर कर शहर अनाज बेचने जाता था और हर हफ्ता लौटते हुए खाली घोड़ी लाता था। आते भी और जाते भी वह बहन देवकी की ड्योढ़ी में सुस्ता कर कुएँ का ठण्डा पानी पिया करता था। इस बार वह लौटा और बहन देवकी को भी साथ ले गया।

बहन देवकी का घर भी तो सड़क के किनारे पर था।

कुलसम

न खाने की न पीने की, आज ऐसी कौन-सी सौगात बूढ़ा बाबा शहर से लाया था! और नवयुवक मास्टर के बेचैन कदमों की तेज-तेज आहट उसकी अँधेरी कोठरी में आकर खो गयी। दायीं ओर रसोई में कुछ नहीं था। रसोई के सामने चटाई बिछी रहती थी जिस पर बूढ़ा बाबा बैठकर भजन करता था। चटाई पर एक सुमिरनी मुसीमुसाई पड़ी थी, और बस। इसके आगे कोठरी और अँधेरा था। चाहे दिन अभी नहीं डूबा था, बूढ़े बाबा की कोठरी में इससे पहले ही अँधेरा-अँधेरा रहता है। और अब नौजवान स्कूल मास्टर की फटी-फटी आँखें अँधेरे में कुछ ढूँढ़ रही थीं। ''न खाने की, न पीने की,'' तो फिर क्या था!

और फिर नवयुवक स्कूल मास्टर ने देखा, बूढ़े बाबा की कोठरी के हल्के-हल्के अँधेरे में, खम्भे के साथ एक लड़की सटी खड़ी थी। ऊँची-लम्बी, गोरी-चिट्टी, गज़-गज़ लम्बे बाल, जैसे चमेली की बेल अपने भरपूर यौवन में महक बिखेरती ऊपर उठ गयी हो। और नौजवान मास्टर की आँखें फटी-की-फटी रह गयीं।

''न खाने की, न पीने की!'' खम्भे के सामने अँधेरे में एक चारपाई थी। चारपाई पर रंग-बिरंगे चारखानों का एक खेस बिछा था।

''मेरा नाम कुलसम है।'' कितना ही समय बीत गया। नौजवान स्कूल मास्टर के अपलक नेत्र कभी चारपाई को देखते, कभी खम्भे से सटी हुई परी जैसी उस लड़की को। देख-देखकर वह दीवाना-सा हो रहा था।

''मेरा नाम कुलसम है। आपका नाम क्या है?'' फूल की पत्तियों जैसे उस लड़की के होठ खुले। और नौजवान स्कूल मास्टर जैसा थका-हारा चारपाई पर ढेर हो गया। उसे लगा जैसे वह अपनी जिन्दगी के पच्चीस बरस चलता ही रहा हो।

इसीलिए तो बूढ़ा उतावला हो रहा था, नौजवान स्कूल मास्टर सोचने लगा।

बार-बार सन्देश भेजता था-मास्टर जी से कहता, उनके लिए सौगात आयी रखी है। लेकिन स्कूल बन्द होने से पहले वह कैसे आ सकता था! शाम को छुट्टी हुई, बच्चे अपने घर चले गये, फिर कहीं मास्टर जी पधार सके। पूछने पर कहने लगा, ''न खाने की है न पीने की।''

सचमुच न खाने की थी न पीने की।

खाने की क्यों न थी? वह तो उसे समूचा निगल जाएगा। पीने की क्यों न थी? वह तो उसके दाँतों पर दाँत रखकर सारी-की-सारी को एक ही घूँट में पी जाएगा। और नौजवान स्कूल मास्टर का अंग-अंग ऐंठने लगा, उसकी आँखों में एक नशा-सा झलकने लगा। एक बेपनाह तूफान-सा रग-रग में ठाठें मार रहा था।

आजादी शायद इसी को कहते हैं, नौजवान स्कूल मास्टर सोच रहा था! अभी तो देश कल आजाद हुआ था। 'सारे जहाँ से अच्छा हिन्दोस्ताँ हमारा!' और अभी दूसरा दिन भी नहीं ढला था कि एक हूर उसके सामने खड़ी थी।

कुलसम! जैसे हाथ लगाने से मैली हो रही हो!

''मेरा नाम कुलसम है।''

और नौजवान स्कूल मास्टर को याद आया कि उस गाँव में हिन्दू, सिक्ख लड़कियाँ दिन के उजाले में बाहर नहीं निकल सकती थीं। मुसलमान गुण्डे आती-जाती लड़कियों पर आवाजें कसा करते थे, और उनको पूछनेवाला कोई नहीं था। एक तो फिरंगी का राज्य और दूसरे मुसलमानों का शासन चलता था सारे पंजाब पर। दिन-दहाड़े किसी की पत उतार लेना, दिन-दहाड़े किसी के सेंध लगवा देना, दिन-दहाड़े किसी की बहू-बेटी को उठाकर इधर-उधर कर देना, मुसलमान पड़ोसियों के लिए यह सब कोई ज्यादती नहीं थी। उनको कहने-सुनने वाला कोई न था।

और आज उसके सामने एक परी खड़ी थी। जैसे सात परदों में से निकालकर किसी को लाया गया हो। सच्चा मोती। नौजवान स्कूल मास्टर का अंग-अंग तड़प रहा था। उसकी आँखों में पाप छलक रहा था। उसके होंठों पर एक धूर्ततापूर्ण हँसी खेलने लगी और उसने आगे बढ़कर, खम्भे से लगी लड़की का हाथ पकड़कर, उसे चारपाई की ओर खींचा। लड़की अपनी जगह से हिली नहीं। नौजवान स्कूल मास्टर ने फिर उसे अपनी ओर खींचा। लड़की वैसी-की-वैसी खम्भे से सटी खड़ी रही।

''आप बात तो करें।'' उसने फरियाद की।

नौजवान स्कूल मास्टर को कोई और बात सूझ ही नहीं रही थी। वह अपने

हठ पर अड़ा था। बार-बार लड़की को अपनी ओर खींच रहा था।

''आप मेरे साथ ब्याह कर लें। पहले आप मेरे साथ ब्याह कर लें। पराये मर्द के साथ कोई चारपाई पर कैसे बैठ सकता है?'' लड़की ने मिन्नत की। नौजवान स्कूल मास्टर के चेहरे पर वैसी-की-वैसी वहशत थी। उसकी आँखों में वैसे-का-वैसा पाप झलक रहा था। मुँह से कुछ नहीं बोलता था और लड़की को चारपाई की ओर खींचे चला जा रहा था।

''आप ऐसा न करें। मैं हाथ जोड़ती हूँ, आप ऐसा न करें। पहले आप मुझसे ब्याह कर लें! आप नौजवान हैं। आपकी उम्र का ही था जिससे मेरी सगाई हुई थी। आपके जैसा कद-बुत। आप जैसा चौड़ा माथा; आप जैसे दाँत-मोतियों के दाने। उसे फसादियों ने टुकड़े-टुकड़े कर दिया। मेरे माँ-बाप, मेरे भाइयों, मेरे सारे रिश्तेदारों की एक-एक करके कृपाणों से हत्या की गयी। पता नहीं, मैं कैसे बच गयी। मैं पागलों की तरह भागी जा रही थी कि यह बूढ़ा मुझे पकड़कर ले आया। रास्ते में इसने मेरे साथ वादा किया था कि यह मुझे किसी के पल्ले बाँध देगा। आप मेरे साथ ब्याह कर लें!' नौजवान स्कूल मास्टर को कुछ सुनाई नहीं दे रहा था। उसका रुआँ-रुआँ जैसे एक नशे से मदमस्त था। अपने पूरे बल से उसने लड़की को फिर चारपाई की ओर खींचा। लेकिन लड़की ने खम्भे को नहीं छोड़ा। अपने कदमों पर अडिग खड़ी रही।

''आप मेरे साथ ब्याह कर लें। मैं आपके पैरों पड़ती हूँ! पहले आप मेरे साथ ब्याह कर लें। कभी किसी जवान-जहान लड़की ने इस तरह फरियाद की है? कभी किसी कुँआरी कन्या ने इस तरह मुँह खोला है? आप मेरे साथ ब्याह कर लें! मैं आपकी मोल ली हुई चाँदी की तरह रहूँगी!''

नौजवान स्कूल मास्टर को कुछ सुनाई नहीं दे रहा था, कुछ दिखाई नहीं दे रहा था। एक बेपनाह वहशत में फुंकारता हुआ वह उठा और खम्भे से लगी लड़की के दोनों हाथ पकड़कर उसे चारपाई की ओर खींचा। और तब पलभर के लिए वह बेबस लड़की जैसे शेरनी बन गयी और पूरे जोर से उसने उसे धक्का दिया। नौजवान मास्टर उलटकर चारपाई पर औंधा जा गिरा।

''मैं आपके हाथ जोड़ती हूँ।'' अब लड़की छम-छम रो रही थी कि नौजवान स्कूल मास्टर क्रोध में दाँत पीसता हुआ चारपाई से उठा और तेज-तेज डग भरता हुआ कोठरी से बाहर निकल गया। बूढ़ा बाबा नीम के नीचे बैठा सुतली बट रहा था। नौजवान स्कूल मास्टर की व्यथा सुनकर उसने तकली वहीं-की-वहीं रख दी और ''सुसरी न हो कहीं की, बड़ी आयी ब्याह कराने वाली!'' कहता हुआ कोठरी के अन्दर चला गया। अन्दर घुसते हुए उसने किवाड़ बन्द कर लिया।

कोई तीन मिनट के बाद किवाड़ खुला और बूढ़ा अपनी तहमद को गाँठ लगाता हुआ बाहर आया। ''जाओ मास्टर जी, अब बेखटके अन्दर चले जाओ।'' कहते हुए उसने दरवाजे के बाहर रखी हुई पानी की लुटिया उठायी और नीम के नीचे बैठकर हाथ धोने लगा। धीरे-धीरे डग भरता, नौजवान स्कूल मास्टर कोठरी के अन्दर गया। कोठरी के धीमे-धीमे अँधेरे में उसने देखा, अब लड़की चारपाई की एक पाटी पर बैठी हुई थी। उसकी पीठ इसकी ओर थी। उसका रेशमी सूट मसला हुआ था। उसके सिर पर चुनरी का पल्ला नहीं था। उसके बिखरे बालों की एक लट उसके भीगे हुए गाल से चिपकी हुई थी। उसकी गर्दन से जैसे पसीने की धाराएँ बह रही थीं। नौजवान स्कूल मास्टर उसके साथ चारपाई पर बैठ गया। लड़की इस बार उठी नहीं। नौजवान स्कूल मास्टर ने एक हाथ लड़की के कन्धे पर रखा। लड़की हिली नहीं। ''कुलसम!'' नौजवान स्कूल मास्टर ने उसे सम्बोधित किया। तीन मिनट हुए जो लड़की हाथ जोड़-जोड़कर फरियाद कर रही थी, अब खामोश थी।

और फिर कोठरी में अँधेरा छा गया। शायद बाहर सूरज डूब चुका था।

सिगरेट पी रही अकेली उदास औरत

उसे सिगरेट पी रही अकेली उदास औरत बहुत अच्छी लगती थी। एक दिन इस तरह की औरत के साथ उसे सफ़र करना पड़ा। अजीब परिस्थिति थी। वह तेहरान से एथन्स जा रहा था। साबीना एयरलाइन्ज़ का यान तेहरान से बहुत तड़के उड़ता है। शायद इसलिए कि उसे दिल्ली और सुदूरपूर्व से पिछली रात तीन बजे पहुँची सवारियों के आगे पहुँचना होता है। तेहरान के लाउंज में तिल धरने की जगह नहीं थी। और अभी कई उड़ानों के पहुँचने के एलान हो रहे थे।

मुश्किल से पौ फटी थी। शहनशाह और मलिका ईरान की आदमकद तस्वीरों पर से फ्लड लाइट की रोशनी अभी बुझायी नहीं गयी थी। मलिका के होठों पर बैठा परवाना अभी तक तृप्त न हुआ था, घूँट-घूँट जैसे सारी-की-सारी लाली पी जाएगा। और उसका मालिक शहनशाह ईरान, पास खड़ा टुकुर-टुकुर देख रहा था, मन्द-मन्द मुस्करा रहा था। परवानों को क्या परवाह है। चाहे कोई बादशाह हो चाहे कोई शहनशाह।

और उसके होठों पर एक मुस्कान खिंच गयी। हाथ में पकड़े उपन्यास से नजर उठाकर, उसने खिड़की से बाहर देखा। हवाई जहाज़ एक पठार से गुजर रहा था। नसवारी रंग की मैली दिशाएँ नींद के खुमार में अँगड़ाइयाँ भर रही थीं। जैसे किसी घाव पर खुरण्ट जमकर रह गया हो। उसके घुटने पर लगी खरोंच की तरह। सदा उसने इस तरह की मोहब्बत की थी। जैसे किसी ऊँचे टीले पर से कूदकर कोई झील में खो जाए। कितनी ही देर पानी में डूबा रहे। एक बार किसी से मोहब्बत के दौरान किसी दूसरे का इश्क बीच में आ कूदा था। और उसे बैठे-बैठे आप-ही-आप गोते आने लगते। यह तो शुक्र है अल्ला का, कि वह खुद ही उसके रास्ते से हट गयी। वह तो बस इसे आज़मा रही थी। इसका घमण्ड तोड़ना चाहती थी। अपनी सफलताओं की सूची में एक नाम और जोड़ना चाहती थी। जैसे कोई बुत शिकन एलान करे...मैंने इतने बीसियों मन्दिर ढाये, इतने

शिवाले मिसमार किये। और उस शाम उसने अपनी बही में उसका नाम चढ़ाकर सोचना शुरू कर दिया...अब किसकी बारी है? चुड़ैल औरत!

और उसकी नजर उसके पास बैठी औरत पर जा पड़ी। तीन सीटें थीं। दरमियानी सीट खाली थी। गलीवाली सीट पर वह बैठी थी। खिड़कीवाली सीट पर यह बैठा था। खाली सीट पर कुछ सामान उस औरत ने रखा था, कुछ इसका रखा हुआ था। उसके हैण्डबैग के साथ इसका ब्रीफकेस पड़ा था। और वह सिगरेट पी रही थी। और इसे याद आया, जहाज़ के उड़ान भरने के बाद जिस क्षण से यूनानी विमान परिचारिका ने एलान किया कि यदि चाहें तो सिगरेट पी सकते हैं, उस औरत ने सिगरेट सुलगा लिया था। और फिर एक सिगरेट के बाद दूसरा सिगरेट वह पीती जा रही थी। साँवला रंग, ज़हीन चेहरा, महीन नक्श, स्याह काले कटे हुए बाल कन्धों पर नाच रहे थे। इसे अपनी ओर निहारते हुए देखकर उसने बड़े-बड़े शीशों वाले रंग के चश्मों में से उस पर नजर डाली और अलसायी हुई, नग़मों में रुँधी हुई आवाज में पूछा–

''आप सिगरेट नहीं पीते?''

इसने सिर हिलाया। इतनी मीठी आवाज, इसके कानों में गीतों के बोल थरथराने लगे।

''मुझे सिगरेट पीने की बुरी आदत है।''

और फिर वे बातें करने लगे।

कुछ देर बाद उसने फिर कहा–

''सिगरेट पीने की मेरी आदत नहीं छूटी। और सब बुरी आदतें मैंने छोड़ दी हैं। लेकिन यह आदत नहीं छूटी।''

वह एक नया सिगरेट सुलगा रही थी। पहले सिगरेट को बुझाने से पहले उसने नया सिगरेट अपने होठों में रख लिया था।

''आपने सिगरेट कभी नहीं पिया?'' उसने पूछा।

''नहीं।''

''कभी भी नहीं?''

''हाँ, कभी भी नहीं।''

और फिर इसने उसे समझाया, ''हिन्दुस्तान में सिक्ख धर्म को माननेवाले, जो लोग बाल नहीं कटवाते, वे सिगरेट भी नहीं पीते। सिगरेट पीना उन्हें मना है।''

''काश! मैं सिक्ख होती! क्या मैं सिक्ख नहीं बन सकती?'' सिगरेट का लम्बा कश लेकर वह बोल रही थी।

''हिन्दुस्तान में पैदा होती, किसी सिक्ख के घर और कभी सिगरेट न पीती–मेरी माँ की माँ की माँ भी कभी सिगरेट न पीती, न सिगरेट, न शराब न कोई और लत।''

''पर मुझे तो सिगरेट पीती अकेली उदास औरत बहुत अच्छी लगती है।''

उसने सुना और वह अवाक् रह गयी। फटी-फटी आँखों से उसकी ओर देखने लगी।

कुछ देर, और उसने हँसना शुरू कर दिया। आप-ही-आप हँसे जा रही थी, जैसे चाँदी के घुँघरू छनछना रहे हों। इधर-उधर की सवारियों ने एक नजर उसकी ओर देखा और अपने पत्र-पत्रिकाओं में खो गये। हँसते-हँसते उसकी आँखों में आँसू छलक आये।

इतने में इसने फिर अपना उपन्यास पढ़ना शुरू कर दिया था। उदास औरत सिगरेट पी रही थी। कुछ देर बाद विमान परिचारिका एक ट्राली पर रंगारंग की शराब की बोतलें सजाकर ले आयी। हवाई जहाज़ के मुसाफिर बिना ड्यूटी सस्ते दामों शराब खरीद सकते थे। जो पीने के शौकीन थे, उन्हें हवाई जहाज़ में हर तरह की शराब पीने के लिए मुफ़्त बाँटी जा रही थी।

''नहीं।'' जब उसके पास ट्राली आयी, उसने अपने और अपने साथी की ओर से इनकार कर दिया।

ट्राली आगे बढ़ी और उसने कहा, ''बड़े यत्नों से मैंने पीने की आदत छोड़ी है। कोई वक्त था, मैं हर समय पीती रहती थी। कोई नहीं मानता कि मैंने शराब छोड़ दी है। लेकिन एक बार जब मैंने फैसला किया तो फिर मुड़कर कभी बोतल की ओर नहीं देखा। मैं सिगरेट भी छोड़ दूँगी। एक बार मैं राजी-खुशी अपनी माँ के पास पहुँच जाऊँ, मैं सिगरेट भी छोड़ दूँ। कोई बुरी आदत नहीं। कोई भी नहीं।''

इसे उस औरत पर अटूट प्यार आ रहा था। ठीक इसकी पत्नी की उम्र की होगी।

''आप अपनी माँ के पास जा रही हैं?'' इसे उससे बातें करना अच्छा लगने लगा था।

''मैं सात साल तेहरान में रही हूँ। अब अपनी माँ के पास लौटकर जा रही हूँ। मेरी माँ मेरा इन्तजार कर रही है। एक बार मैं राजी-खुशी अपनी माँ के पास पहुँच जाऊँ, फिर कभी सिगरेट नहीं पीऊँगी।''

यूँ बोलते हुए उसकी नजर पुरुष की दायीं कलाई पर इस्पात के कड़े पर जा पड़ी।

''यह आपने क्या पहना हुआ है? मर्द तो चूड़ियाँ नहीं पहनते?''

''यह चूड़ी नहीं...चूड़ी है भी...इसे हम कड़ा कहते हैं। यह उन पाँच चिह्नों में से है जो हर सिक्ख के लिए जरूरी है। 'कड़ा' हमें याद दिलाता है कि हमने अपने आपको गुरु की मोहब्बत में बाँध रखा है। हाथ से कोई बुरा काम करने से पहले, कड़ा इस बन्धन की याद दिला देता है।''

और वह हँसने लगी। हँसे जाती, हँसे जाती।

''कोई कुकर्म सूझे, हथकड़ी पहले ही तैयार है,'' हँसते-हँसते उसने अपना हाथ आगे बढ़ाया और इसकी कलाई में से कड़ा उतारकर उससे खेलने लगी। खेलते-खेलते उसने कड़ा अपनी कलाई में पहन लिया।

''आपको कड़ा कितना अच्छा लगता है।'' इसने उसकी रेशम-सी कोमल नंगी बाँह की ओर देखते हुए कहा।

''न बाबा, यह तो बड़ी भारी जिम्मेदारी है।'' और उसने कड़ा उतारकर अपनी मुट्ठी में रख लिया। कड़ा पहनकर कोई गुनाह नहीं कर सकता। हाय गुनाह के बिना कोई रह सकता है? मैं तो बड़ी गुनहगार हूँ।

जब किसी को अपने गुनाहों का एहसास हो जाए तो सारे गुनाह धुल जाते हैं। गुनाह कुबूल कर लो तो गुनाह से छुट्टी मिल जाती है।

और उसकी आँखों में रोशनी झलकने लगी। टुकुर-टुकुर वह इसके मुँह की ओर देखने लगी। कैसा वह मुँह था जिसमें से इस तरह के बोल निकल रहे थे। कितनी ही देर वह खिड़की से बाहर देखती रही। जहाँ तक नजर काम करती, समुद्र का नीला पानी सूरज की किरणों में झिलमिल-झिलमिल कर रहा था। उजला-उजला...ताजा-ताजा सुबह के समुद्र का ठण्डा-ठण्डा पानी।

और एक कँपकँपी-सी उसके अंग-अंग में लहरा गयी।

अब उसने कड़ा फिर अपनी कलाई पर चढ़ा लिया। और प्यार-भरी नजरों से उसकी ओर देखे जा रही थी।

''मैं यह कड़ा आपको वापस नहीं दूँगी। यह 'कड़ा' आपकी निशानी मेरे पास रहेगा। इस सफर की निशानी। शायद यह मेरा आखिरी सफर है। एक बार अपनी माँ के पास पहुँच गयी तो फिर मैं कभी बाहर नहीं निकलूँगी। मैं और मेरी माँ अपने गाँव में रहेंगी। और फिर मेरी माँ मर जाएगी। और फिर मैं...मैं भी मर जाऊँगी एक दिन। और फिर कहानी खत्म हो जाएगी।'' यह कहते हुए उसने बैग में से अपना कार्ड निकाला और इसे थमा दिया। उसका कार्ड अपने बटुए में रखते हुए इसने भी अपना कार्ड उसे पेश किया।

इस तरह कार्ड बदलते ही, वह सहसा चौंक-सा गया। वह तो जरूरत से

ज्यादा इसके नजदीक आती जा रही थी। इसकी बीवी की उम्र, इसकी बीवी की शक्ल। नहीं, इसकी बीवी से यह औरत कहीं ज्यादा खूबसूरत थी। मख़मूम नाम 35, 25 और 36 होंगे। इसकी पत्नी बेशक सुन्दर थी लेकिन तीन बच्चे और तीन गर्भपात औरत को झँझोड़कर रख देते हैं। इस तरह की सुन्दर औरत। और इसकी नजरें इसके पास बैठी उस हमसफर औरत के सीधे बालों में खुबकर रह गयी। वह सिगरेट पी रही थी। उदास-उदास आँखें-सोच में डूबी हुई। सोचती-सोचती वह कहीं-की-कहीं पहुँच गयी थी। उसका बुत खाली-खाली पड़ा था। जैसे खाली हुजरा हो। जैसे सुराई हो। और इसका जी चाहा कि अपनी मोहब्बत के अथाह सागर से उसे लबालब भर दे।

अचानक उसके चेहरे पर एक शरारत झलकने लगी। उसने इसकी ओर मुड़कर देखा और कहने लगी, ''अब आपका कड़ा आपकी बाँह पर नहीं है। अब आपको कोई रोक-टोक नहीं है। आप चाहें तो गुनाह कर सकते हैं।'' और यह टुकुर-टुकुर उसके मुँह की ओर देखने लगा।

''...एथन्स में तो गली-गली गुनाह के जाल बिछे हुए हैं। एथन्स की गलियों में लोग गुनाह के लिए पुकारते हैं। आप एथन्स जा रहे हैं। इस शहर से बचकर कभी कोई नहीं निकला। अब तो आपका कड़ा भी आपके पास नहीं। आपका कड़ा तो मेरे पास है। पूरब के किसी देवता का तावीज़। मुझे तो लगता है जैसे मैं धुल-सी गयी हूँ।''

इतने में विमान परिचारिका एक ट्राली को लिये फिर उनके पास से गुजरी। इस बार उसने उन्हें रोककर सेण्ट और इत्र की शीशियाँ खरीदनी शुरू कर दीं। एक, दो, तीन, चार, छह, आठ, दस...नोटों के थब्बे के थब्बे अपने बटुए से निकालती और हर बानगी की शीशियाँ बटोरती जाती। उसका बटुआ अभी भी नोटों से भरा हुआ था।

कहने लगी, ''ईरान के नोट हैं, ये यूनान में चलेंगे नहीं। वहाँ तो कागज होकर रह जाएँगे। मेरे किस काम?'' और एक उदास मुसकान उसके होठों पर तैरने लगी।

और फिर वह कितनी देर शीशियों के डिब्बे उतार-उतार कर सीट के नीचे फेंकती और माफी माँगती। और फिर शीशी खोलकर अपनी कलाई पर सेण्ट लगाकर सूँघती। और फिर शीशी को बन्द करके पाँव में रखे बड़े से बैग में खोंस देती।

इतने में एक विमान परिचारिका, जो उसके नोट लेकर गयी थी, छुट्टा लेकर आयी। रेजगारी से तश्तरी भरी हुई थी।

''इसकी एक शीशी और नहीं मिलती?'' उसने विमान परिचारिका से पूछा।

विमान परिचारिका ने रेजगारी को देखा, फिर अपनी जेब से छपी हुई सूची निकालकर उस पर दृष्टि डाली।

''नहीं,'' वह सिर हिला रही थी। कुछ सिक्के कम थे।

एक और नोट निकालकर उसने तश्तरी पर रख दिया।

विमान परिचारिका हँसती हुई, सेण्ट की शीशी लेने चली गयी।

शीशी लेकर आयी तो तश्तरी पर ढेर सारी और रेजगारी थी। ये सिक्के पिछले नोट में से बचे थे।

''तोबा! फिर रेजगारी।''

''आप एक शीशी और ले सकती हैं।'' विमान परिचारिका ने जादू-भरी आवाज में कहा।

''उसके लिए एक और नोट देना होगा?''

विमान परिचारिका ने फिर एक नजर रेजगारी पर डाली और फिर सूची पर। कहने लगी, ''नोट तो देना ही होगा।''

ये शब्द उसके मुँह में ही थे कि उसने एक और नोट बटुए में से निकालकर तश्तरी पर रख दिया।

सेण्ट की शीशियों के इतने सुन्दर डिब्बों को नोचकर खोलती और उसमें से शीशी निकालकर डिब्बे को नीचे फेंक देती। उसके पाँव से रखे बैग के साथ खाली डिब्बों का अच्छा-खासा ढेर लग गया था।

इतने में सीट के सामने बत्ती आ गयी, यात्री रक्षा पेटी बाँध लें और सिगरेट न पियें।

और फिर अम्बर-बाला एलान कर रही थी-''हम एथन्स के अन्तरराष्ट्रीय हवाई अड्डे पर उतर रहे हैं। बाहर का तापमान...।''

और वे रक्षा पेटियाँ बाँधने लगे। अपना छुट-पुट सामान सँभालने लगे।

''मैं क्या-क्या सँभालूँगी?'' उसने अपने फैले हुए सामान की ओर देखा, और फिर एक उदासी-सी उसके चेहरे पर छा गयी।

''इसमें परेशान होने की क्या बात है। आपका कुछ सामान मैं उठा लूँगा। यह बड़ा बैग आप मुझे पकड़ा दें। बाकी छुट-पुट आप सँभाल लें।''

''न बाबा, न! आपसे यह बैग नहीं उठाया जाएगा।''

''आपका मतलब है, आप यह बैग उठा सकती हैं और मैं नहीं उठा सकता? मैं सरदार हूँ। जंग में हमारी क़ौम के कारनामे आपने सुने होंगे।''

''हमारे गाँव में भी एक बार सिक्ख फौजी आये थे। तब मेरी माँ मेरी उम्र

की रही होगी। सरदारों को पकड़-पकड़कर अपने घर ले जाती और उन्हें ब्राण्डी पिलाती। उस साल ठण्ड भी बहुत पड़ी थी।'' उसने कहा।

तब तक हवाई जहाज़ नीचे उतर आया था। विमान ने धरती को छुआ ही था कि उसने आँखें मूँदकर जैसे ईश्वर को धन्यवाद किया। कितनी देर तक उसकी पलकें झुकी रहीं।

हवाई जहाज़ रुका और यात्री उठकर सीटों के बीच गली में खड़े हो गये। यह उनका बैग उठाने के लिए आगे बढ़ा, लेकिन वह इसे बैग को हाथ न लगाने दे रही थी। ''यह बैग बहुत भारी है।'' बार-बार यही कह रही थी।

''अगर भारी है तो यह और भी जरूरी हो जाता है कि मैं उसे उठाकर बाहर ले चलूँ। आपकी गाड़ी में रख दूँगा। मेरे पास अपना तो कुछ है नहीं। बस यह एक पोर्टफोलियो, जिसमें चार कागज हैं।''

और इसने ज़िद करके उसका बैग पकड़ लिया। यह हैरान हो रहा था कि उस हसीन औरत ने यह बैग कैसे उठाया होगा।

विमान से बाहर निकलते-निकलते इसका हाथ दुखने लगा। साथ-साथ चलते हुए, वह बार-बार बैग उठाने के लिए कहती। विमान की सीढ़ियों से उतरते ही वह बैग पकड़ने के लिए इसकी ओर बढ़ी।

लेकिन यह कैसे हो सकता है? इतना भारी बैग वह परी जैसी औरत कैसे उठायेगी? और फिर उसके दोनों हाथों में पहले ही इतना ढेर-सा छुटपुट सामान था।

बटुए को उसने अपनी बाँह में पिरोकर कन्धे से लटका लिया। और कड़े वाली कलाई को आगे बढ़ाकर वह अपना बैग उठाने की ज़िद कर रही थी।

लेकिन यह भी कब माननेवाला था। इसने बैग नहीं छोड़ा और आगे-आगे चल दिया।

हवाई अड्डे की इमारत में घुसने के लिए एक भीड़ जमा थी। यहाँ पहुँचकर उस औरत ने इसकी एक न सुनी और बैग ले लिया। सामने ही तो कस्टम वालों के मेज थे। अब फासला कोई ज्यादा नहीं रह गया था।

और फिर आँखों ही आँखों में उन्होंने एक-दूसरे से विदा ली और वह भीड़ में खो गयी।

इसका रास्ता और था। केवल एक रात ही तो इसे एथन्स ठहरना था। अगले रोज सुबह इसे फ्रैंकफर्ट चल देना था। इसके पास तो यूनान का बीजा भी नहीं था। पड़ाव का मुसाफिर होने के नाते हवाई अड्डे वालों ने इसका पासपोर्ट वहीं जमा कर लिया और एक आध मिनट में मुक्त कर दिया।

बाहर निकलकर उसने अपनी एयरलाइंज़ वालों से होटल का पता पूछा, जहाँ इसे ठहरना था। सब प्रबन्ध ठीक था।

कुछ देर बाद इसके लिए गाड़ी आ जाएगी। गाड़ी शहर से चल पड़ी थी। हवाई जहाज़ दस मिनट पहले आ गया था। इसलिए उसे कुछ देर रुकना पड़ा होगा। इतने में एयरलाइंज़ वालों ने होटल के नाम उसका परवाना तैयार किया। अगली सुबह उसे हवाई अड्डे लाने का प्रबन्ध भी कर दिया गया।

दस मिनट बीत गये। गाड़ी भी आ गयी। लेकिन यह शहर के लिए चल नहीं सका। हवाई जहाज़ के साथ आयी एक विमान परिचारिका को भी उसी होटल में जाना था और एयरलाइंज़ के लोग उसका इन्तज़ार कर रहे थे।

दस मिनट, पन्द्रह मिनट, आध घण्टा। यह परेशान हो रहा था। एक दिन ही तो था उसके पास एथन्स देखने के लिए। और एयरलाइंज़ वाले उसको यूँ नष्ट कर रहे थे। इतने में तेज-तेज कदमों से विमान परिचारिका आ गयी। बार-बार माफी माँग रही थी। और वे गाड़ी में बैठे।

गाड़ी में बैठे तो उसने हवाई अड्डे की ओर इशारा करके कहा, ''उस औरत के लिए मुझे इतनी देर हो गयी। उसके बैग में हजारों डालर सोने के बिस्कुट थे। वह सिगरेट पी रही अकेली उदास औरत!''

''हैं।'' और इसका मुँह खुले का खुला रह गया।

''हमारी उड़ान में आयी है। हाँ, सच? आप ही के पास तो बैठी थी। सिगरेट पर सिगरेट पिये जा रही थी।''

''तभी तो उसका बैग इतना भारी था। मैंने ही तो उठाकर उसे जहाज़ से उतारा है।''

''इस तरह सफरों में कभी किसी का बैग नहीं पकड़ना चाहिए। कई बार लोग अपने हम-सफरों को फँसाकर खुद निकल जाते हैं।'' विमान परिचारिका उसे समझा रही थी।

''लेकिन मैं तो...मैं तो उस बैग को उठाकर बाहर लाने के लिए ज़िद कर रहा था। पर वह मानी नहीं।''

''सोचती होगी...।''

''मैंने तो कहा, मैं बैग उठाकर आपकी टैक्सी में रख दूँगा। लेकिन वह टस-से-मस न हुई।''

''सोचती होगी एक परदेशी को क्यों फँसाऊँ। नहीं तो यह लोग किसी के सगे नहीं होते।''

''तोबा! तोबा!'' इसका मुँह पीला फक हो गया।

''यह औरत तो कहते हैं कि मशहूर स्मगलर है।''

और इसे बार-बार पागलों की तरह उसका बैग छीनना याद आने लगा।

और विमान परिचारिका अपने-आप बोलती जा रही थी-''ये लोग अपना सामान अपने साथियों को पकड़ा देती हैं। अगर कस्टम पर पकड़े जाएँ तो फँस जाता है कोई दूसरा। अगर बच गये तो बाहर निकलकर अपना सामान सँभाल लेते हैं। हवाई जहाज़ के सफर में तो किसी का लिफ़ाफ़ा तक नहीं पकड़ना चाहिए। हमारे सामने ऐसी कई घटनाएँ हुई हैं...।''

और इसकी आँखों के सामने बार-बार सिगरेट पी रही अकेली उदास औरत का चित्र खिंच जाता।

...''एक बार मैं खुद फँसने लगी थी।'' विमान परिचारिका बोलती जा रही थी-''इस तरह की एक औरत ने अपना हैण्ड बैग मुझे पकड़ा दिया। उसमें हशीश थी। मेरे तो पाँव तले जमीन ही निकल गयी। यह तो शुक्र है, कस्टमवाला मेरी जान-पहचान का था नहीं तो मुझे हथकड़ी लग गयी होती..।''

और फिर इसकी आँखों के सामने अपनी हमसफर की कलाई पर पहना वह कड़ा घूमने लगा। ''पूरब के किसी देवता का तावीज। मुझे तो लगता है जैसे मैं धुल-सी गयी हूँ।'' उसके यह बोल इसके कानों में गूँजने लगे। सिगरेट पी रही अकेली उदास औरत के ये बोल।

चिट्ठी जरूर आती है

चिट्ठी आज भी नहीं आयी थी। और गाँव का डाकिया वैसे-का-वैसा कन्धे पर चिट्ठियों का थैला डाले अपने पाँव की टूटी हुई चप्पलों से कच्ची सड़क पर तेज-तेज मिट्टी उछालता उसके पास से गुजर गया। और माई लच्छमी सड़क के किनारे कीकर की छाँह में खड़ी दूर तक उसके थैले में पड़ी सैकड़ों और चिट्ठियों को लालसा-भरी आँखों से देखती रही, उसी प्रकार जैसे वह कभी पास-पड़ोस में औरतों के बढ़े हुए पेट निहारा करती थी, जब उसका आँगन खाली-खाली था। फिर उसके घर एक बेटा हुआ। फिर उसका बेटा जवान हो गया। जब उसके बच्चे का बाप मरा, माई लच्छमी ने ईश्वर की इच्छा को मान लिया। सब्र शुक्र कर लिया। 'मेरा गोपाल जीता रहे, मुझे किस बात की कमी है?' माई लच्छमी ने अपने-आपको समझा लिया।

और माई लच्छमी को किसी बात की कमी थी भी नहीं। उसकी जमीन थी, मकान था, गहनों से भरी एक गागर थी। कितना ही रुपया डाकखाने में जमा था, और उसका बेटा दसवीं पास था। माई लच्छमी को किस बात की चिन्ता थी।

पर कुछ समय से एक चिन्ता माई लच्छमी को खाये जा रही थी। उसका जवान बेटा, आज कितने दिनों से माँ से बेजोर होकर सेना में भरती हो, लाम पर चला गया था। और जबसे वह गया, उसके कुशल-मंगल का कोई सन्देश नहीं आया था।

और माई लच्छमी प्रतीक्षा करते-करते हार गयी थी। लोगों से पूछ-पूछकर थक गयी थी।

सप्ताह में एक बार डाक आती थी। और माई लच्छमी उस दिन सवेरे-तड़के ही अपने घर के सामने कीकर के नीचे आकर खड़ी हो जाती। और वहाँ से एक पल के लिए भी न हिलती जब तक डाकिया गुजर न जाता। डाकिया

आता, गुजर जाता और माई लच्छमी दूर तक उसे देखती रहती, देखती रहती।

हर बृहस्पतिवार को जब डाकिया आता तो माई लच्छमी उससे पूछती, "क्यों, मेरी कोई चिट्ठी है?" हर बार माई लच्छमी उससे पूछती और हर बार वह कहता, "माई, तेरी तो कोई चिट्ठी नहीं।" हर सप्ताह इसी तरह पूछ-पूछ कर कई-कई महीने बीत गये पर माई लच्छमी की कोई चिट्ठी नहीं आयी। और अब माई लच्छमी पूछती तो नहीं थी पर सारा-सारा सप्ताह उसे डाकिये की प्रतीक्षा रहती। जिस दिन उसे आना होता, वह जल्दी-जल्दी चौके-चूल्हे से निपटकर कीकर के नीचे जा बैठती।

माई लच्छमी की रसोई का काम भी तो कोई खास नहीं होता था! एक ही जान, मर्जी होती पकाती, नहीं तो कई-कई जून यों ही काट लेती। कभी दूध का घूँट पी लेती, कभी पड़ोस से आयी किसी चीज पर गुजारा कर लेती।

अपने इकलौते बेटे को इस प्रकार अपने हाथों गँवा कर माई लच्छमी अफसोस से हाथ मलती रहती, मन्नतें मानती रहती, प्रार्थनाएँ करती रहती, माथा रगड़ती रहती, ईश्वर के आगे विनती करती रहती।

माई लच्छमी के कई महीने कीकर के नीचे खड़े होकर गुजर गये। चिट्ठी अभी तक नहीं आयी थी। इन महीनों में वे सप्ताह भी थे जब माई लच्छमी ने उपवास किये, इन महीनों में वे सप्ताह भी थे जब माई लच्छमी ने दान-पुण्य किये। इन महीनों में वे सप्ताह भी थे जब माई लच्छमी ने 'औसिंमा' डाली काग उड़ाये, टोने किये, मन्त्र पढ़वाये और तावीज़ बाँधे।

हर सप्ताह वैसे ही सिर नीचे किये डाकिया माई लच्छमी के पास से गुजर जाता, इस प्रकार गुजरते हुए डाकिये को स्वयं ऐसे प्रतीत होता मानो इस बुढ़िया का उसको कोई ऋण चुकाना हो जो उससे चुकाये नहीं बन पड़ता था। जितनी देर डाकिया माई लच्छमी की नजरों से ओझल न हो जाता, उसके कदम उतावले-उतावले पड़ते, लड़खड़ाते रहते। और फिर डाकिया माई लच्छमी के पास कीकर की छाँह में सुस्ताने लग गया। गर्मियों के दिन थे। जब इस गाँव के पास वह पहुँचता तो वह थककर हार चुका होता। कीकर के नीचे छाँह-की-छाँह होती और साथ में माई लच्छमी की संगत। डाकिया आकर बैठता, इससे पूर्व कि माई लच्छमी उससे कुछ पूछे, वह स्वयं ही कह देता, "माई, तेरी चिट्ठी इस डाक में भी नहीं आयी।" और फिर वह कितनी-कितनी बातें करता रहता। लड़ाई की बातें, लड़ाई में गये लोगों की बातें, उन माताओं की बातें जिन्हें अभी तक चिट्ठियाँ नहीं आयी थीं, उन पिताओं की बातें जो चिट्ठियों की बाट जोह-जोहकर थक चुके थे।

अब डाकिया, जब कभी आता, माई लच्छमी के लिए हमेशा एक नयी कहानी उसके पास होती। हिन्दुस्तान की फौजों की बहादुरी के कारनामे, हिन्दुस्तानी सिपाहियों के हौसले के किस्से। किस प्रकार हिन्दुस्तानियों ने शत्रु के छक्के छुड़ा दिये थे, किस-किस जगह कौन-कौन देश हिन्दुस्तानी फौज़ों ने जीत लिया था जो स्वागत हिन्दुस्तानी सेना का बाहर हो रहा था, जो पदक उन्हें मिल रहे थे, जो जागीरें घर लौटने पर उनमें बँटनी थीं। पश्चिम में किस प्रकार हिन्दुस्तानी सिपाहियों को चाय बना-बनाकर पिलाती थीं, मिठाइयाँ खिलाती थीं, और घर बुला-बुलाकर लाख खातिरें करती थीं।

डाकिया माई लच्छमी को शत्रु के समुन्दरी जहाज़ों की कहानियाँ सुनाता जो हिन्दुस्तानी फ़ौजों ने डुबो दिये थे। हवाई जहाज़ों की बातें सुनाता जो हिन्दुस्तानी सिपाहियों ने मार गिराये थे। और हिन्दुस्तानी सेना के बर्फ़ में लड़ाई के चित्र, पहाड़ों पर लड़ाई के चित्र, वर्षा में लड़ाई के चित्र। हिन्दुस्तानियों का कभी आधी रात को आक्रमण कर देना, कभी चिलचिलाती दोपहरी में मील पर मील तय कर जाना, कभी जान-बूझकर मौत के मुँह में कूद पड़ना।

डाकिया माई लच्छमी को सुनाता कि किस प्रकार हिन्दुस्तानी सिपाही वहाँ पहुँचे जहाँ और कोई नहीं पहुँच सका था, ऐसे लड़े जैसे कोई नहीं लड़ सका था। वह कुछ कर गये जो कुछ किसी से नहीं हो पाया था।

और माई लच्छमी डाकिये की कहानियाँ सुनती रहती, सुनती रहती। पहले वह कीकर के नीचे बैठता था फिर वह सड़क के किनारे माई लच्छमी के घर में सुस्ताने लगा।

ज्यों-ज्यों दिन बीतते, चिट्ठी के साथ-साथ माई लच्छमी को डाकिये की भी प्रतीक्षा होने लगी।

डाकिया आता और उसके सौ काम सँवार जाता। शहर से माई लच्छमी को कपड़ा मँगवा देता, पिछले गाँव से सौदा सुल्फ ले आता, अगले गाँव में उसके सन्देश पहुँचा देता। फसलों की कटाई के बाद जब अनाज इकट्ठा करना होता, अपना काम खत्म करके माई लच्छमी की सहायता करता, अच्छे दामों में उसका अनाज बिकवा देता। और सबसे बड़ी बात, हर सप्ताह माई लच्छमी की ओर से उसके बेटे को चिट्ठी लिखता और बार-बार कहता कि चिट्ठी का जवाब जरूर आता है। और जब डाकिया इस प्रकार माई लच्छमी को विश्वास दिलाता, उसके भीतर की माँ को जैसे पूरा विश्वास हो जाता, सान्त्वना मिल जाती, उसे लगता जैसे वह गलत नहीं कह रहा था।

माई लच्छमी सोचती कि कोई ज़माना था जब उनके यहाँ कोई चिट्ठी आती

तो उसकी माँ के लिए मुसीबत हो जाती थी। कितनी-कितनी देर चिट्ठी लिये वह किसी की तलाश करती रहती थी कि कोई उसकी चिट्ठी पढ़ दे। गाँव में जब किसी के यहाँ तार आता था, तो तार को देखते ही घर वाले रोना-पीटना शुरू कर देते थे, सिर पीट-पीटकर बेहाल हो जाते थे, और तार को पढ़कर कोई बात बताता था। और अब जबकि हर सप्ताह माई लच्छमी के घर एक पढ़ा-लिखा सरकारी कर्मचारी आता था, लाख उसके काम करता था, कभी जो माई लच्छमी की चिट्ठी आ जाय तो दस बार चाहे पढ़कर उसे वह सुनाता। और माई लच्छमी इस विचार से गद्‌गद हो उठती।

पर चिट्ठी थी कि आती ही नहीं थी।

अब जबकि डाकिया उसके घर आता था तो डाकिये के साथ कई और चिट्ठियाँ माई लच्छमी के घर आ जाती थीं–चिट्ठियाँ, जिन्हें कोई लेनेवाला नहीं होता था, चिट्ठियाँ, जिन पर पते गलत लिखे होते थे। चिट्ठियाँ, जिन पर लोग टिकट लगाना भूल जाते थे। और माई लच्छमी डाकिये के थैले को टटोल-टटोलकर देखती रहती।

उस थैले में, माई लच्छमी सोचती, चिट्ठियाँ होंगी पुत्रों की माताओं के नाम, भाइयों की बहनों के नाम, पतियों की पत्नियों के नाम, दोस्तों की दोस्तों के नाम। चिट्ठियाँ जिनमें खुशियाँ लपेटी होती थीं, प्रेम के सन्देश होते थे, दिल की बातें होती थीं, किसी को बड़ी पदवी मिलने के सन्देश होते थे, किसी के लौटने की खबर होती थी। और माई लच्छमी जितनी देर डाकिया उसके घर ठहरता, थैले को सँभाल-सँभालकर रखती। बार-बार उसे देखती और देखे जाती। और सोचती कि उसके गोपाल की चिट्ठी भी उसी थैले में आएगी।

उसके गोपाल की चिट्ठी को तो मोटरों की सवारी करके आना था, हवाई जहाज़ों में बैठकर आना था, समुद्री जहाज़ों में सैर करके आना था, रेलों में घूमकर आना था। सैकड़ों नजरों से उस चिट्ठी को गुजरना था। और माई लच्छमी सोचती कि तभी इतनी देर हो रही है।

कभी-कभी माई लच्छमी सोचती, शायद गोपाल नाराज हो गया है। उसके सेना में भरती होने पर वह राजी जो नहीं थी। और वह सोचती कि उसका इकलौता बेटा कितना हठीला था, कितना जिद्दी था। अब चिट्ठी नहीं डाल रहा था कि माँ ने मुझे क्यों भरती होने से मना किया था। पर माई लच्छमी को विश्वास था कि वह जरूर उसे चिट्ठी लिखेगा। चिट्ठी लिखेगा या स्वयं आ जाएगा। माँ-बेटे का सम्बन्ध ही ऐसा है। किसी के तोड़े से यह सम्बन्ध टूट नहीं सकता। और फिर जब वह उसे इतना याद करती थी, क्या मज़ाल है। गोपाल की कि

वह अपनी माँ को भुला दे!

चिट्ठी जरूर आएगी, डाकिया हमेशा यही कहता था। और माई लच्छमी का दिल भी ठिकाने पर था। उसे लगता कि जो कुछ वह कहता है कभी गलत नहीं हो सकता।

फिर डाकिये ने कुछ ऐसा प्रबन्ध किया कि जब माई लच्छमी के यहाँ आता अपना सारा काम खत्म करके आता और उसे जाने की कोई जल्दी न होती। माई लच्छमी की छोटी-छोटी जरूरतें पूरी करता रहता, माई लच्छमी के साथ उसके पड़ोसियों की जरूरतें भी। किसी को ज्वर होता तो कुनीन ला देता, डाकखाने में लोगों के जमा पैसों के बारे में उनको समझाता रहता। माई लच्छमी के साथ इधर-उधर की बातें करते हुए कई बार डाकिये को वहीं अँधेरा हो जाता। कई बार इस तरह जब उसे देर हो जाती तो वह माई लच्छमी के यहाँ ही ठहर जाता। और डाकिये के साथ इस प्रकार हिल-मिल गयी माई लच्छमी। कई बार क्षण-भर के लिए जैसे भूल जाती कि उसका बेटा गोपाल लड़ाई में गया हुआ है और आज कितने महीने हो गये कि उसकी चिट्ठी नहीं आयी।

और फिर वह डाकिये के साथ कितनी-कितनी देर तक गोपाल की बातें करती रहती। किस प्रकार मन्नतें मान-मानकर उसे पाया था, किस प्रकार लाड़-प्यार से उसने उसे पाला था, और फिर वह किस तरह बड़ा हो गया। माई लच्छमी कहती कि बिलकुल डाकिये जैसा सुन्दर जवान वह निकला था।

कई बार आँगन में बैठा वह डाकिया उसे लगता मानो गोपाल, उसका बेटा बैठा हो। कई बार पिछली ओर से आते हुए डाकिये की पीठ उसे हू-ब-हू अपने बेटे की पीठ जैसी लगती। और पल-भर के लिए दहलीज पर खड़ी होकर वह अपने-आपको धोखा दिये रखती। उसे अपना आँगन भरा-भरा प्रतीत होता, उसका हृदय खिल-सा उठता। सारी-की-सारी वह सन्ध्या माई लच्छमी के लिए खुशियाँ बिखेरती रहती।

एक दिन डाकिया आँगन में बैठा अपने ध्यान में मग्न अखबार पढ़ रहा था। माई लच्छमी रसोई में कुछ पका रही थी। "गोपाल! मुझे अन्दर से नमकदानी देना"-माई लच्छमी ने पुकारा। "गोपाल! मुझे अन्दर से नमकदानी देना," काम में व्यस्त माई लच्छमी ने फिर कहा। जब तीसरी बार उसने पुकारा, "गोपाल! मुझे अन्दर से नमकदानी देना।" तो एकदम माई लच्छमी को ध्यान आया कि वह क्या पागलपन कर रही है। डाकिया अपने ध्यान में अखबार पढ़े जा रहा था। और माई लच्छमी आँगन में कम हो रहे उजाले में एकटक उसकी ओर देखती रही, देखती रही। कहीं यह लड़का गोपाल बनकर तो उसके जीवन में नहीं आ

गया था? उसी जैसा कद, उसी जैसी काया, उसी जैसी मीठी ज़बान, ईश्वर ने उसके दिल में माई लच्छमी के लिए कितना स्नेह भर दिया था! इतना प्यार जैसे कोई कोख से निकला हो। प्रकाश धुँधला हो रहा था, डाकिया अखबार को और आँखों के समीप लाकर पढ़े जा रहा था, पढ़े जा रहा था। और माई लच्छमी ने अपने भीतर माँ के समस्त वात्सल्य को उँड़ेलकर कहा, ''बेटा, अँधेरा हो गया है, मैं तेरे लिए बत्ती जला लाऊँ?''

और बिना उत्तर की प्रतीक्षा किये माई लच्छमी अन्दर से लालटेन जला लायी। जैसे-जैसे अन्धकार बढ़ता जाता, उसके आँगन में बत्ती की लौ फैलती जाती। और आज बार-बार माई लच्छमी की आँखों में आँसू फूट-फूट पड़ते- खुशी के आँसू, कृतज्ञता के आँसू, उस मुसाफिर के आँसू जो अपनी मंजिल पर पहुँच जाता है। और माई लच्छमी का रोम-रोम आज जैसे कह रहा था, ''मैं तो चिट्ठी की बाट देखती थी, मुझे तो मेरा गोपाल जैसे मिल गया है।''

और फिर माई लच्छमी ने डाकिये के लिए थाल परोसा, जैसे वह गोपाल के लिए परोसा करती थी। जितनी देर वह खाना खाता रहा, वह उसके पास बैठी इधर-उधर की बातें करती रही, रात को सोते समय माई लच्छमी ने कटोरा भरकर दूध डाकिये को पिलाया, दूध जिस पर पोर-पोर मलाई जमी थी।

और उस रात चूल्हे-चौके से निपटकर जब माई लच्छमी अपनी चारपाई पर सोने के लिए बढ़ी, उसका मन शान्त था, अडोल था, जैसे सूर्यमुखी का कोई फूल खिला हो। कोई लालसा नहीं थी, कोई चाह नहीं थी, माई लच्छमी को ऐसे लगता जैसे ईश्वर ने उसकी सब जरूरतें निबटा दी थीं, कुल साधें पूरी कर दी थीं। उस रात सोये-सोये माई लच्छमी के ओठ हिल रहे थे। और हिलते हुए उसके ओठ जैसे कह रहे हों, ''चिट्ठी जरूर आती है। अगर कोई इन्तजार करे तो चिट्ठी जरूर आती है।''

लाली

लाली उसका असली नाम था, लाड़-प्यार का नहीं। वैसे लालचन्द उसके बड़े भाई का नाम था। लाली हमारे लाहौर के दफ्तर के मेहतर का बेटा था। जब वह छोटा-सा था, तब दफ्तर के पिछवाड़े गिल्ली-डण्डा खेला करता था, कभी-कभी उसकी गिल्ली हमारे कमरों की ओर भी आ गिरती और हम उसके साथ मज़ाक़ करते रहते। लाली कहीं से कुत्ते के छोटे पिल्ले को पकड़ लाता और वे उसके अक्खड़पन से बचते हुए हमारी मेजों के नीचे छिपकर बैठ जाता। पतंग उड़ाने के मौसम में हमारे चपरासी लाली को पतंग की डोर और पतंग लूट-लूट कर देते और वह सारा दिन अपने क्वार्टर की छत पर चढ़कर उड़ने वाली पतंगों की ओर ललचायी नजरों से देखता रहता।

सिर-पैर से नंगा, काला भुजंग लाली हम सबको अच्छा लगता। पतला-दुबला-सा, मैला-कुचैला-सा वह अपनी तोतली बोली में मीठी-मीठी तोतली बातें करता, लाली सारे दफ्तर का लाड़ला था। जिस कोठी में हमारा दफ्तर था, लाली का बाप पहले उस कोठी के मालिक का मेहतर था। हमने जब यह कोठी ली तो साथ ही उसके मेहतर को भी रख लिया। लाली के बारे में कई कहानियाँ मशहूर थीं। एक बात तो उसका बाप भी हमें बताया करता था कि जब लाली पाँच वर्ष का हुआ तब एक कोठी में रहनेवाले नवाब साहब ने अपने बच्चों के साथ लाली को भी अँग्रेजी स्कूल में पढ़ने भेज दिया, लेकिन वह ससुरा वहाँ ज्यादा देर तक न टिक सका। लड़-झगड़कर घर आ गया।

हमारे देखते-देखते लाली जवान हो गया। अब उसके बारे में और तरह की रिपोर्ट आनी शुरू हो गयी। उसका बाप शिकायत करता, ''लाली सिगरेट बहुत पीने लगा है, सिनेमा बहुत देखता है।'' हम ये बातें सुनकर हँस देते।

''बाबा, तेरा बेटा झाड़ू थोड़े ही दिया करेगा,'' हममें से कोई उसके बाप को समझाता। और फिर एक दिन नशे में धुत लाली आधी रात को घर लौटा।

उसके बाप ने अपने जवान बेटे से तो कुछ न कहा, लेकिन वह हमारे दफ्तर के अफसर के आगे आठ-आठ आँसू रो दिया। हमने सोचकर यह फैसला किया कि लाली को चपरासी भरती कर लिया जाए, न उसे फुरसत मिलेगी न वह अपने बूढ़े बाप को तंग करेगा।

लाली को बड़े अफसर के साथ लगा दिया गया। लाली का काम फाइलें और कागज साँझ को घर ले जाना तथा सवेरे फिर दफ्तर में उठा लाना था। जब वह बड़े साहब के घर जाता तो उनकी श्रीमती उसे छोटे-छोटे काम करने को कहतीं और उन कार्यों में कई बार सारा दिन बीत जाता। बड़े अफसर का जब एक नौकर बीमार हो गया तब कुछ दिनों के लिए लाली की यह ड्यूटी लगी कि वह घर के दूसरे नौकर का हाथ बँटाया करे-कमरों की झाड़-पोंछ और इसी तरह के दूसरे काम करे।

पाँच-सात दिन वह इसी तरह का काम करता रहा, फिर घरवालों ने देखा कि एक खिड़की को लाली कुछ ज्यादा साफ करता है। हर घड़ी झाड़न लेकर वह उस खिड़की में जा खड़ा होता और शीशों को रगड़ता रहता। दो-चार दिन तक उसकी यह हरकत देखकर मालकिन को कुछ सन्देह हुआ और उसने खिड़की में से झाँककर देखा-साथ की कोठी की सामने वाली खिड़की में पड़ोसियों की आया खड़ी थी।

रात को जब साहब को यह बात बतायी गयी तब वह बहुत हँसे। अगले दिन दफ्तर में हँसते-हँसते हमारे पेट में बल पड़ गये।

फिर देश का बँटवारा हो गया। हम नौकरी-पेशा लोग भी बाँटे गये और लाहौर से दिल्ली आ गये। अफसर आये तो उनके साथ चपरासी भी आये। हमारे दिल्ली पहुँचने के कुछ दिन बाद ही दिल्ली की दुकानें लूटी गयीं। घर जलाये गये। कनॉट सरकस में सारे दिन गोली चलती रही, फिर भी लोग घड़ियों, फाउण्टेनपेनों और लिपस्टिकों की गठरियाँ बाँध-बाँधकर ले जाते रहे। यह उस दिन की बात है, जब दिल्ली में एक बाजार को लुटता हुआ देखकर पण्डित जवाहरलाल नेहरू ने मोटर से निकलकर फिसादियों को डाँट पिलायी थी और कहा था-"हिन्दुस्तानियो, तुम्हें शरम आनी चाहिए, तमाम दुनिया की नजरें आज तुम पर लगी हुई हैं।" और लुटेरों के हाथों से बूटों के जोड़े, ऐनकों के डिब्बे, बच्चों के खिलौने छीन-छीन कर पण्डितजी दुकानों के अन्दर फेंकते रहे। उस दिन शाम को लाली मुझे मिला। परदेश में अफसरों और चपरासियों में शरणार्थी होने के नाते एक आत्मीयता-सी पैदा हो गयी थी और हम एक-दूसरे के बहुत समीप आ गये थे। नानक जमादार का बेटा लाली भी बहुत बेहूदा था, अदब-

आदब की परवाह नहीं किया करता था। वह हँसता-हँसता मेरे कमरे में आया और एक हाथ में अपने सूजे हुए गाल को मलते हुए कहने लगा-"देखिए जी, आपके नेहरू साहब ने आज मेरे थप्पड़ जड़ दिया।" मैं हैरान रह गया। लाली ने बताया कि कनॉट सरकस में वह लूटमार कर रहा था कि पण्डित जी ने दौड़ते हुए आकर उसे पकड़ लिया और उसे जोर से तमाचा रसीद किया और फिर वह रेशमी कपड़े का थान छीनकर दुकान की तरफ चल पड़े।

लाली ने अपने कानों से पण्डितजी को लोगों पर नाराज होते सुना था। एक फिसादी के हाथ से काँच का लूटा हुआ सामान गिरकर टुकड़े-टुकड़े हो गया था। लाली अपना सूजा हुआ दायाँ गाल सबको दिखाता फिरता। भारत के प्रधानमन्त्री पण्डित जवाहरलाल नेहरू ने अपने हाथ से उसके तमाचा रसीद किया था।

लाली ने जिन सहूलियतों के साथ लाहौर में चपरासी का काम किया था, वे उसे दिल्ली में क्योंकर मिलतीं? लाली जहाँ बैठता, दिल्ली के अफसरों की बुराई किया करता। हर रोज सुबह उसका दफ्तर जाने को जी न चाहता। वह जिस काम को हाथ लगाता, बिगड़ जाता। नतीजा यह हुआ कि लाली ने नौकरी छोड़ दी। कोई कहता-"लाली ने लूट का माल घर में डाल लिया है, इसलिए अब उसे नौकरी की क्या चिन्ता है?" कोई कहता-"उसके अफसर ने उसकी नाक में दम कर रखा था, तंग आकर लाली भाग खड़ा हुआ।" नौकरी छोड़ देने के बाद लाली कभी-कभी मुझसे मिलने आता। अभी वह बेकार ही था। एक दिन पारकर का नया पेन मेरी मेज पर रखते हुए वह कहने लगा-"इसे अपने किसी दोस्त के पास बेच दीजिए, चाहे कोई थोड़े पैसे दे दे।" मैं देर तक लाली का मुँह ताकता रहा। "आप सोचते होंगे कि यह लूट का माल है," लाली की आँखें जैसे कह रही थीं-"तो क्या हुआ? हम भी तो लुट-लुटाकर आये हैं।"

लाली से फिर मेरी मुलाकात अपने एक ब्राह्मण मित्र के यहाँ हुई। मुझे खाने पर बुलाया गया था, लाली उसका बैरा था। एक ही नजर में लाली ने मुझे सारी बात समझा दी। मैं चुप रहा। खाने की मेज पर मेरे मित्र की पत्नी अपने बैरे की प्रशंसा करती रहीं-"बेचारा एक ब्राह्मण है, हमने सोचा कि चाहे चार पैसे ज्यादा ही क्यों न ले, इसे ही नौकर रखना है। साफ-सुथरा काम करता है, हँसमुख भी बहुत है" और मेरा मित्र मुझसे कह रहा था कि नौकर को इतना हँसमुख न होना चाहिए।

अगले रोज लाली मेरे दफ्तर में आया और आते ही मेरे कदमों पर गिर पड़ा। "आपने मेरी इज्जत रख ली" वह बार-बार यही कहता रहा। फिर लाली

ने मुझे बताया–"पण्डितजी की आया मेरी लाहौर की वाकिफ़ है। उसने मेरी सिफारिश करके मुझे यहाँ नौकर करवाया था। लेकिन मुझसे अब और ब्राह्मण नहीं बना जाता। मैं आपके मित्र को जवाब दे आया हूँ।"

लाली को जरा भी फिक्र न थी कि वह अगले दिन रोटी कहाँ से खाएगा। रात कहाँ काटेगा? उसके कपड़े जब मैले होंगे तब...

कोई लाहौर के अफसर लाली की याद किया करते, लेकिन किसी को उसके ठौर-ठिकाने का पता नहीं था। एक दिन मैं रात के आखिरी सिनेमा-शो के समाप्त होने पर बाहर निकलकर अभी सोच ही रहा था कि कोई टैक्सी ले लूँ कि पीछे से आवाज आयी–"सरदारजी, क्या टैक्सी चाहिए?" यह तो लाली की आवाज थी। लाली ने मुझे बताया कि वह तो तभी एक टैक्सी वाले के पास क्लीनर भरती हो गया था और अब उसने टैक्सी का काम सीख लिया है। वह लाइसेंस भी ले चुका है। "मैं आपके यहाँ नहीं आ सका," लाली ने मुझसे माफी माँगते हुए कहा और वह बातें करता हुआ मुझे ले चला–"टैक्सी का काम बहुत वाहियात है। सारी रात जागना पड़ता है। सारा दिन चलना पड़ता है। भला यह भी कोई जिन्दगी है! हाँ, कभी-कभी रौनक़ खूब देखने में आती है। आज ही शाम को एक लड़का और एक लड़की मेरी टैक्सी में बैठकर कहीं बाहर गये। शाहदरे की तरफ। वहाँ उनका आपस में झगड़ा हो गया। लड़का पता नहीं किधर पैदल ही निकल गया। लड़की मेरे साथ टैक्सी में घूमती रही, अभी-अभी उसको उतार कर आया हूँ। कहती थी–कल फिर आऊँगी। मुझे तेरा स्वभाव बहुत अच्छा लगता है।" "अजी सरदारजी, ये आजकल की लड़कियाँ, बस तोबा-तोबा!"

हमारे दफ्तर की ब्रांच जालन्धर में कायम हुई, मेरी तबदीली हो गयी। जालन्धर में मुझे लाली का बाप नानक मिला। हमने नया दफ्तर खोला था। और नानक का हम पर पुराना अधिकार था। इसलिए हमने उसे दफ्तर का जमादार भरती कर लिया। दफ्तर ही में रहने के लिए उसे क्वार्टर दे दिया। नानक दफ्तर का काम भी करता और साथ वाली हमारी कोठी का भी।

लाली छः-छः महीने तक बाप को पत्र नहीं लिखता। जब कभी नानक मुझे मिल जाता तो मैं लाली के बारे में उससे जरूर पूछ लेता। लाली की अपने माँ-बाप के प्रति लापरवाही मुझे अच्छी न लगी। एक साल गुजर गया, बूढ़े बाप नानक को लाली की कोई चिट्ठी न मिली। डेढ़ साल गुजर गया। जब कभी मुझे ख़याल आता है, मैं दिल-ही-दिल में लाली को लफंगा, गैर-जिम्मेदार और बदमाश कहकर याद करता। रोज-रोज मेरे दिल में उसके लिए नफरत बढ़ती जाती। उसके बूढ़े बाप को काम करते देख मुझे बड़ा तरस आता।

फिर मैंने एक दिन सुना कि लाली अपने माँ-बाप से मिलने के लिए जालन्धर आया है। दोपहर को वह हमारी कुशल-क्षेम पूछने के लिए भी आ गया-कोट-पतलून पहने, नेकटाई लगाये और अँग्रेज़ी फैशन से बाल बनाये। मैं तो हैरान रह गया। लाली के लिए मेरे दिल में जो नफरत भरी थी, वह कम न हो सकी। शाहदरे वाली लड़की फिर आयी होगी, मैं सोचने लगा, फिर उसके अगले रोज, इस तरह हर रोज...

लेकिन लाली ने मुझे बताया कि टैक्सी का काम छोड़कर वह कब का हवाई जहाज़ों की कम्पनी में मुलाजिम हो गया था। अमरीका हो आया है। इंग्लैण्ड हो आया और यूरोप हो आया है। मैं चकित-सा बार-बार लाली के मुँह की तरफ देखता रहा।

लाली देर तक बैठा अपने कारनामे सुनाता रहा। लेकिन मेरे दिल ने उसकी एक न सुनी। मुझे तो यह भी नागवार लग रहा था कि वह मेरे कमरे में आकर इस तरह कुरसी पर क्यों बैठ गया। नानक मेहतर का बेटा लाली। मैं उससे सख्त रुखाई से पेश आया। फाइलें देखता रहा, हस्ताक्षर करता रहा, टेलीफोन सुनता रहा। लाली आखिर उठकर खड़ा हो गया और मेरे होठों पर एक बार भी वह मुस्कान न आयी जो मैं अकसर लाली को देता आया था।

कोई तीन दिन के बाद लाली के बाप नानक को कहीं जाना पड़ा। छुट्टी मंजूर कराते समय उसने मुझसे कहा कि वह दफ्तर और घर की सफ़ाई का कोई और प्रबन्ध करके ही बाहर जाएगा।

अगले दिन जब मैं तैयार होकर दफ्तर जाने के लिए कमरे से निकला, मुझे अपनी आँखों पर विश्वास न हुआ, सामने हमारे दालान में लाली झाड़ू दे रहा था, पतलून पहने हुए, पेशावरी चप्पल पहने हुए, कमीज के बटन खोले हुए।

झूठ बकता था, मेरे दिल से आवाज आयी। अब ठिकाने आ गया है। मेरे भीतर की घृणा कह रही थी-'घर में नहीं दाने, अम्मा चली पिसाने।' मेरा अंग-अंग झुँझला रहा था।

मेरी समझ में अभी तक न आ सका था कि मैं लाली की ओर कैसे देखूँ, इससे क्या कहूँ। इतने में ऊँची आवाज में मुझे प्रणाम किया और इससे पहले कि मैं कोई जवाब दूँ, वह मुझसे पूछने लगा-"जी, आपने रेडियो पर तो सुना ही होगा। दुनिया को क्या हो गया है। क्या एक और जंग छिड़ेगी? जब मैं न्यूयार्क में था तब वहाँ एटम बम का बहुत शोर था। अगर लड़ाई छिड़ गयी तो अबकी याद रखिए, एशिया में छिड़ेगी। हमारे मुल्क़ में तो पहले ही खाने को नहीं है।" लाली बातें भी करता जा रहा था और झाड़ू भी दिये जा रहा था।

जला-भुना मैं जवाब दिये बगैर दफ्तर चला आया। सारा दिन मैं चिक के अन्दर से देखता रहा। लाली अपने बाप नानक का सब काम भुगताता रहा। कभी कपड़ों को साफ करने के लिए जाता, कभी सामने बरामदे में कागजों के छोटे-छोटे टुकड़े चुन रहा होता। कभी गीले कपड़े से फर्श साफ करने लगता। किसी तरफ से आवाज़ आती, 'जमादार' और 'जी हुजूर' कहता हुआ लाली उधर दौड़ पड़ता। अगले दिन लाली फिर उसी तरह काम करता रहा और उससे अगले रोज भी।

एक दिन मैं शाम को कहीं मोटर में बैठकर बाहर जा रहा था। लाली दफ्तर के बरामदे में झाड़ू दे रहा था। झाड़ू छोड़कर वह मेरे पास आया। अभी मैंने मोटर स्टार्ट नहीं की थी, "जी, यह स्कोडा मोटर क्यों ली?" लाली मुझसे बातें करने लगा, "आप मुझसे बताते कि आपको मोटर लेनी है। स्कोडा जर्मन मोटर है। जर्मनी की मोटरें मजबूत होती हैं, लेकिन इनके पुर्जे नहीं मिलते और फिर आपने इस पर शायद खरचे होंगे कोई दस हजार। दो हजार रुपये और डालते तो मैं आपको कोई बड़ी गाड़ी ले देता। बड़ी गाड़ी का यह फायदा है कि चार साल उसे चलाया और फिर हजार-दो हजार का घाटा उठाकर उसे बेच दिया। छोटी गाड़ियों का बाद में कुछ पल्ले नहीं पड़ता। लेकिन आपकी गाड़ी का रंग बहुत अच्छा है। मेरे पास भी एक 'शेव' थी। उसका भी बिल्कुल ऐसा ही रंग था। सी ग्रीन रंग ड्राइवर की नजर खराब नहीं करता। कई रंग तो दस दिन में ही नजर को बराबर कर देते हैं। लाली बातें करता रहा और मैं मोटर चलाकर निकल आया।

कोई पाँचवें दिन नानक छुट्टी काटकर वापस आ गया। चिक में से उस रोज बूढ़े बाप को काम करते देखकर मैं दिल-ही-दिल में सोचता-अगर नानक अपनी जगह पर लाली को नौकर रखवाना चाहेगा तो मैं कभी न मानूँगा। जो दिल्ली से दो कदम आगे नहीं जा सका था, दिल में बार-बार सोचता कि इंगलिस्तान होकर आया है। यह मुँह और मसूर की दाल! लड़कियाँ उसके साथ शाहदरे घूमती रहती हैं। शेव मोटर बहुत अच्छी होती है। स्कोडा मोटर अच्छी नहीं होती।

मेरे दिल में ऐसे भाव आ-जा रहे थे, इतने में चिक उठाकर हँसता हुआ लाली मेरे कमरे में आ घुसा। उसके हाथ में एक तार था। "लीजिए साहब, हमें तो इजाज़त दीजिए," वह कहने लगा-"कम्पनी वालों का तार आया है कि बाकी छुट्टी कैन्सिल। इस बार मैं विलायत से कोई सौगात आपके लिए जरूर लेकर आऊँगा। मैं वैसे तो हवाई अड्डे से बाहर नहीं निकल सकता। मेरा वीज़ा थोड़े ही बनता है लेकिन आये-गये के हाथ, जो चीजें मैं चाहूँ, मँगवा सकता हूँ। अपने पुराने सेवकों पर कृपा बनाये रखिएगा। हम आपके बच्चे जो ठहरे, यह सब आपकी

जूतियों का सदका है।'' मैं चकित-सा लाली की तरफ़ देख रहा था, इतने में उसने मेज पर पड़े हुए मेरे हाथों में अपना हाथ दे दिया। नमस्ते कहते हुए मेरे कमरे से बाहर निकल गया।

शाम को हम सिनेमा देखने के लिए गये। मैं और मेरी पत्नी, कोई अँग्रेजी फिल्म थी। हमने क्या देखा कि हमारी साथवाली सीट पर लाली बैठा हुआ है। उसने पान खा रखा है। उसके साथ एक सुन्दर युवती। इण्टरवल में लाली ने हमें उस युवती से परिचित कराया। वह किसी बड़े घराने की लड़की थी।

शो ज़ारी था और मैं बराबर सोचता रहा कि लाली ने वह झूठा तार कहाँ से पैदा कर लिया था। भारी चार सौ बीस है। बार-बार मेरा दिल पुकार उठा और लाली मेरे साथ वाली सीट पर जा बैठा था। उसके कोट से मेरा कोट छू रहा था। मेरे बूट के साथ कभी-कभी उसका बूट छू जाता। उसके सिगरेट का धुआँ मेरे सिर और मुँह को अपनी लपेट में ले रहा था। पिक्चर के खत्म होने के कोई पन्द्रह मिनट पहले लाली उठा। उसके साथ वाली युवती उठी। 'चोर जा रहा है'-मेरे दिल से अभी यह आवाज आ रही थी कि लाली ने लपककर मेरे कानों में कहा-''मुझे पूरे दस बजे हवाई जहाज़ पकड़ना है। टैक्सीवाला बाहर बेकरार हो रहा होगा, और फिर मुझे हवाई अड्डे तक पहुँचने में भी आधा घण्टा लगेगा।'' और फिर सिनेमा हाल के अँधेरे में मेरा हाथ टटोल कर उसने अपना हाथ मेरे हाथ में दे दिया। नमस्ते-नमस्ते कहता हुआ वह चुपके से उस युवती के साथ बाहर निकल गया।

लाली ने अपने हाथों से अपने कपड़ों में न जाने क्या मला हुआ था, जो हाथ मैंने अपने हाथ से मिलाया उसमें से एक भीनी-भीनी-सी खुशबू मुझे आती रही।

मंगलो

आसपास के सारे इलाके में आतंक फैला हुआ था। तड़-तड़ गोलियाँ चल रही थीं। बम फट रहे थे। आँगन सूने हो रहे थे। सुहाग लुट रहे थे। गली-गली सिसकियाँ सुनाई देती थीं। बैंक लुट रहे थे। गाँव खाली हो रहे थे।

मंगलो सुनती और अनसुना कर देती। वह सोचती ऐसे तो हुआ ही करता है। जब राज्य बदलते हैं तो उथल-पुथल होती ही है। खून तो बहता ही है।

मंगलो को ऐसे लगता जैसे वह आजकल राज कर रही हो। इस तरह का सुख उसने पहले कभी नहीं देखा था। जब से दंगे शुरू हुए थे, क्या मजाल जो कभी किसी 'सिपाटे' ने उधर मुँह दिखाया हो। और तो और पटवारी भी कभी देखने में नहीं आया था। न ही आजकल कभी मंगलो ने अपने चूल्हे से आग जलायी थी। उसके सारे काम बिजली से चलते थे। बिजली के एक खम्भे से उसके बेटे ने 'कुण्डी' लगाकर तार खींच लिया था। घर में लहर-बहर हो गयी थी। न लकड़ियाँ लाओ, न आग जलाओ, फूँकें मारो। रात को बिजली के बल्ब की जगमगाहट ऐसे लगती जैसे उनके आँगन में दिन निकल आया हो।

मंगलो का मर्द सरपंच था। आसपास के गाँव में उसकी बड़ी ख्याति थी। दो बेटे विलायत में थे। इतनी बड़ी जागीर थी। सबसे छोटा बेटा बाबू का हाथ बँटाता था। लेकिन जब से झगड़े शुरू हुए थे, उसने उसे 'सन्तरी' को सौंप दिया था। यही बात विलायत वाले उसके बेटे बराबर उसे लिखते थे। "बापू अमरीका को मत रोकना। अगर वह 'सन्तजी' के रास्ते पर चलता है तो उसे मना करके तुम अपने सिर पाप न लेना। इस सरकार का नाश होकर रहेगा-चाहे आज हो चाहे कल। तुम उसे मना करके अपनी बात न गँवाना। वह तुम्हारी नहीं सुनेगा। 'सन्तजी' शहीद हो गये। इस आन्दोलन में न मालूम और कितनी कुर्बानियाँ देनी होंगी। शुरू के सिख अपनी जान हथेली पर रखते हैं। गुरु गोविन्द सिंह के शूरमे मौत से कभी नहीं डरे। हम तो खुद वापस लौटने को तड़फ रहे हैं। लेकिन यह

सरकार हमें अपने देश में आने की अनुमति नहीं दे रही। बापू! पैसों की तुम कभी चिन्ता मत करना...'' और वह हर महीने ढेरों रुपये घर भेजते। पैसों की मंगलो और उसके घरवाले को पहले कभी परवाह नहीं होती थी। जब से अमरीका आतंकवादियों के साथ जा मिला था, उनके घर पैसे की कभी कमी नहीं रही। जब भी वह घर लौटता, चाहे वह दूसरे सप्ताह आये, चाहे तीसरे सप्ताह, उसकी जेबें नोटों से भरी होती थीं।

कितना सुन्दर लगता था। कमर में पिस्तौल, गले में गोलियों की माला, कन्धे पे बन्दूक-जैसे जनरैल हो। जनरैल तो वह था। अपनी टुकड़ी का सरदार था और उसका सारे इलाके में दबदबा था। किसी की मजाल नहीं थी कि उनकी मुखबिरी कर जाय। चारों ओर उनकी मोटर-साइकिलें घूमती थीं। मक्खियों-मच्छरों की तरह वह आगे-पीछे सफाया करते हैं। अमरीका घर लौटता तो कभी कहता, आज हमने पाँच को 'सोधा' है। कभी कहता, आज हमने सात को 'गाड़ी पर चढ़ाया' है। मंगलो उसके मुँह की ओर देखती रह जाती। न वह खुद कभी उसे मना करती, न उसका मर्द अपने बेटे को समझाता।

और मंगलो सोचती, जब से वह आतंकवादियों के साथ जा मिला था, अमरीका कितना बाँका निकल आया है। लाल सुर्ख दहक रहा चेहरा। उसके मुँह की ओर देखा नहीं जाता था। ऊँचा-लम्बा, हृष्ट-पुष्ट! दीवार को धक्का दे तो वह औंधी जा गिरे।

जब भी आता, क्षण-भर घर रुकता, नोटों से भरी जेबें खाली करता। बापू और माँ के पाँवों को छूता और लौट जाता। उसके नीचे हर बार नयी मोटर-साइकिल होती। नित नये हथियार। किसी को वह राइफल कहता, किसी को कारबाइन। किसी को ए.के., किसी को क़ुछ और किसी को कुछ। मंगलो ने कभी उससे नहीं पूछा कि वह तमाम असलहा उन्हें कहाँ से मिलता है। ढेर सारा बारूद-सिक्का उसने अपने घर की कोठरी में इकट्ठा कर रखा था। तिल धरने की जगह नहीं बची थी। दीवारों पर बन्दूकें लटकी रहतीं। फर्श पर कारतूस और गोलियों के ढेर लगे रहते।

मंगलो सोचती। बेशक उसका मर्द सरपंच है, लेकिन जो दबदबा उसके बेटे अमरीका का है, उसके साथियों का है, न तो इतना उसने फिरंगी सरकार का देखा था और न ही सफेद टोपीवालों का। अमरीका की टुकड़ी ने कहा-कोई टेलीविजन नहीं देखे, यह सरकार हमें रामायण और महाभारत दिखाकर हिन्दू बनाना चाहती है, और सारे इलाके में छतों पर लगे टी.वी. एण्टिना उतर गये। उन्होंने कहा-ब्याह-शादी पर पाँच से अधिक बाराती नहीं जाएँगे। किसी की

मजाल नहीं थी कि छठा बाराती अपने साथ लेकर जाए। न बाजे-गाजे, न ढोल-ढमाका। उन्होंने कहा–किसी गाँव में कोई कुत्ता नहीं होना चाहिए। जब रात को आतंकवादी आते थे तो कुत्ते उन पर भौंकते थे। इलाके-भर में कुत्तों को मरवा दिया गया। किसी को ज़हर देकर, किसी को गोली से उड़ा दिया गया। उन्होंने कहा–स्कूल के लड़के पीले रंग के साफे बाँधें, लड़कियाँ पीले रंग की ओढ़नियाँ लें। हर स्कूल में इसी रंग के साफे और ओढ़नियाँ दिखाई देने लगीं।

और तो और, साथ के गाँव में पुलिस ने अपनी चौकी कायम कर ली थी। पहली रात ही उसके बेटे अमरीका और उसके साथियों ने ऐसी आँख दिखायी कि अगली सुबह पुलिसवाले अपना बोरी-बिस्तर उठाकर चल दिये। गाँव-गाँव इसकी चर्चा होने लगी–कोई बताये, राज किसका था, आतंकवादियों का या सरकार का? सुनने में आया कि जोड़ियाँ नाम के एक गाँव में से किसी ने उनकी चुगली कर दी थी। आतंकवादियों ने रात को उसके सारे कुनबे को खत्म कर डाला। अगले दिन दोपहर तक उनकी लाशें लहू में लथपथ पड़ी थीं और किसी की मजाल नहीं थी कि जाकर रपट लिखवाये। न ही उनको जलाने के लिए लकड़ियाँ इकट्ठी करने की जुर्रत कर पाया।

मंगलो ने सुना और अपने मर्द की ओर इस तरह देखा जैसे वह कह रही हो, राज और कैसे किया करते हैं? तुम्हारी सरपंची तो छूछी है, जैसे कच्ची लस्सी का कटोरा हो।

एक दिन उन्होंने जोड़ियाँ गाँव की वारदात के बारे में सुना और अगले दिन वही हुआ, जिसका मंगलो को हमेशा डर लगा रहता था। उसका बेटा अमरीका पुलिस के साथ एक झड़प में मारा गया था, और चार उसके साथ भी। दरिया के किनारे वे सब औंधे पड़े थे।

मंगलो ने सुना और अवाक् रह गयी। फटी-फटी आँखों से अपने मर्द की ओर देखने लगी। "जो आग खाते हैं वे अंगारे उगलते हैं," सरपंच के मुँह से निकला और वह दहाड़ मारकर सामने अपनी चारपाई पर गिर गया। छल-छल आँसू रो रहा था। मंगलो वैसी-की-वैसी खड़ी टुकुर-टुकुर उसकी ओर देख रही थी। उसके नथुने फूल हुए थे, कान सुर्ख हो रहे थे, पलकें फटी पड़ रही थीं।

इतने में अड़ोस-पड़ोस के लोग इकट्ठे हो गये। हर कोई हाथ मल रहा था, आँसू बहा रहा था। औरतों ने मिलकर 'स्यापा' करना शुरू कर दिया। कहर की मौत थी। पीट-पीट कर उन्होंने बुरा हाल कर लिया–"हाय शेरा, हाय शेरा" करती वे बार-बार मंगलो को गले से लगातीं। लेकिन मंगलो थी कि बिट-बिट आगे-पीछे देखती जैसे उसे इस सब पर विश्वास न हो रहा हो। क्या मजाल

है जो उसकी आँखों से एक आँसू भी टपका हो। उसका मर्द रो-रोकर बेहाल हो रहा था। ''हाये ओ मेरे शेर-से बेटे,'' वह कहता और बार-बार उसे गश आ जाता।

जो कोई भी सुनता, उनके यहाँ भागा हुआ आता। जो कोई भी आता पानी से निचुड़ रहा होता। बाहर बारिश भी तो जैसे लगातार हो रही थी, जैसे रुकने का नाम न ले रही हो। बिजली चमकती, बादल गरजते, आँधी और तूफान। इस तरह की कहर की मौत पर जैसे प्रकृति भी विलाप कर रही हो। लेकिन नहीं बोली तो मंगलो। अमरीका की माँ की पलकें वैसी-की-वैसी सूखी थीं। हाथ-पाँव सुन्न, हरेक की ओर निहार रही थी। बाहर बारिश कहे, जैसे आज -ही-आज है। लेकिन लड़के के शव को तो दाह-संस्कार के लिए लाना था। रो-रोकर जब अड़ोस-पड़ोस वाले थक गये तो फैसला हुआ कि चार नौजवान लड़के चारपाई लेकर जाएँ और अमरीका की लाश ले आएँ। उनके साथ सरपंच भी हो लिया। मंगलो नहीं गयी। गाँव की औरतों के साथ वैसी-की-वैसी बैठी रही। बीच-बीच में कभी गहरी साँस ले लेती और बस।

तीसरे पहर सरपंच और उसके साथ गये नवयुवक खाली हाथ लौट आये। दरिया चढ़ा हुआ था। ठाठें मार रहा था। जिस जगह शव पड़े थे वहाँ तो पानी-पानी था। ऐसे प्रतीत होता कि शव बाढ़ में बह गये हैं।

मंगलो ने सुना और बोली, ''चलो छुट्टी पायी।'' ये पहले शब्द थे जो उसके मुँह से निकले थे, जब से उसने अपने बेटे की मौत के बारे में सुना था। आगे-पीछे हर कोई यह सुनकर मंगलो के मुँह की ओर देखने लगा। यह कैसी माँ है! उसका जवान-जहान बेटा पुलिस की गोली का निशाना बन गया था। उसका शव तक इसके हाथ में नहीं आया था, ताकि विधिवत् उसका दाह-संस्कार कर सके। और उसके भीतर की माँ कह रही थी, ''चलो छुट्टी पायी।''

सारे इलाके में इस बात की चर्चा हुई। हर कोई कहता, यह कैसी माँ है जिसका जवान-जहान बेटा मारा गया और जिसने एक बार हाय-तोबा भी नहीं की! कई सोचते मंगलो की आँखों से आँसू इसलिए नहीं टपके थे क्योंकि वह अपने बेटे को 'शहीद' हुआ समझती थी। किसी शहीद की माँ रोया नहीं करती। वह तो 'सन्तरी' के रास्ते पर चला था। जो इस राह पर चलते हैं उन्हें अपनी जान हथेली पर रखनी होती है, चाहे आज, चाहे कल कुर्बान हो जाय। जितने मुँह उतनी बातें। कोई कहते बड़ी दिलेर औरत है। कोई कहते मंगलो निर्मोह है, जैसे पत्थर का बुत हो। इस तरह की माँ न कभी किसी ने सुनी और न कभी किसी ने देखी।

और फिर जैसे लोग इस घटना को भूल गये हों। कई महीने गुजर गये।

अमरीका गया और उसके साथ जैसे उस गाँव की सारी शान जाती रही। सरकार ने उसके बाप से सरपंची छीन ली। और तो और, आतंकवादी आजकल उनके गाँव में भी आ घुसते और अपनी मनमर्जी कर लेते। कभी आते और किसी को लूट ले जाते, कभी आते और किसी का स्कूटर छीन ले जाते। उस रात वे आये और उन्होंने मंगलो के पड़ोस का दरवाजा खटखटाया। पहले उन्होंने घरवालों को मुर्गा भूनकर खाना बनाने के लिए कहा। आधी रात तक शराब पीते रहे और खाना खाते रहे। मुर्गे का माँस, पराँठे और मुक्का मार कर तोड़े हुए प्याज़। चलने से पहले चूल्हे पर सुबह से कढ़ रहा मलाई वाला दूध डकार गये।

बहुत दिन नहीं गुजरे थे। एक रात आतंकवादी फिर आये। गाँव के बाहर ब्राह्मणों की एक लड़की पर उन्होंने हाथ डाला। यह देखकर लड़की का भाई उनसे जूझ पड़ा। बहिन को तो उसने बचा लिया लेकिन आतंकवादियों ने उस नौजवान को वहीं-का-वहीं ढेर कर दिया। ऊँचे लम्बे कद का नौजवान गोलियों से छलनी हुआ अपने आँगन में पड़ा था।

आतंकवादी लौटे तो सारे गाँव में शोर मच गया। हर कोई ब्राह्मणों के घर की ओर चल दिया। उनमें मंगलो भी थी। आँगन में जैसे किसी ने होली खेली हो। चप्पे-चप्पे पर लहू जमा हुआ था। सामने ब्राह्मणों का नौजवान बेटा खून से लथपथ पड़ा था। टाँगें फैली हुई, बाँहें अकड़ी हुई, मुँह खुला, आँखें फटी-फटी, बाल बिखरे हुए।

मंगलो ने एक नजर उसे देखा और विलाप करती हुई उसके ऊपर औंधी जा गिरी। छल-छल आँसू बहाती उसकी वलैया ले रही थी। रोये जा रही थी, आँसू थे कि रुकने में नहीं आ रहे थे। मौत कैसी होती है, यूँ लगता जैसे मंगलो को पहली बार उस दिन एहसास हुआ था। किसी के जवान-जहान बेटे का गोलियों से छलनी हो जाना। लहू की तलैया में किसी शव का डूबकर रह जाना। किसी की कोख का जाया। किसी के दिल का टुकड़ा। किसी का सुहाग।

गाँव के लोग हैरान हो रहे थे। विलाप करती हुई मंगलो ब्राह्मणों के नौजवान लड़के के पास से उठने का नाम नहीं ले रही थी, अपने जाये की मौत को सुनकर जिस औरत की आँखों में एक आँसू नहीं आया था।

पंजाब सिंह

चन्दो एक अजीब कशमकश की लपेट में थी। अड़ोस-पड़ोस वाले आठों पहर खुसुर-फुसुर करते रहते। बेहूदा लोग। जितने मुँह उतनी बातें। पंजू उसका घरवाला। सच्चा मोती था। कैसे सलीके से सुबह उठकर नियम से जप करता। शाम को 'रह रास' का पाठ करता था। क्या मजाल जो 'कीर्तन सोहिला' पढ़े बिना, उसकी आँख लग जाए। कई बार यूँ भी होता...

और चन्दो के होठों पर मुसकान खेलने लगी। कोई आधी रात को भी 'कीर्तन सोहिला' पढ़ा करता है? एक मजे-मजे में, एक नशे-नशे में, तारों की छाह में, सपनों में डूबी हुई पड़ी होती कि उसका घरवाला अचानक अभी-अभी अपने पलंग पर लौटा, शहद जैसे मीठे स्वर में, 'रवि चन्द दीपक बने, तारिका मण्डल जनक मोती...' कीर्तन सोहिला का पाठ कर रहा सुनाई देता। और फिर मुश्किल से वह 'जिसे जगाये, पियावे, इह रस, अकथ कथा तिन जानी', तक पहुँचता कि दुल्हन की आँख लग जाती। अल्हड़ जवानी की नींद, उन्हें ब्याहे अभी दिन ही कितने हुए थे। साल भी तो नहीं हुआ था।

फिर चन्दो सोचती आखिर वह जाता भी कहाँ था? पिछले कई दिनों से, मुँह-अँधेरे कहीं निकल जाता था, फिर कहीं देर साँझ ढले लौटता था। कई बार, यूँ भी होता कि रात-रात-भर वह उसकी बाट देखती रहती। कभी जवान-जहान दुल्हन को भी कोई यूँ अकेला छोड़ा करता है। और फिर आजकल की बिगड़ी हुई हवा। चारों ओर से बुरी-बुरी बातें ही सुनाई देती थीं। मक्खी-मच्छरों की तरह लोगों की हत्या कर दी जाती थी। गोली चाहे किसी दहशत-पसन्द की बन्दूक से निकली हो या फिर सिपाही की, मरते तो आम लोग ही थे। किसी का सुहाग, किसी का बेटा, किसी का भाई। कोई बच्चा यतीम होता था। किसी की चूड़ियाँ फोड़ी जाती थीं। कोई आँगन सूना हो जाता था। गाँव-गाँव लहू के छींटे। गली-गली मातम। घर-घर विलाप।

अकेली अपने आँगन में बैठी चन्दो का दिल कभी-कभी डूबने लगता। किस्मत वाली होती हैं जिनके सास-श्वसुर, देवर-जेठ साथ रहते हों। पंजू, उसका घरवाला तो एक-अकेला था। माँ-बाप की इकलौती निशानी। खुद वे ईश्वर को प्यारे हो चुके थे। बहिन-भाई कोई था नहीं। बस अड़ोस-पड़ोस वाले थे। उन्होंने भी आजकल कैसे नजरें बदल ली थीं। ''बुरी संगति में पड़ गया है पंजू!'' जो कोई भी मुँह खोलता, यही उसकी ज़ुबान से निकलता।

''कैसी बुरी संगति?''

चन्दो को तो अपने मर्द में कोई बुराई नजर नहीं आती थी। इधर उसने अपनी पढ़ाई पूरी की, उधर घरवालों ने उसे शादी में बाँध दिया। पूरी बारह क्लास पास था। कैसे गिट-गिट अँग्रेज़ी बोलता था। अखबार भी अँग्रेजी का ही पढ़ता था। बस आजकल खेतीबाड़ी में उसका मन नहीं लगता था। एक तो ये पूरब वाले खेत-मजदूर साँस नहीं लेने देते थे। उनसे भरी गाड़ियाँ की गाड़ियाँ आतीं और तूफान की तरह सारा काम समेट लेते। घरवालों को बेकार बनाकर अलग कर देते। बस ''दारू पियो और भाँगड़ा नाचो।''

लेकिन उसके मर्द ने तो यह सब कुछ कभी नहीं किया था। उसका अपना ट्रैक्टर था। कैसे ढंग से, चलाकर, खेतों की ओर निकल जाता था। बुवाई-बिजाई के दिनों में उसे होश नहीं रहता था। नहर का पानी खुला था। खेतिहर मजदूर उसकी मदद कर देते थे। फसल तैयार होती तो कटाई में हाथ बँटाते। पंजू ने कभी किसी का हक़ नहीं मारा था। अपने पिता की मर्यादा वह बनाये हुए था। उसका बाप गाँव का मुखिया था। सारे इलाके में, लोग उसका आदर सत्कार करते थे।

यूँ सोचते हुए उस दिन चन्दो, अपना आँगन और दालान बुहारकर, कोठरी में जा घुसी। कोठरी में रखे बक्से-सन्दूकों को झाड़-पोंछ किये हुए उसे कितने दिन हो गये थे। खूँटियों पर टँगे कपड़े-लत्तों को उसने झाड़ा-सँवारा नहीं था। उसका काफी दहेज इसी कोठरी में रखा था-ट्रंक, सिलाई की मशीन, रँगीली पीढ़ी, मोर-पंखी कैसे सुन्दर ढंग से उसकी माँ रानी ने मोतियों से पिरोयी थी, तिल्ले से जड़ी थी। चन्दो सोचती, यह रँगीली पीढ़ी, यह मोर-पंखी, मैं तब बाहर निकालूँगी, जब मेरे आँगन में एक लाल खेलेगा। रँगीली पीढ़ी पर बैठकर वह पालने में सोये हुए बच्चे को मोर-पंखी से हवा करेगी, साथ में लोरियाँ गाएगी।

''लोर मलोरी, दूध कटोरी...''

दूध का ध्यान आते ही, चन्दो को याद आया कि उनकी 'भूरी' लात मार

गयी थी। कल सारी रात रँभाती रही थी। जैसे कोई किसी को पुकार रहा हो। भूरी को नया करवाना होगा। अब अगर उसका मर्द घर में होता तो सुबह-सवेरे ही उसे भूरी की जंजीर थमा देती। साथ के गाँव में उसे जाना होगा। और फिर चन्दो को जैसे गुदगुदी होने लगी। इधर भूरी नयी होगी, उधर उसे खुद आस लग जाएगी। उनकी शादी को एक साल हो गया था। भगवान और कितनी प्रतीक्षा करवाएगा? उसकी पड़ोसिन चिन्तो की तो गोद भी हरी हो गयी थी। चन्दो के साथ ही तो उसके हाथ पीले हुए थे।

यूँ सोच रही चन्दो, कोठरी में जरा आगे बढ़ी और उसकी ऊपर की साँस ऊपर और नीचे की साँस नीचे रह गयी। सामने कोने में, सन्दूकों के पीछे यह असलहा कैसा पड़ा था? ढेर सारा गोला-बारूद, हथगोले, पिस्तौल, राइफलें।

चन्दो के पसीने छूटने लगे। कौन कमबख़्त यह सब कुछ उसके घर में लाकर डालता रहा था? उससे किसी ने क्यों नहीं पूछा था? और चन्दो की छाती में जैसे एक बम फटा हो—अड़ोस-पड़ोस वाले शायद सच्चे थे। यह तो उसका वर था। उसी की करतूत थी। सचमुच वह बुरी संगति में जा मिला था। तभी तो, कितने दिनों से गुम-सुम रहता था। अकेला होता तो आप-से-आप कुछ बोलने लगता। न मालूम कौन-सी बेहूदी किताबें पढ़ता रहता था। चन्दो सोचती, यह तो बेड़ा ही डूब गया।

और फिर जैसे उसे कोठरी के हल्के-हल्के अँधेरे से डर लगने लगा। उसकी साँस फूल गयी। वह बाहर निकल आयी। बाहर दालान में वह धड़ाम से पलंग पर जा गिरी। पलंग पर पड़ी, उसकी आँखों से आँसुओं की धार बहने लगी।

चन्दो सोचती, वे लोग जो बस में से बाहर निकालकर मारे गये थे, शायद उसके घरवाले की यह करतूत हो! उनके गाँव के बाहर ही तो यह अनर्थ हुआ था। चन्दो को अच्छी तरह याद था, उस दिन पंजू घर में नहीं था। अगले दिन, जब वह लौटा, चन्दो ने हाथ मलते हुए उस दुर्घटना का जिक्र किया। लेकिन वह हैरान रह गयी। उसके मर्द के कानों पर जैसे जूँ तक न रेंगी हो। जैसे उसे कुछ सुनाई ही नहीं दिया था। अफसोस का एक बोल भी तो उसकी ज़बान से नहीं निकला था। साथ के गाँव में उसकी सहेली देवकी के घरवाले सन्तराम की किसी ने हत्या कर दी। वह भी शायद पंजू के किसी साथी की हरकत होगी। और फिर भागो, तापो, बन्ती, गुड्डी, राधा, रुक्मिणी ढेर-सारी उसकी जान-पहचान वाली जवान-जहान लड़कियाँ थीं, जो एक-एक करके विधवा हो गयी थीं। उनके चित्र एक-एक करके उसकी आँखों के सामने घूमने लगे। उजड़े हुए

गाँव, वीरान गलियाँ, झुलसे हुए आँगन। यूँ, चिन्ताओं में डूबे हुए, पता नहीं कब, चन्दो की आँख लग गयी।

न मालूम कितनी देर वह यूँ सोयी पड़ी रही। जब चन्दो की आँख खुली, उसका मर्द घर लौट, नहा-धोकर सामने बरामदे में चौकी पर आलती-पालती मारे पाठ कर रहा था। कितनी देर वह पाठ करता रहा। चन्दो ने इतनी देर में उसके लिए चार पराँठे सेंक लिये। दाल-सब्जी रात की बची रखी थी। लस्सी उसने सुबह बिलो ली थी। मक्खन से कटोरा भरा था।

चन्दो ने सोचा, खाना खा चुकेगा, तो वह उससे कोठरी में रखे असलहा के बारे में पूछेगी। फिर आजकल वह इतना बाहर क्यों रहने लगा था। लोग खुसुर-फुसुर करते रहते थे। उसे अपने पिता का कुछ तो लिहाज होना चाहिए अभी तो उन्होंने गृहस्थी की दहलीज पर पाँव ही रखा था। ढेर-सारे चन्दो के सपने थे।

चन्दो अभी चूल्हे-चौके से नहीं निबटी थी कि पंजू का पाठ खत्म हो गया। कितनी देर वह हाथ जोड़े, आँखें मूँदे, खड़ा-खड़ा अरदास करता रहा। फिर सामने आँगन के बीच में अटपटे रखे ट्रैक्टर पर जा बैठा। कहने लगा, ''कल जल्दी में इसे यूँ ही बीच आँगन में छोड़ गया था। एक ओर कर दूँ।''

ट्रैक्टर चलाकर, उसने मोड़ा ही था कि उनकी मुर्ग़ी का एक चूज़ा नीचे आकर दब गया। मुर्गी बाकी चूज़ों के साथ, आगे-पीछे बावेला मचा रही थी।

पंजू ने देखा और ट्रैक्टर वहीं-का-वहीं रोक लिया। फूला हुआ साँस, वह ट्रैक्टर से कूदकर नीचे उतर आया। सचमुच उनकी मुर्ग़ी का एक चूज़ा ट्रैक्टर की लपेट में आकर कुचला गया था। यकायक आगे बढ़कर पंजू ने चूज़े को उठा लिया। चूज़े को अपने दोनों हाथों में लिये वह छल-छल आँसू रो रहा था। मुर्गी बाकी चूज़ों के साथ चूँ-चूँ करती उसके आगे-पीछे घूम रही थी।

पंजू कितनी देर, पत्थर-का-पत्थर, वैसे-का-वैसा आँगन में खड़ा रहा। चूज़ा अभी भी उसके हाथों में था। लहू से लथ-पथ। पंजू बिट-बिट उसकी ओर देख रहा था। उसके चेहरे पर हवाइयाँ उड़ रही थीं। जैसे किसी से कोई घोर अपराध हो गया हो।

कितनी देर, इन्तजार के बाद, चन्दो उसे बाँह से पकड़कर बरामदे में ले आयी। उसके हाथ से चूज़ा लेकर उसने उसे एक ओर रख दिया। साबुन से उसके हाथ धुलाये। फिर थाली परोसकर उसके सामने ला रखी। सुबह से वह भूखा-प्यासा था। खाना देखकर पंजू के फिर आँसू बहने लगे। उसने थाली को एक तरफ कर दिया। उससे आज कुछ न खाया जाएगा। चन्दो लाख उसे

समझाती, आखिर तो चूज़ा ही था। हफ्ता-दस दिन बाद उसे झटकाना ही तो था। लेकिन पंजू की समझ में कुछ नहीं आ रहा था। सारे घर में जैसे शोक छा गया हो। घर के मर्द ने जब खाना न खाया हो तो पत्नी कैसे कुछ मुँह लगा सकती है।

सामने ट्रैक्टर के पहिये के नीचे कुचला चूज़ा पड़ा था। पंजू उसे देखता और उसकी आँखें भर आतीं। चन्दो इसी उलझन में थी कि अपने मर्द को कैसे सान्त्वना दे कि बाहर गली में एक जीप आ रुकी। जीप से उतरे पुलिस वाले बन्दूकें थामे, तेज-तेज कदम उनके आँगन में आ घुसे। उनके साथ उनका अफसर था। ''यही है पंजू, पंजाब सिंह।'' अफसर के साथ उतरे मुखबिर ने पंजू की ओर इशारा करके कहा और पुलिस वालों ने आगे बढ़कर उसे हथकड़ी लगा दी।

करामात

"...और फिर बाबा नानक घूमते हुए हसन अब्दाल के जंगल में जा निकले; गरमी सख्त थी। चिलचिलाती धूप। चारों ओर सुनसान; पत्थर-ही-पत्थर, रेत-ही-रेत, झुलसी हुई झाड़ियाँ, सूखे हुए पेड़। दूर तक मनुष्य की जाति नजर नहीं आती थी।"

"और फिर अम्मी?" मैं उत्सुक हो रहा था।

"बाबा नानक अपने ध्यान में मग्न चलते जा रहे थे कि उनके शिष्य मरदाने को प्यास लगी। पर वहाँ पानी कहाँ? बाबा ने कहा-भाई मरदाने, सबर करो। अगले गाँव पहुँचकर जितना तुम्हारा जी चाहे पानी पी लेना। किन्तु मरदाने को तो सख्त प्यास लगी थी। बाबा नानक यह सुनकर चिन्ता में पड़ गये। इस जंगल में पानी तो दूर-दूर तक नहीं था और जब मरदाना ज़िद कर बैठता तो सबके लिए बड़ी मुश्किल हो जाती। बाबा ने फिर समझाया-मरदाने, यहाँ पानी कहीं भी नहीं, तुम सबर कर लो, भगवान की इच्छा मान लो। किन्तु मरदाना तो वहीं बैठ गया। एक कदम और उससे आगे नहीं चला गया। बाबा सशोपंज में पड़ गये। गुरु नानक मरदाने की ज़िद को देखकर बार-बार मुसकराते, हैरान होते। आखिर जब बाबा ने मरदाने को किसी तरह मानते न पाया तो वह अन्तर्धान हो गये। जब गुरु नानक की आँख खुली तब मरदाना मछली की तरह तड़प रहा था। सत्गुरु उसको देखकर मुसकराये और कहने लगे, भाई मरदाने! इस पहाड़ी के ऊपर एक कुटिया है जिसमें वली कन्धारी नाम का एक दरवेश रहता है। यदि तुम उसके पास जाओ तो तुम्हें पानी मिल सकता है। इस इलाके में केवल उसका कुआँ पानी से भरा हुआ है। और कहीं भी पानी नहीं।"

"और फिर अम्मी?" मैं यह जानने के लिए बेचैन हो रहा था कि मरदाने को पानी मिलता है कि नहीं।

"मरदाने को प्यास सख्त लगी थी। सुनते ही पहाड़ी की ओर दौड़ पड़ा।

चिलचिलाती धूप, इधर प्यास उधर पहाड़ी का सफ़र, पसीना-पसीना हुआ, फूले साँस मरदाना बड़ी कठिनाई से ऊपर पहुँचा। वली कन्धारी को सलाम करके उसने पानी के लिए विनती की। वली कन्धारी ने कुएँ की ओर संकेत किया। जब मरदाना उधर जाने लगा तब वली कन्धारी के मन में कुछ आया और उसने मरदाने से पूछा, "भले आदमी, तुम कहाँ से आये हो?" मरदाने ने कहा, "मैं नानक पीर का साथी हूँ। हम घूमते-घूमते इधर आ निकले हैं। मुझे प्यास लगी है और नीचे पानी कहीं नहीं।" बाबा नानक का नाम सुनकर वली कन्धारी को क्रोध आ गया। उसने मरदाना को अपनी कुटिया में से वैसे-का-वैसा निकाल दिया। थका-हारा मरदाना नीचे बाबा नानक के पास आकर फ़रयादी हुआ। बाबा ने उससे सारी कहानी सुनी और मुसकरा दिये। मरदाना, तुम एक बार फिर जाओ, बाबा नानक ने मरदाना को सलाह दी। इस बार तुम नम्रता से जाना। कहना-मैं नानक दरवेश का साथी हूँ। मरदाना को प्यास सख़्त लगी हुई थी। पानी और कहीं नहीं था। कुढ़ता हुआ, बड़बड़ाता हुआ फिर ऊपर चल दिया। किन्तु पानी वली कन्धारी ने फिर न दिया। मैं एक काफ़िर के साथी को चुल्लू-भर भी पानी नहीं दूँगा। वली कन्धारी ने मरदाने को फिर वैसे-का-वैसा लौटा दिया। जब मरदाना इस बार नीचे आया तो उसका बुरा हाल था। उसके होठों पर पपड़ी जमी थी। मुँह पर हवाइयाँ उड़ रही थीं। यों लगता था कि मरदाना घड़ी है या पल है। बाबा नानक ने सारी बात सुनी और मरदाना को 'धन निरंकार' कहकर एक बार फिर वली के पास जाने के लिए कहा। हुक्म का बाँधा मरदाना चल दिया लेकिन उसको पता था कि उसकी जान रास्ते में ही कहीं निकल जाएगी। मरदाना तीसरी बार पहाड़ी की चोटी पर वली कन्धारी के चरणों में जा गिरा। किन्तु क्रोध में जल रहे फ़क़ीर ने उसकी विनती को इस बार भी ठुकरा दिया। नानक अपने-आपको पीर कहलवाता है और अपने मुरीद को पानी का एक घूँट नहीं पिला सकता? वली कन्धारी ने लाख-लाख ताने दिये। मरदाना इस बार जब नीचे आया, प्यास से निर्बल बाबा नानक के चरणों में वह बेहोश हो गया। गुरु नानक ने मरदाना की पीठ पर हाथ फेरा, उसको हौसला दिया और जब मरदाने ने आँख खोली, बाबा ने उसे सामने एक पत्थर उखाड़ने के लिए कहा। मरदाना ने पत्थर उठाया और नीचे से पानी का झरना फूट निकला। जैसे एक नहर पानी की बहने लगी हो और देखते-देखते चारों ओर पानी-ही-पानी हो गया। इतने में वली कन्धारी को पानी की आवश्यकता हुई। कुएँ में देखा तो पानी की एक बूँद भी नहीं थी। वली कन्धारी बड़ा हैरान हुआ। और नीचे पहाड़ी के दामन में चश्मे फूट रहे थे, नदियाँ बह रही थीं। दूर, बहुत दूर एक कीकर के नीचे वली कन्धारी ने देखा बाबा नानक और उनका साथी बैठे थे।

क्रोधवश वली ने चट्टान के एक टुकड़े को अपने पूरे जोर से लुढ़काया। इस तरह पहाड़ी की पहाड़ी अपनी ओर आती देखकर मरदाना चिल्ला उठा। बाबा नानक ने धीरज से मरदाना को 'धन निरंकार' कहने के लिए कहा और जब पहाड़ी का टुकड़ा बाबा के सिर के पास आया, गुरु नानक ने उसे हाथ देकर अपने पंजे से रोक लिया। और हसन अबदाल में, जिसका नाम अब पंजा साहब है, अभी तक पहाड़ी के टुकड़े पर बाबा नानक का पंजा लगा हुआ है।''

मुझे यह साखी बड़ी अच्छी लग रही थी। पर जब मैंने यह हाथ से रोकने वाली बात सुनी तो मेरे मुँह का स्वाद फीका हो गया। यह कैसे हो सकता था? कोई आदमी पहाड़ी को किस तरह रोक सकता है? और पहाड़ी में अभी तक बाबा नानक का पंजा लगा हुआ है! मुझे जरा विश्वास न आया। ''बाद में किसी ने खोद दिया होगा।'' मैं अपनी माँ के साथ कितनी देर बहस करता रहा। यह तो मैं मान सकता था कि पत्थर के नीचे से पानी फूट आये। विज्ञान ने कई ऐसे विधान बताये हैं जिनसे जिस स्थान पर पानी हो, इसका पता लगाया जा सकता है। पर एक आदमी का लुढ़कती हुई आ रही पहाड़ी को रोक लेना, मैं यह नहीं मान सकता था। मैं नहीं मान रहा था और मेरी माँ मेरे मुँह की ओर देखकर चुप हो गयीं।

''कोई लुढ़कती हुई आ रही पहाड़ी को कैसे रोक सकता है?'' मुझे जब भी इस साखी का ख़याल आता, एक फीकी-सी हँसी मैं हँस देता।

फिर कई बार यह साखी गुरुद्वारे में सुनायी गयी। किन्तु पहाड़ी को पंजा से रोकने वाली बात पर मैं हमेशा सिर मारता रहता। यह बात मैं नहीं मान सकता था।

एक बार यह साखी हमारे स्कूल में सुनायी गयी। पहाड़ी को पंजा के साथ रोकने वाले भाग पर मैं अपने अध्यापक के साथ विवाद करने लगा। ''करनी वाले लोगों के लिए कोई बात कठिन नहीं,'' हमारे अध्यापक ने कहा और फिर मुझे चुप करवा दिया।

मैं चुप हो तो गया परन्तु मुझे विश्वास नहीं हुआ आखिर पहाड़ी को कोई कैसे रोक सकता है?। मेरा जी चाहता, मैं जोर-जोर से पुकारूँ।

बहुत दिन नहीं गुजरे थे कि हमने सुना पंजा साहब में 'साका' हो गया है। उन दिनों 'साके' बहुत होते थे। जब भी कोई 'साका' होता, मैं समझ लेता आज हमारे घर में खाना नहीं पकेगा और रात को नीचे फर्श पर सोना होगा। लेकिन यह 'साका' होता क्या है, यह मुझे नहीं पता था।

हमारा गाँव पंजा साहब से कोई ज्यादा दूर नहीं था। जब इस 'साके' की

सूचना आयी, मेरी माँ पंजा साहब चल दीं। साथ मैं था, मुझसे छोटी बहन थी। पंजा साहब का सारा रास्ता मेरी माँ की आँख नहीं सूखी। हम हैरान थे, यह साका होता क्या है। और जब पंजा साहब पहुँचे, हमने एक अजीब कहानी सुनी।

दूर कहीं एक शहर में फिरंगी ने निहत्थे हिन्दुस्तानियों पर गोली चलाकर कई लोगों को मार दिया था। मरनेवालों में नौजवान भी थे, बूढ़े भी थे, औरतें भी थीं, बच्चे भी थे और जो बाकी बच गये उनको गाड़ी में बन्द करके किसी दूसरे शहर के जेल में भेजा जा रहा था। कैदी भूखे थे, प्यासे थे और हुक्म यह था कि गाड़ी को रास्ते में कहीं भी ठहराया न जाए। जब यह खबर पंजा साहब पहुँची, जिस किसी ने सुना लोगों को चारों कपड़े आग लग गयी। पंजा साहब, जहाँ बाबा नानक ने खुद मरदाना की प्यास बुझायी थी, उस शहर से गाड़ी की गाड़ी प्यासों की गुजर जाए, भूखों की गुजर जाए, यह कैसे हो सकता था? और फैसला हुआ कि गाड़ी को रोका जाएगा। स्टेशन मास्टर को अर्जी दी गयी। टेलीफोन हुए। तार गये। पर फिरंगी का हुक्म था–गाड़ी रास्ते में कहीं भी रोकी न जाएगी। और गाड़ी में आजादी के परवाने, देशभक्त, हिन्दी भूखे थे। उनके लिए पानी का कोई प्रबन्ध नहीं था। उनके लिए रोटी का कोई इन्तजाम नहीं था। गाड़ी को पंजा साहब नहीं रुकना था। लेकिन पंजा साहब के लोगों का यह फैसला अटल था कि गाड़ी को अवश्य रोक लेना है। और शहरवासियों ने स्टेशन पर रोटियों के, खीर के, पूड़ी के, दाल के ढेर लगा दिये।

पर गाड़ी तो एक आँधी की तरह आएगी और तूफ़ान की तरह निकल जाएगी, उसको कैसे रोका जाए?

और मेरी माँ की सहेली ने हमें बताया, ''उस जगह पटरी पर पहले वह लेटे, मेरे बच्चों के पिता, फिर उनके साथ उनके और साथी लेट गये। उनके बाद हम पत्नियाँ लेटीं, फिर हमारे बच्चे...और फिर गाड़ी आयी। दूर से चीखती हुई, चिल्लाती हुई। सीटियों पर सीटियाँ मारती हुई। अभी दूर ही थी कि आहिस्ता हो गयी। पर रेल थी, ठहरते-ठहरते ही ठहरती। मैं देख रही थी कि पहिये उनकी छाती पर चढ़ गये, फिर उनके साथ वाले की छाती पर...और फिर मैंने आँखें बन्द कर लीं। मैंने आँखें खोलीं तो मेरे सिर के ऊपर गाड़ी खड़ी थी। मेरे साथ धड़क रही छातियों में से 'धन निरंकार', 'धन निरंकार' की आवाज आ रही थी! और फिर मेरे देखते-देखते गाड़ी पीछे हटी। गाड़ी पीछे हटी और पहियों के नीचे आयी लाशें टुकड़े-टुकड़े हो गयीं...''

मैंने अपनी आँख से लहू की धारा को देखा। बहती-बहती कितनी ही दूर एक पक्के बने नाले के पुल के नीचे चली गयी थी। और मैं हक्का-बक्का हैरान

था। मुझसे एक बोल न बोला गया। सारा दिन मैं पानी का एक घूँट न पी सका।

शाम को जब हम लौट रहे थे, रास्ते में मेरी माँ ने मेरी छोटी बहन को पंजा साहब की साखी सुनायी। कैसे बाबा नानक मरदाना के साथ इस ओर आये। कैसे मरदाना को प्यास लगी। कैसे बाबा ने वली कन्धारी के पास मरदाना को पानी के लिए भेजा। कैसे वली कन्धारी ने तीन बार मरदाना को निराश लौटा दिया। कैसे बाबा नानक ने मरदाना को एक पत्थर उठाने के लिए कहा। कैसे पत्थर के नीचे से पानी का झरना फूट निकला और वली कन्धारी के कुएँ का सारा-का-सारा पानी नीचे खिंचा हुआ आ गया। और फिर कैसे क्रोध में आकर वली कन्धारी ने ऊपर से पहाड़ का टुकड़ा लुढ़का दिया। कैसे मरदाना घबराया, परन्तु बाबा नानक ने 'धन निरंकार' कहकर अपने हाथ से पहाड़ के टुकड़े को थाम लिया। "लेकिन पहाड़ को कोई कैसे रोक सकता है?" मेरी छोटी बहन ने सुनते-सुनते झट मेरी माँ को टोका।

"क्यों नहीं कोई रोक सकता?" बीच में मैं बोल पड़ा। आँधी की तरह उड़ती हुई गाड़ी को अगर रोका जा सकता है तो पहाड़ के टुकड़े को क्यों नहीं कोई रोक सकता? और फिर मेरी आँखों में से छल-छल आँसू बहने लगे। 'करनी वाले' उन लोगों के लिए, जिन्होंने अपनी जान पर खेलकर न रुकने वाली ट्रेन को रोक लिया था और अपने भूखे-प्यासे देशवासियों को रोटी खिलायी थी, पानी पहुँचाया था।

टीले और गड्ढे

चमेली इस कोठी में ब्याही हुई आयी थी।

पहले साल उसका पति छुट्टी पर अपने गाँव गया तो उसने चमेली को देखा, दूसरे साल गया तो उसने रिश्ते की बात चलायी और तीसरे साल उसे ब्याह लाया।

चमेली का जन्म मथुरा के एक गाँव में हुआ था। वहीं पली, वहीं बड़ी हुई। लेकिन जब से वह पंजाब आयी, लौट कर न जा सकी।

चमेली को अपने पति के साथ इस कोठी में रहते कई साल बीत चुके थे। किरायेदार बदलते रहे, कोठी का माली वहीं रहा।

दिन-दिन भर चमेली का पति फूलों और क्यारियों तथा मेंड़ों की दुनिया में खोया रहता। चमेली कभी चाँदी के सारे गहने पहनकर खिड़की से अपने घर वाले को देखती रहती, कभी किरायेदार के बच्चों के साथ या उनकी माँ के साथ बैठकर बातों में खो जाती।

कई किरायेदार अफसरों ने आँखों-ही-आँखों में चमेली की पाज़ेबों की झंकार की सराहना की थी और चमेली को यह बात बहुत भली लगी थी। चमेली के खुले घेरे वाले लहँगे को कई अफसरों की पत्नियों ने मुड़-मुड़कर देखा था और चमेली को यह बात भी बहुत भली लगी थी। चमेली का साँवला रंग, दूधिया सफेद दाँत, चौड़ा माथा, काले नयन, कई किरायेदार अफसर उचक-उचककर देखते रहते और चमेली को यह बात बहुत भली लगती।

और इस प्रकार चमेली का जीवन शान्त, स्थिर, आनन्दपूर्वक व्यतीत होता रहा। फिर उस कोठी में एक और किरायेदार आ गया।

चमेली हैरान थी कि ये नये किरायेदार कैसे थे। सरदार दफ्तर जाता था। सवेरे वह अन्दर से बाहर आता, मोटर में बैठता और आँख झपकते ही गायब हो जाता। रात को अँधेरा होने पर वापस आता। सरदारनी डॉक्टर थी। कई बार सरदार के जाने से पहले, कई बार सरदार के जाने के थोड़ा बाद, हस्पताल की

मोटर आ जाती और उसे ले जाती। दोपहर को वह वापस लौटती, सफेद कोट पहने, एक हाथ में रबड़ की टूटी थामे, दूसरे में अखबार सँभाले, हस्पताल की मोटर से निकलती और तेज-तेज डग भरती कोठी के अन्दर चली जाती। एक बच्चा था। सवेरे स्कूल की बस उसे ले जाती, शाम को छोड़ जाती। घर आकर वह जल्दी-जल्दी दूध का प्याला पीता, एक टोस्ट खाता और खेलने निकल जाता। हर रोज अँधेरा पड़ जाने पर नौकर उसे बुला कर लाते।

दोपहर के बाद जितनी देर सरदारनी अकेली रहती या तो कुछ पढ़ती या बुनती रहती या सफाई करने में लगी रहती या फिर रसोई में उलझ जाती। अमीर स्त्रियों की तरह अपने नौकरों को या उनकी स्त्रियों को अपने पास बिठाकर फालतू बातें करने की उसे आदत न थी। चमेली बहुत दिन तक देखती रही, देखती रही। आखिर वह एक दिन स्वयं ही नमस्ते कहते हुए बीबी जी के पास जाकर बैठ गयी। पीछे धीरे-धीरे रेडियो चल रहा था। ऊपर छत का पंखा घूम रहा था। कुरसी पर बैठी हुई डॉक्टरनी शान्त और स्थिर भाव से अपने पैरों के नाखून साफ कर रही थी, उन पर नेल पॉलिश लगा रही थी। बहुत देर तक चमेली वहाँ बैठी बातें करती रही। डॉक्टरनी अपना काम भी किये जाती साथ-साथ बातें भी किये जाती। इसके बाद जब कभी चमेली का जी चाहता, जब कभी अपने क्वार्टर की तनहाई से उसका जी उचटता, वह ठुमुक-ठुमुक करती झिझकती, सकुचाती, सरदारनी के पास जा बैठती। एक बार आती और न जाने कब वहीं जमी बैठी रहती।

शाम को जब बच्चा स्कूल से लौटता और यदि चमेली का दाँव लग जाता वह उसे फूलों का लालच देकर अपने क्वार्टर की ओर ले जाती और देर तक उसके साथ खेलती रहती।

यदि चमेली किसी के साथ बात नहीं कर सकी थी तो वह सरदार था। सरदार ने उसकी ओर कभी आँख उठाकर भी नहीं देखा था।

जहाज़-सी बड़ी उसकी मोटर थी, जिसे नौकर धोते रहते, चमकाते रहते। जब दफ्तर जाने का समय होता ड्राइवर मोटर को बराण्डे के सामने लाकर खड़ी कर देता। हर रोज ठीक समय पर सरदार बाहर निकलता, मोटर में बैठता और ड्राइवर उसे उड़ा ले जाता।

छुट्टी के दिन भी वह कोठी में बने हुए दफ्तर में जा बैठता। वहाँ वह सरकारी काम करता रहता, या पढ़ता रहता, या मिलने वालों से भेंट करता रहता। बीच-बीच में टेलीफोन की घण्टी बज उठती और वह देर तक अँग्रेजी में बातें करता रहता। लाल रंग के लम्बे कोट और तिल्लेदार पट्टियों वाले चपरासी बाहर उसके

द्वार पर खड़े रहते। कोट-पतलून-नेकटाइयाँ कसे दफ्तर के बाबू आते, कुछ लिखते रहते, कुछ मशीन पर उँगलियाँ चला-चलाकर टाइप करते।

एक दिन जमादार दफ्तर की सफाई कर रहा था। चमेली किसी बहाने से भीतर चली आयी। नीचे पूरे फर्श पर मोटा कालीन बिछा हुआ था। नंगे पैर चमेली ने अन्दर कदम रखा तो उसे लगा जैसे उसके पैर कालीन में धँस रहे हों। जिस कुरसी पर सरदार बैठता वह उसी ओर घूम जाती जिस ओर बैठने वाले को मुँह करना होता था। टाइप करने की मशीन, टेलीफोन का वह भाग जिस में कोई बोलता और आवाज दूर-दूर पहुँच जाती, टेलीफोन का वह भाग जिसे कान के साथ लगाओ तो जाने कहाँ-कहाँ की आवाज सुनाई देने लग जाती। सामने मेज पर रंग-रंग की कलमें थीं, लट्टुओं जैसी स्याही की दावातें थीं।

उस दिन दोपहर को अपने क्वार्टर में बैठी चमेली सोचती रही, सोचती रही। अपना चौका उसने नये सिरे से लीपा-पोता, अपनी खटिया की दावन को कसा, अपने पति की खटिया की दावन को कसा। छत के एक कोने में जाने कब से लगे हुए जाले को उतारा। सन्दूक के पीछे चप्पा-चप्पा जमी हुई मिट्टी को झाड़ा। तुरई, लौकी और खीरे के एक नुक्कर में लटके हुए बीजों को पिटारी में सँभाल कर रखा। रोशनदान के शीशों पर जमी हुई कई सालों की कालिख को साफ़ किया और फिर उसे वैसे-का-वैसा खुला छोड़ दिया। उस शाम उसने नल के नीचे बैठकर पैरों की मैल को मल-मल कर उतारा। अपने नाखूनों को साफ़ किया, बालों को तेल लगाकर कंघी की, आँखों में काजल डाला, चाँदी के गहनों से लदी पाजेबें पहने अन्दर-बाहर छम-छम करती रही।

अगले दिन चमेली एक क्यारी में बैठी साग तोड़ रही थी; पहले स्कूल की बस आयी बच्चे को लेकर चली गयी, फिर सरदार की मोटर निकली, फिर सरदारनी हस्पताल की मोटर में बैठकर चली गयी। आखिरी मोटर अभी मुश्किल से आँखों से ओझल हुई थी कि चमेली ने देखा, सामने सड़क पर माली आ रहा था। सिर पर वैसी-की-वैसी टमाटरों की टोकरी उठाये। अभी सवेरा ही था कि वह फालतू टमाटरों को बेचने के लिए मण्डी में ले गया था। लेकिन मण्डीवालों ने आज हड़ताल कर रखी थी और वह अपनी टोकरी को पाँच मील सिर पर उठाये वापस ले आया था जैसे सिर पर उठाये सवेरे ले गया था।

चमेली का घरवाला बातें करते क्यारी में ही आ बैठा और फिर देर तक पति-पत्नी वहीं बैठे गप्पें मारते रहे।

चमेली चार गँदलें तोड़ती और फिर गप्पें मारने बैठ जाती। चमेली का पति लकड़ी के टुकड़े के साथ बार-बार क्यारी की एक मुट्ठी मिट्टी उखेड़ता, बार-

बार उसे दबाता और धीरे-धीरे अपनी घरवाली के सवालों के जवाब दिये जाता।

यों वे बातें कर रहे थे कि उनका कुत्ता मोती सरदार के कुत्ते फ़रहाद के साथ खेलता हुआ आया और दोनों सामने घास के मैदान पर किलोल करने लगे। फ़रहाद, सरदार का कुत्ता, निवाड़ के पलंग पर सोता था। उसके रेशमी बालों को बुरुश से साफ किया जाता था। हर रोज उसका खाना अलग पकता था। एक बार जब फ़रहाद बीमार हो गया था तो मवेशियों के हस्पताल का डॉक्टर दिन में दो-दो बार इस कोठी के चक्कर काटता था। वही फ़रहाद माली के कुत्ते के साथ खेल रहा था, जैसे माँ-जाये खेलते हैं। एक-दूसरे की गरदन में गरदन डालते थे। एक-दूसरे को नीचे लिटाकर ऊपर लेटते थे। मिलकर गिलहरियों के पीछे दौड़ते थे और फिर खेलते हुए लौट आते थे। आकर फिर किलोल करने लग जाते थे।

चमेली को याद आया कि एक बार फ़रहाद अपने बरतन में खा रहा था कि मोती उसकी ओर गया। फ़रहाद ने तो एक ओर हटकर मोती का स्वागत किया, पर पास बैठे हुए नौकर ने मोती को जोर से ठोकर दे मारी थी। और उस दिन से मोती बुरी तरह खाँसने लगा था।

अभी पति-पत्नी क्यारी में बैठे इधर-उधर की बातें कर रहे थे कि सरदारनी काम कर के हस्पताल से वापस भी आ गयी।

एक बार रविवार के दिन चमेली बाहर घास के मैदान में बूटी निकाल रही थी कि सरदार का कोई मित्र उससे मिलने आया। इस मित्र की मोटर सरदार की मोटर से एक बालिश्त लम्बी थी। देर तक वे गोल कमरे में परदों के पीछे बैठे बातें करते रहे। कुछ उनके खाने के लिए अन्दर गया, कुछ उनके पीने के लिए अन्दर गया। और थोड़ी देर बाद वे बाहर निकले। मोटर में बैठने से पहले सरदार अपने मित्र को अपना बगीचा दिखाने लगा। गुलाब के काली पत्तियों वाले फूल, रंग-बिरंगी मोटी-मोटी गुलदाऊदियाँ, तरह-तरह के स्वीटपी के फूल, इतना बड़ा घास का मैदान जिसमें सरदार कह रहा था, हर रोज बूटी को साफ किया जाता था। और यों बातें करते-करते सरदार और उसका मित्र चमेली के पास से गुजरे। चमेली ने उठकर हाथ जोड़े और नमस्ते की। पर सरदार अपनी घास की, अपने फूलों की प्रशंसा करता गुजर गया। चमेली की ओर किसी ने न देखा।

चमेली अपने सरदार की हल्की नीली पगड़ी की ओर देखती रही, उसके गहरे नीले सूट की ओर देखती रही, उसके चमचम करते काले बूटों की ओर देखती रही और वे बहुत दूर निकल गये।

सरदार का बच्चा कभी कहीं घूमता फिरता नौकरों के क्वार्टरों की तरफ आ

जाता तो चमेली देर तक उसे बातों में उलझाये रखती। छोटी-छोटी बातें, उसके खाने के बारे में, उसके वस्त्रों के बारे में, उसकी माँ के बारे में, उसके बाप के बारे में, पूछती रहती। और बच्चा भी चमेली के साथ बातें करता रहता, जब तक कि उसे कोठी के अन्दर से दो-चार बार आवाज न पड़ जाती।

फिर चमेली ने अपने क्वार्टर के सामने नीम पर झूला डाला। जिस दिन से यह झूला डाला गया, स्कूल से आकर बच्चा सारी-सारी साँझ झूले से चिमटा रहता। चमेली कभी उसे झुलाती, कभी क्वार्टर की दहलीज पर बैठी गोल गुदगुदे गालों वाले बच्चे को देखती रहती।

सरदार को जब बच्चे के इस शौक की खबर मिली तो घास के मैदान में एक ओर नयी किस्म का झूला डलवा दिया गया। इस झूले पर बच्चा अपने मित्रों के साथ झूलता रहता और उसने नौकरों के क्वार्टरों की ओर जाना छोड़ दिया।

उस दिन रविवार था। सर्दियों के दिन थे। धूप खिली हुई थी। सरदार बाहर घास के मैदान में आ बैठा। उसके आने से पहले एक रंग-बिरंगा छाता लगाया गया। दरी बिछायी गयी। एक ओर एक परदा लाकर रखा गया और सरदार कुरसी घुमाकर कभी छाते की छाया में हो जाता, कभी बाहर निकल आता। मोटरों में बैठे मिलनेवाले सदा की तरह उससे मिलने आते रहे और वह वैसे-का-वैसा उनसे धीरे-धीरे बातें करता रहा।

अपने क्वार्टर की दहलीज पर बैठी चमेली देर तक घास के मैदान की ओर देखती रही।

फिर उसने अपने घरवाले से पूछा कि क्या कभी उसने सरदार के साथ बात की थी।

उसके घर वाले ने कभी सरदार के साथ बात नहीं की थी।

फिर उसने अपने घर वाले से पूछा कि क्या कभी उसने अपने सरदार की आवाज सुनी थी।

उसके घर वाले ने कभी सरदार की आवाज नहीं सुनी थी।

हाँ, एक बार जब माली उसके दफ्तर में मेज पर फूल सजा रहा था सरदार ने अखबार से आँखें उठाकर माली की ओर देखा था और फिर अखबार का पन्ना पलटा था। चमेली कहती कि सरदार ने पन्ना पलटने के लिए आँख उठायी थी, माली कहता कि सरदार ने प्रशंसा-भरी नजर से माली की ओर देखा था, विशेष रूप से उन फूलों को निहारा था। माली के फूल भी तो ऐसे थे कि सारी सिविल लाइन में ऐसे फूल किसी की कोठी में नहीं खिले थे।

और फिर देर तक चमेली और उसका घरवाला अपने फूलों की बातें करते

रहे। चमेली अपने घरवाले के हाथों की सफाई पर हैरान रह जाती। कितनी बरकत थी उसके हाथों में! जो भी बीज वह कभी बोता, समय से पहले चाहे देर से, वह जरूर फूटता, जरूर बढ़ता, जरूर फलता-फूलता। और चमेली को याद आते अपने बाबा के बोल : किसान के हाथ में बरकत होनी चाहिए और यह बरकत आती है पवित्रता से, सच्चाई से, सच्चे जीवन से। और चमेली खुश थी। उसका घरवाला देवताओं-जैसा इन्सान था। न कभी उसने शराब मुँह से लगायी थी, न कभी बीड़ी पी थी, न कभी वह औरों की तरह आधी-आधी रात तक बाहर रहा था।

चमेली खुश थी, बहुत खुश।

चमेली के इस शान्त स्थिर जीवन में कभी-कभी कोई झुँझलाहट-सी उठती। कभी-कभी जब उसका जी चाहता कि सरदारनी के पास बैठकर बातें करें और वह सात परदों में भीतर कहीं छिपी होती। कभी-कभी जब उसका जी चाहता कि सरदार के बच्चे को बाँहों में लेकर चूमे और वह उसके उजले रेशमी वस्त्रों को देखकर झिझक जाती, रुक जाती। कभी-कभी जब वह पाजेबें पहने छम-छम करती सरदार के पास से गुजरती, कभी जब वह घास के मैदान से बूटी निकाल रही होती और सरदार उसके पास से गुजरता, उसका जी चाहता कि एक बार नजरों ही नजरों में सरदार उसके काम की प्रशंसा करे, उसके घरवाले को अच्छा कह दे, नये खिले फूलों के बारे में पूछ ले।

पर सरदार कुछ इतना अलग-अलग, कुछ इतना ऊँचा-ऊँचा, कुछ इतना चुप-चुप, कुछ इतना दूर-दूर था कि चमेली की समझ में कुछ न आता।

एक बार बाहर घास के मैदान में बैठकर सरदार को इतना रस आया कि हर रविवार को, हर छुट्टी वाले दिन, वह बाहर ही बैठता। किसी से मिलना होता तो वहीं मिल लेता। हर रविवार को, हर छुट्टी वाले दिन, रंग-बिरंगा छाता लगाया जाता, दरी बिछायी जाती, परदा रखा जाता और सरदार कुरसी घुमाता कभी छाते के नीचे हो जाता, कभी बाहर धूप में आ जाता।

और चमेली हैरान होती रहती कि सरदार कचनार के नीचे क्यों नहीं बैठ जाता था। कचनार के नीचे छाया की छाया थी, धूप की धूप, परदे का परदा। पास ही फूलों की क्यारियाँ थीं। कचनार पर रंग-रंग के पक्षी आकर बैठते थे।

चमेली हैरान होती रहती, हैरान होती रहती।

कई बार चमेली स्वयं कचनार के नीचे जा बैठती। अपने घरवाले को बुला-बुलाकर पूछती रहती। जाड़े की किसी दोपहर को कचनार के नीचे बैठने का कितना मज़ा था! और उस का घरवाला चमेली की हाँ में हाँ मिलाता रहता।

उसी जाड़े में तब होली की छुट्टी थी। लोग कई दिन से होली मना रहे थे। छुट्टी विशेष रूप से उस दिन थी। सरदार सदा की तरह छुट्टी के दिन बाहर आ बैठा। छाता सदा की तरह लगाया गया, परदा सदा की तरह रखा गया, दरी सदा की तरह बिछायी गयी। चाहे छुट्टी थी पर सरदार सवेरे से अपने काम में व्यस्त था। कभी कुछ पढ़ने लगता, कभी लिखने लगता, कभी मुलाकाती आ जाते।

चमेली का घरवाला सवेरे से रंग की पुड़िया बाँधकर कहीं बाहर चला गया था। वह अभी सोकर उठा ही था कि चमेली ने पहले से घोलकर रखे हुए रंगों से उसे लथपथ कर डाला। और वह हँसता-खेलता वैसा का वैसा बाहर निकल गया था।

चमेली अपने क्वार्टर में खड़ी सामने सड़क पर होली की रौनक देखने लगी। बाहर से साइकिलों पर दूध लेकर आते ग्वालों को खड़ा कर लिया जाता और वे हँसते-खेलते रंग डलवाकर आगे निकल जाते। कइयों के कपड़े पहले ही रँगे होते, उन पर और रंग डाला जाता। जो जान-बूझ कर फटे-पुराने कपड़े पहने नजर आते, उन पर रंग में मिलाये तेल की पिचकारियाँ भर-भर कर छोड़ी जातीं। एक ट्रक आया। लड़कों ने हाथ देकर ट्रक को खड़ा कर लिया। पहले ड्राइवर को बाहर निकालकर रँगा गया, फिर रंग की बालटियाँ उठाये, पिचकारियाँ सँभाले, लड़के ट्रक पर चढ़ गये। और फिर वे चलते हुए ट्रक के ऊपर से हँसते-गाते राहगीरों पर रंग की पिचकारियाँ छोड़ने लगे। सड़क से एक टोली जाती, दूसरी आ जाती। तरह-तरह का शोर करते लोग एक मुहल्ले से निकलते, दूसरे में घुस जाते। जो भी मोटर गुजरती उसके सबके सब शीशे बन्द होते। एक ताँगा आया। जिसमें सफेद कपड़े पहने एक लालाजी और उनकी ललाइन बैठी थीं। ललाइन खीजती रही, नाराज होती रही, गालियाँ देती रही, लड़कों ने लालाजी को ताँगे से उतारकर रंगों से नहला ही दिया और जब ताँगा चला तब ललाइन पर भी पिचकारियाँ छोड़कर उसके रेशमी सूट का नाश कर डाला। फिर एक पार्टी ढोलकियाँ और मजीरे बजाती नाचती-गाती आयी। जो वस्त्र पहने थे, उनके वस्त्र कई-कई रंगों से रंगे थे, जो नंगे थे उनके शरीर पर कई-कई रंग मले हुए थे। और अभी तो वे बराबर एक-दूसरे पर रंग उँड़ेल रहे थे, पास से गुजरने वालों को रंग रहे थे। ढोलकवाला जोर-जोर से थपथपाता, मजीरे वाले जोर-जोर से मजीरे बजाते, नाचनेवाले नाच-नाचकर बेहाल होते। गानेवालों के गाते-गाते गले बैठे जा रहे थे। फिर भी लोग गा रहे थे, फिर भी लोग नाच रहे थे, फिर भी लोग हँस रहे थे, फिर भी लोग खेल रहे थे।

और अपने क्वार्टर की दहलीज पर खड़ी एकाकिनी चमेली के हाथों को

कुछ-कुछ होता, उसकी बाँहें जैसे मचल उठीं। उसके क्वार्टर में रंग की बाल्टी भरी रखी थी, गुलाल की पुड़ियाँ पड़ी थीं। वह यह नहीं समझ पा रही थी कि वह किस पर रंग डाले, किस के साथ होली खेले। सामने घास के मैदान में सरदार बैठा था, सात रंगोंवाले छाते के नीचे, कीमती दरी पर, रेशमी परदे की ओट में। सरदारनी और उसका बच्चा सवेरे से भीतर घुसे हुए थे। चिकों के पीछे द्वार, द्वारों के पीछे परदे, परदों के पीछे कमरे, कमरों के पीछे और कमरे, जहाँ चमेली की पहुँच न थी। चमेली सोचती रही, सोचती रही। उसे यों लगता कि सरदार सरदारनी और उनका बच्चा जैसे कोई टीले थे, अचल, अटल, दूर, उसकी पहुँच से दूर। जैसे चमेली और उसका घरवाला गड्ढे थे जो भरने में ही नहीं आते थे। और सामने सड़क पर लोग नाच-नाच कर गा-गाकर, रंग उछाल-उछाल कर बेहाल हो रहे थे। आने-जाने वालों पर रंग डाल-डाल कर थक जाते तो एक-दूसरे पर रंग डालने लगते। आपस में रंग डाल-डालकर थक जाते तो हवा में पिचकारियाँ छोड़ते। ढोरों को पानी पिलानेवाली हौदी में उन्होंने रंग घोल लिया था। बदमस्त, नशे में बेहाल लोगों को होली खेलते देखकर चमेली जैसे किसी हिलोरे में आ गयी। उसकी आँखें किसी सरूर से भर गयीं। एक क्षण के लिए वह अपने क्वार्टर में गयी। और फिर वैसे-का-वैसा द्वार खुला छोड़ बाहर निकल आयी। अगले ही क्षण चमेली ने घास के मैदान में रेशमी परदे के पीछे सात रंग के छाते तले पीठ किये हुए सरदार को कन्धे से पकड़कर उसके मुँह पर, गरदन पर, सीने पर, पगड़ी पर, कमीज पर, गुलाल ही गुलाल कर दिया। चमेली पूड़े में से रंग लेकर मलती गयी, मलती गयी और जब उसका रंग खत्म हुआ तो वह दौड़ती हुई, हाँफती हुई फूले हुए साँस के साथ अपने क्वार्टर में जा चित अपनी खटिया पर गिर पड़ी।

श्यामसुन्दर

''हमारे यहाँ बहुत से नौकर रहे, पर श्यामसुन्दर-जैसा नौकर हमें पहली बार मिला। इस पर हर तरह से विश्वास किया जा सकता है। यह हर काम जानता है और बहुत समझदार है। बिना कहे ही काम में जुटा रहता है। हमारी बदली हो गयी है और श्यामसुन्दर अपने घर से दूर नहीं जाना चाहता।''

''श्यामसुन्दर-जैसा होशियार और योग्य नौकर भाग्य से ही मिलता है। हमारे यहाँ तो यह परिवार के आदमी की तरह रहा है। हर चीज खुद निकालता था, हर चीज खुद रखता था, कभी कोई चीज इधर-उधर नहीं हुई। इसका विशेष गुण है हँसमुख स्वभाव। हम परदेश जा रहे हैं और हमें सबसे अधिक खेद श्यामसुन्दर को पीछे छोड़ जाने का है।''

''श्यामसुन्दर को हमने नौकर कभी भी नहीं समझा। अब बिछुड़ने लगा है तो जैसे कोई घर का आदमी जा रहा हो।''

बड़े-बड़े अफसरों के ऐसे अनेक प्रमाणपत्र श्यामसुन्दर के पास थे। कोई पुलिस का अफसर था, कोई सेना का। हर कोई उसका प्रशंसक था। हर कोई उसकी ईमानदारी का कायल था। उसके हँसमुख स्वभाव की हर कोई सराहना करता था।

बाबू रामभरोसे और उसकी पत्नी दोनों खुश थे कि उन्हें इतना अच्छा नौकर मिल गया। ''अच्छा नौकर सौभाग्य से मिलता है,'' उठते-बैठते बाबू रामभरोसे की पत्नी दयावती कहती रहती।

श्यामसुन्दर ने घर के सब काम सँभाल लिये थे। पिछले बारह वर्षों में एक-एक वर्ष के अन्तर से जनमे दयावती के बच्चों के काम, गाय के काम, जिसे बाबू रामभरोसे ने कमिटी से छिपा कर आँगन में बाँध रखा था, चौके-चूल्हे का काम, काम से अधिक स्वच्छता का विचार, जो दयावती की सनक थी, अड़ोस-पड़ोस की बेगारें, और भी अनेक काम। श्यामसुन्दर सवेरे मुँह-अँधेरे उठता और रात को

सबके सो जाने के बाद सोता।

बाबू रामभरोसे के भीतर का सुपरिण्टेण्डेण्ट सोचता–क्या हुआ यदि श्यामसुन्दर का वेतन पाँच रुपये अधिक है, हमारे घर का काम पहले दो नौकरों से भी नहीं सँभलता था। दयावती कुछ इस तरह सोचती–एक नौकर का वेतन बचा, पाँच रुपये कम सही, एक नौकर की रोटी बची, आजकल की महँगाई में तनख्वाह से ज्यादा तो नौकर की रोटी पर खर्च होता है, ये कलमुँहे खाते भी तो कितना हैं।

सवेरे, भोर से पहले ही, श्यामसुन्दर उठता। अँगीठी जलाता। जितनी देर अँगीठी जलने में लगती, वह गाय को चारा डालता, दूध दुहता। फिर अँगीठी पर दूध रखकर झाड़ू-बुहारी शुरू कर देता। एक आँख चूल्हे की ओर होती, दूसरी झाड़ू में। इससे पहले कि कोई घरवाला जागता, वह इस तरह के बहुत से काम कर डालता। फिर चाय-पानी, दूध-दही, रोटी-भाजी, बच्चों को तैयार करना, बाबूजी की साइकिल की झाड़-पोंछ, दयावती की पूजा के लिए पड़ोस की फुलवारी से फूल तोड़ कर लाना। हर रोज फुलवारी के माली का नाराज होना, हर रोज श्यामसुन्दर का माली के घुटनों को हाथ लगाकर क्षमा माँगना, उसकी ठोड़ी को छूकर उसकी उदारता को उकसाना। यों दोपहर हो जाती। दोपहर के बाद बरतनों का एक अम्बार साफ करने के लिए पड़ा होता। बरतनों से छुट्टी मिलती तो बच्चे स्कूल से पढ़कर आ गये होते। फिर बरतन जूठे होने शुरू हो जाते। फिर रात के भोजन के लिए चूल्हे जलाये जाते। फिर भोजन तैयार होता। फिर थाल परोसे जाते, फिर दाल का सबके लिए पूरा करना, फिर हाथ रोककर सब्जी बाँटना, फिर लड़कियों से चोरी कर लड़कों को मक्खन खिलाना, बीबी जी के लिए मलाई बचाकर रखना। यों रात हो जाती। बरतन माँजता, रसोई धोता, चूल्हों को लीपता-पोतता, श्यामसुन्दर कहीं आधी रात को छुट्टी पाता। थकाहारा जाकर खाट पर गिर पड़ता, लेटते ही बेसुध सो जाता।

''श्यामसुन्दर!'' जब कभी दयावती नौकर को पुकारती, उसकी आवाज में वह सम्मान होता जो एक सन्तुष्ट मालकिन अपने सेवक को देती है। उठते-बैठते वह कहती रहती, 'श्यामसुन्दर' कैसा भला नाम है, जितनी बार नौकर को बुलाओ उतनी बार भगवान का नाम मुँह से निकलता है। और वह हर छोटी-छोटी बात पर, हर छोटे-मोटे काम के लिए नौकर को पुकारती रहती। श्याम-सुन्दर भी कभी न ऊबता, कभी न खीझता, प्रसन्न चित्त से वह दयावती का हर काम करता रहता।

श्यामसुन्दर से उसके मालिक और मालकिन दोनों खुश थे, श्यामसुन्दर के मालिक के पड़ोसी उससे खुश थे, श्यामसुन्दर के मालिक के अतिथि उससे खुश

रहते। पर एक बात श्यामसुन्दर को कुछ दिनों से अजीब-सी लग रही थी, और कभी-कभी जब उसे उसका ध्यान आता तो उसके मुँह का ज़ायका कुछ खराब-सा हो जाता।

बात यह थी कि जबसे श्यामसुन्दर इस घर में आया, वेतन के मामले में कुछ गड़बड़ ही रही थी। पहले महीने का वेतन बाबूजी ने ठीक पहली तारीख को दे दिया था। लेकिन दूसरे महीने का वेतन दस तारीख को मिला। और फिर कोई बीस तारीख के बाद दयावती ने पाँच-पाँच, सात-सात करके उस महीने की सारी-की-सारी तनख्वाह और पिछले महीने के बचे हुए कुछ रुपये भी वापस ले लिये थे। श्यामसुन्दर सोचता कोई बात नहीं, अन्दर पड़े पैसे मेरा भी क्या सँवार देते। अगले महीने, वह सोचता, उसके सारे पैसे एक साथ मिल जाएँगे और वह अपनी बूढ़ी माँ के नाम गाँव में भिजवा देगा।

अगला महीना आया। पहली तारीख, पांच तारीख, दस तारीख, पन्द्रह तारीख, बीस तारीख। श्यामसुन्दर मालिक के मुँह की ओर देखता रहा, मालकिन के मुँह की ओर देखता रहा, और महीना बीत गया। श्यामसुन्दर दिल लगाकर काम करता, जान डालकर काम करता, पाई-पाई की बचत करता, मालिक का पैसा-पैसा बचाता रहता। अड़ोस-पड़ोस वाले, गली-मोहल्ले वाले, बाजार के दुकानदार, जिनसे वह घर के लिए चीजें खरीदता, सभी श्यामसुन्दर की ईमानदारी और अपने मालिक के लिए दर्द की सराहना करते न थकते।

दयावती ने सारा घर नौकर के हवाले कर रखा था। जो चाहे निकाले, जो चाहे डाले, न किसी चीज को उसने ताला लगाया था, न कोई चीज अपने अधिकार में रखी थी। और तो और, उसके गहनों के ट्रंक की चाबी भी गुच्छे में होती जो दिन-भर श्यामसुन्दर के पास रहता। कई बार दयावती गुसलख़ाने में अपनी अँगूठी भूल जाती, कई बार बाबू रामभरोसे अपनी घड़ी उतारकर इधर-उधर रख देता और श्यामसुन्दर सँभाल-सँभालकर उनकी चीजें उन्हें देता रहता।

एक और महीना शुरू हुआ। अभी तक श्यामसुन्दर को वेतन नहीं मिला था। कभी श्यामसुन्दर को अपने मालिकों पर अफसोस होता, और कभी तरस आता : बेचारों के खर्च इतने हैं, तनख्वाह वही नपी-तुली है, पिछले महीने बच्चों की परीक्षा के प्रवेश-पत्र भरने थे, उससे पिछले महीने बाबूजी ने नयी साइकिल खरीदी थी, और उससे पिछले महीने घर में बीमारी रही थी।

इस महीने की भी पाँच तारीख बीत गयी और श्यामसुन्दर को तनख्वाह नहीं मिली। श्यामसुन्दर की कमीज घिस गयी थी और उसे एक नयी कमीज बड़ी जरूरी बनवानी थी। एक बार और धुलने से कमीज के चिथड़े उड़ जाने

की आशंका थी। और कमीज कल से उसे मैली-मैली लग रही थी।

श्यामसुन्दर ने एक दिन और प्रतीक्षा की। अगले दिन जब बाबूजी घर आये तो बेबस होकर उसने बाबूजी से दस रुपये माँगे। ''भई, पैसे तो हैं नहीं, कुछ दिन और ठहर जाओ।'' बाबूजी ने कहा और सुबह का अखबार उठाकर पढ़ना शुरू कर दिया।

श्यामसुन्दर ने अपनी कमीज की तरफ मालिक का ध्यान दिलाया। लेकिन वह बराबर अखबार पढ़ता रहा।

श्यामसुन्दर ने कभी इस तरह मिन्नत-मनौअल नहीं की थी। उसे बहुत बुरा लगा। फिर उसने सोचा कि मालिक के पास रुपये नहीं थे तो वह कहाँ से पैदा कर देता, और श्यामसुन्दर ने सब्र कर लिया।

कोई आध घण्टे के बाद चुपचाप साथ वाले कमरे में काम करते हुए श्यामसुन्दर ने देखा कि मालिक अपने कपड़े उतार रहा है। पहले बाबू रामभरोसे ने कोट उतारा, फिर कोट की जेब से नोटों की एक गड्डी निकालकर कपड़ों की अलमारी के एक कोने में रख दी।

श्यामसुन्दर की आँखों के आगे अँधेरा छा गया। जिस कपड़े की वह तह कर रहा था उसके हाथ से फिसलकर नीचे गिर गया। और इससे पहले कि उसे पता लगे कि वह क्या कर रहा है श्यामसुन्दर घर के बाहर पिछवाड़े के आँगन में टहल रहा था।

श्यामसुन्दर सोचता रहा, सोचता रहा। फिर उसे भीतर से आवाज आयी। फिर एक और आवाज। दयावती झुँझला रही थी। श्यामसुन्दर जैसे हुक्म में बँधा हुआ कमरे के अन्दर चला गया। एक काम, एक में से एक और काम, उसमें से फिर एक और काम। यों साँझ हो गयी।

उस साँझ अलमारी में से कोई चीज निकालते हुए श्यामसुन्दर ने देखा कि एक कोने में कपड़ों के नीचे सौ-सौ के नोट छिपाये रखे हैं। पता नहीं क्यों, आज पहली बार उसके दिल में आया कि वह देखे तो सही कि मालिक की जेब में कितने पैसे थे, जब उसने उसकी चार महीनों की तनख्वाह रख कर भी दस रुपये देने से इनकार कर दिया था। श्यामसुन्दर ने नोटों की गड्डी को गिना। सौ-सौ के पूरे आठ नोट थे।

सौ-सौ के पूरे आठ नोट! श्यामसुन्दर ने नोटों की गड्डी को हाथ में पकड़कर जोर से भींचा। फिर वैसे-के-वैसे सब नोट अलमारी में रख दिये। लेकिन उस जगह नहीं जहाँ से उसने गड्डी को उठाया था। श्यामसुन्दर ने जान-बूझकर अलमारी का खाना भी बदल दिया और कोना भी।

उस साँझ घर के कामों में दौड़-धूप करते हुए जब श्यामसुन्दर को अपनी इस हरकत का ख़याल आता तो एक क्षण के लिए उसके होठों पर मुसकराहट खेल जाती।

साँझ ढल चुकी थी, जब श्यामसुन्दर ने सुना कि बहुत घबरायी हुई आवाज में बाबूजी ने दयावती को कमरे में बुलाया। फिर कुछ देर मौन रहा। फिर उसी तरह घबरायी हुई आवाज में बड़े लड़के को बुलाया गया। फिर कुछ देर मौन रहा। और फिर श्यामसुन्दर को बुलाया गया। दयावती स्वयं बुलाने आयी।

''यहाँ अलमारी में मैंने आठ सौ रुपये रखे थे,'' बाबू रामभरोसे ने श्यामसुन्दर से पूछा। घबराहट में सूखे जा रहे गले से आवाज नहीं निकल रही थी।

श्यामसुन्दर अवाक्-सा मालिक की ओर एकटक देखता रहा। उसे क्या मालूम था, वह तो बेचारा नौकर था जिसने सारी उम्र ईमानदारी से काम किया था। उसके पास तो बड़े-बड़े अफसरों के प्रमाण-पत्र थे।

''पर आप तो कहते थे कि आपके पास पैसे हैं ही नहीं,'' कुछ देर बाद धीरे-से श्यामसुन्दर ने कहा।

थोड़ी देर इसी तरह खड़ा रहने के बाद श्यामसुन्दर रसोई में चला गया और पहले की तरह खाना बनाने में जुट गया।

नौकर कैसे पैसे चुरा सकता है? दयावती सोचती-अभी कल की बात ही तो थी जब झाड़ू बुहारते हुए उसका झुमका श्यामसुन्दर को मिला था। दयावती को तो पता भी नहीं था कि वह कब गिरा था, कहाँ गिरा था। नौकर कैसे पैसे चुरा सकता था? बाबू रामभरोसे सोचता-इतने बड़े-बड़े आदमियों ने उसकी प्रशंसा की थी। हजारों रुपये लोगों के घरों में पड़े रहते हैं।

और पति पत्नी की ओर देखता, पत्नी पति की ओर देखती। घर में जैसे मातम छा गया। मालिक चुप। मालकिन चुप। बड़ा बच्चा चुप। छोटा चुप। बाहर से खेलकर घर आये सभी बच्चे चुप थे।

बाबू रामभरोसे सोचता कि पुलिस में रिपोर्ट कर दे। लेकिन पुलिस को क्या कहेगा? उसको किस पर सन्देह था? घर में घरवाले थे और नौकर था। नौकर, जिसे घरवालों से अधिक घर का दर्द था, जिसकी ईमानदारी का बखान उठते-बैठते पति-पत्नी करते रहते थे, जिसकी सच्चाई के बारे में गली-मुहल्ले, अड़ोस-पड़ोस जान-पहचान वाले सब सौगन्ध खा सकते थे।

दयावती बार-बार अलमारी के उस खाने को टटोलती, कभी कपड़ों के नीचे देखती तो कभी ऊपर। अलमारी के पीछे लकड़ी में एक छेद था, उसने सोचा शायद कोई चूहा ही नोटों को घसीटकर ले गया हो। फिर सारा परिवार चूहों के

बिलों को खोजने लगा। हर कोना, हर सूराख उन्होंने खोद डाला। लेकिन सौ-सौ के आठ नोट, बाबू रामभरोसे के गाढ़े पसीने की कमाई, इतनी बड़ी रकम न मिलनी थी, न मिली।

रात को खाने की मेज पर मालिक और मालकिन भोजन की ओर देख भी न सके। कभी अन्दर बैठते, कभी बाहर, उन्हें चैन न आता। बहुत रात बीत गयी। श्यामसुन्दर मालिकों के मुँह को देख-देख आखिर रसोई का दरवाजा बन्द करके आँगन के सामने एक कोने में अपनी खाट पर जा लेटा।

सामने दालान, दालान वाला कमरा, बाहर बिछी हुई मालिक और मालकिन की चारपाइयाँ, श्यामसुन्दर को सब नजर आ रहा था। श्यामसुन्दर देख रहा था, बार-बार मालकिन देवी की मूर्ति के आगे माथा टेक रही थी, बार-बार बाबू रामभरोसे मन्नतें मनाता और हाथ जोड़-जोड़ अपनी भूलों के लिए क्षमा-याचना करता।

मालकिन कभी बाहर आकर अपनी चारपाई पर बैठती, फिर धोती के पल्ले से पंखा करती आँगन में टहलने लगती। उसके भीतर जैसे आग जल रही थी। बार-बार वह ठण्डी गहरी साँस भरकर कहती, ''हाय, न बेटी के काम आया, न बेटे के काम, पूरा आठ सौ रुपया!''

बाबू रामभरोसे बार-बार दालान वाले गुसलख़ाने में जाता; बार-बार फ्लश की आवाज आती।

दयावती कहती कि वह गाय बेच देगी। बाबू रामभरोसे कहता कि वह साइकिल के बिना गुजारा कर लेगा; दफ्तर पैदल जाया करेगा, दफ्तर से पैदल आया करेगा। क्या हुआ यदि अपने देश में गर्मियों में गर्मी ज़्यादा पड़ती है और सर्दियों में सर्दी ज्यादा होती है, आखिर साइकिल के बिना कोई मर थोड़े जाता है।

सामने सो रहे बच्चों में से मुन्नी बार-बार ऊँचे-ऊँचे खर्राटे लेती, बार-बार दयावती उस पर नाराज होती। एक बार तो जाकर उसे झकझोर भी आयी। बाबू रामभरोसे अपनी पत्नी को जैसे काटने को दौड़ता, बात-बात पर खीझता। कमजोरी के कारण उसकी आवाज डूबती-सी जा रही थी।

शहर के घड़ियाल ने एक बजाया, दो बजाये। बाबू रामभरोसे और दयावती अभी तक जाग रहे थे। बाबू कभी कुरसी पर बैठता। कभी दालान की सीढ़ियों पर बैठता। कभी बाहर चारपाई पर आ बैठता। कभी फिर टहलने लगता। दयावती अपने पति से पूछती कि आप सोते क्यों नहीं। बाबू रामभरोसे अपनी पत्नी से पूछता कि तुम क्यों नहीं लेटतीं, फिर बीमार पड़ गयीं तो डॉक्टरों के यहाँ दौड़ना

पड़ेगा।

दयावती कहती, "जरूर किसी चूहे की करतूत है।" बाबू रामभरोसे कहता, "इससे तो अच्छा था कि कोई चुरा ही लेता, किसी गरीब के काम तो आते वे रुपये।"

"हाय क्यों कोई कलमुँहा चुराता?" दयावती कड़ककर कहती, "क्या कोई हराम की कमाई थी हमारी?"

और पति-पत्नी उलझ जाते।

"पर आप ने अलमारी में इतनी बड़ी रकम रखी ही क्यों थी?" दयावती पूछती।

"याद तो करो शायद कहीं और जगह रख दिये हों," दयावती फिर कहती।

"हमेशा कोट उतारकर उसे आप मेरे हवाले कर देते हैं। आज क्या मुसीबत आ गयी थी?" दयावती का क्रोध बढ़ता जा रहा था।

बाबू चुप था।

फिर दयावती फूट-फूट कर रोने लगी।

"क्यों तमाशा दिखा रही हो?" बाबू रामभरोसे कहता, "कोई पड़ोसी सुनेगा तो क्या कहेगा?"

इस तरह पति-पत्नी रात-भर एक-दूसरे पर झपटते रहे और सवेरा हो गया।

जाग-जाग और रो-रोकर दयावती की आँखें सूज गयीं। रात को अलमारियाँ आगे-पीछे करते, चूहों के बिल ढूँढ़ते, बाबू रामभरोसे की कमीज फट गयी। सवेरे भी वह कमीज पहने था। न उसे नहाने की सुध थी, न कपड़े बदलने का ख़याल आया।

श्यामसुन्दर सुबह से ही हर रोज की तरह घर के काम में जुटा हुआ था। आखिर काम करते-करते वह चुपके से उस कमरे में गया और अलमारी के निचले खाने में कपड़ों की तह में पड़े सौ-सौ के आठ नोट उठाकर सबके सब उस कोने में वैसे-के-वैसे रख दिये जहाँ बाबू रामभरोसे ने पहली साँझ को रखे थे।

फिर घर के कामों में श्यामसुन्दर उसी तरह जुट गया। कभी सफाई करता। कभी बरतनों को इकट्ठा करता। कभी घड़ों में पानी भर-भर कर रखता। बच्चों को बुला-बुला कर दूध पिलाता। कोई आधा घण्टा यों बीता होगा कि श्यामसुन्दर ने सुना जैसे एकदम खुशी से उछलकर बाबू रामभरोसे अपनी पत्नी को आवाज दे रहा हो। दौड़ती हुई दयावती कमरे में गयी। फिर सारा परिवार इकट्ठा हो गया। सौ-सौ के आठ नोट वैसे-के-वैसे उसी जगह पड़े थे जहाँ बाबू रामभरोसे ने रखे थे।

हैरान निगाहों से बाबू रामभरोसे नोटों की ओर देखता। दयावती बार-बार अपनी आँखों को मलती, यह कोई सपना तो नहीं था। एकदम सारे परिवार के चेहरे खिल उठे। बच्चों ने हँसना शुरू कर दिया। बड़े उन्हें प्यार करने लगे। श्यामसुन्दर सामने खड़ा एकटक देखता रहा।

''यह सब देवी की दया है।'' एकदम दयावती को याद आया और इससे पहले कि पति कुछ कह सकता वह उसकी मुट्ठी से एक नोट पकड़कर उन्हीं पैरों मन्दिर में प्रसाद चढ़ाने चली गयी।

कोई एक घण्टे के बाद दयावती वापस आयी। पूरे पन्द्रह रुपये का प्रसाद देवी के सम्मुख चढ़ा कर आयी थी। जब वह अपने पति और बच्चों को बता रही थी कि किस प्रकार उसने देवी की मानता पूरी की, नौकर भी पास खड़ा हुआ सुन रहा था।

आखिर दयावती ने बोलना बन्द किया। और श्यामसुन्दर ने धीरे से कहा, ''बाबूजी, मुझे भी दस रुपये दे देते, मेरी कमीज...''

''अरे भाई ठहर भी जाओ, कुछ दिन। दे देंगे, भागे तो नहीं जाते,'' बाबू रामभरोसे ने एकदम कहा। और फिर पत्नी से मन्दिर के प्रसाद की बात शुरू से सुनने लगा।

श्यामसुन्दर चुपचाप रसोई में चला गया। काम करते-करते वह सोचता-शायद मालिक के पास फालतू पैसे नहीं थे। शायद यही बात ठीक थी।

पटना म्यूज़ियम में एक पीस

"हम कुछ साहित्यकार पटना में सरकारी मेहमान थे। जहाँ भी हम जाते मुझे हर बात में एक तक़ल्लुफ़ दिखाई देता। यों तो किसी बात में तक़ल्लुफ़ मुझे ज़हर लगता है पर देश के साहित्यकारों के हो रहे इस आदर को देखकर मुझे सब कुछ अच्छा-अच्छा-सा लग रहा था।"

शाम को हमें पटना म्यूज़ियम देखना था। मेरे पास केवल एक घण्टा बचता था पर पटनावालों का तक़ाज़ा था कि कोई पटना आये और यहाँ का अजायबघर न देखे यह कैसे हो सकता है। म्यूज़ियम दिखाने के लिए नियत किये गये अधिकारी को मेरी कठिनाई का ज्ञान था इसलिए हम केवल खास-खास कमरों में जा रहे थे। केवल खास-खास पीस ही देख रहे थे। यों तो पटना के म्यूज़ियम को देखने के लिए चाहे कोई सारा दिन लगा दे।

इस तरह ज़ल्दी में एक उड़ती हुई नजर चीजों को देखते, इतने बड़े अजायबघर में न चाहते हुए भी मैं ठहर-ठहर जाता। कहीं बुद्ध का बुत मुझे जैसे कील लेता। कहीं मिट्टी की कोई मूर्ति मुझे पकड़कर बैठ जाती। म्यूज़ियम का नौजवान अधिकारी मुझे बता रहा था, कौन-सी चीज उन्हें कहाँ से मिली है। किस टीले में उन्होंने क्या दबा हुआ पाया। और मैं कदम-कदम पर रुक-रुक जाता।

किन्तु मुझे कुछ देर से एक बात महसूस हो रही थी। जिस कमरे में हम कदम रखते, हवा में कुछ-कुछ धूल-सी होती। वास्तव में साथ के कमरे में हमें देखकर अगले कमरे वाले अपनी वस्तुओं को झाड़ना शुरू कर देते। अभी मुश्किल से झाड़-पोंछ खत्म कर पाते कि हम वहाँ पहुँच जाते। पिछले कमरे में हमें देखकर अगले कमरे में झाड़-पोंछ का सिलसिला कितनी देर से जारी था और आखिर मेरे फेफड़ों ने और धूल खाने से इनकार कर दिया। कोई पाँचवें कमरे में हम होंगे कि मुझे छींक आयी। म्यूज़ियम के नौजवान अधिकारी को भी हल्की-सी खाँसी

उठी। छठे कमरे में भी वैसी ही धूल थी। हमारे आने से एक मिनट पहले तो वहाँ झाड़-पोंछ खत्म हुई थी। सातवें कमरे में भी ऐसे ही था। उससे अगले कमरे में जब हमने कदम रखा तो कमरे का चौकीदार झाड़न लिये अभी तक एक मूर्ति को साफ कर रहा था। ''बन्द करो यह बदतमीज़ी।'' म्यूज़ियम के नौजवान अधिकारी से और बर्दाश्त न हो सका और उसने आखिर चौकीदार को वक्त-बे-वक्त इस तरह सफाई करने पर डाँट दिया। चौकीदार अपने अफसर को इस तरह बरसता देख ठिठक के रह गया। जहाँ खड़ा था वहीं खड़ा रहा।

और फिर यह खबर पता नहीं किस तरह आगे चली गयी। अब किसी भी कमरे में पहले की भाँति धूल-वूल नहीं थी। किसी भी कमरे में चौकीदार झाड़न को किसी कोने में छिपा रहा मैंने नहीं देखा।

फिर सीढ़ियाँ चढ़ कर हम ऊपर की मंजिल पर गये। यह कमरा चित्रकला का था। कमरे में घुसते ही मेरी दृष्टि बायीं ओर महाराजा रणजीत सिंह के एक चित्र पर पड़ी। चित्र बहुत बढिया था किन्तु एक स्थान पर मुझे अजीब-सा एक झोल नजर आया। म्यूज़ियम के नौजवान अधिकारी से मैंने उस चित्र की ओर संकेत करके इस बात का जिक्र किया। उसने आगे बढ़कर देखा। वास्तव में उस स्थान पर चित्र में मिट्टी जमी हुई थी। चित्रकार का कसूर नहीं था। यह देख म्यूज़ियम का नौजवान अधिकारी पास खड़े चौकीदार पर टूट पड़ा।

''साहब, मेरा काम झाड़-पोंछ करना नहीं। यह काम फ़राश का है।'' चौकीदार ने जवाब दिया और एकटक हमारी ओर देखने लगा।

''तो फिर तुम दफा क्यों नहीं हो जाते?'' नौजवान अधिकारी ने और चिल्लाकर कहा, ''मैं आज ही तुम्हारी छुट्टी करवाये देता हूँ।''

और हम आगे चल दिये।

चौकीदार वहीं-का-वहीं जैसे बुत बन गया। जहाँ खड़ा था वहीं खड़ा रहा। बिट-बिट उसकी हमारी ओर देख रही नजरें नीची हो गयीं।

उसने सोचा उसकी नौकरी छूट जाएगी। उसका रोजगार छिन जाएगा। और फिर पहली तारीख उसको तलब नहीं मिलेगी। और फिर हर पहली तारीख उसके घर तनख्वाह नहीं जाया करेगी। और फिर! और फिर!

और फिर उसके घर भी उसके पड़ोसी की तरह दिन में एक बार खाना शुरू हो जायेगा। कभी एक बार, कभी एक बार भी नहीं।

और फिर वह भी बनिये से उधार लेना शुरू कर देगा। हर बार झूठ बोलकर कर्ज़ माँगेगा जो वह कभी नहीं उतार सकेगा।

और फिर उसके बच्चों के बालों में भी जुएँ पड़ जाएँगी जिनको निकालते-

निकालते उसकी पत्नी की नजर रह जाएगी।

और फिर उसकी बू आया करेगी, अपने में से, अपने बच्चों में से, अपने बच्चों की माँ में से।

और फिर फटे हुए कपड़े जैसे मुँह फाड़-फाड़ उसे खाने को दौड़ेंगे। उसका अपना घिसा हुआ कुरता, उसकी पत्नी का टाकियोंवाला घाघरा, उसके बेटों-बेटियों के कपड़ों के चीथड़े।

और फिर हर समय उसके घर में कोई कुछ माँग रहा होगा, कोई किसी से छीन रहा होगा, कोई लड़ रहा होगा, बड़े छोटों को पीटेंगे, छोटे अपने से छोटों पर ख़फ़ा होंगे।

और फिर उसके बच्चों के ज़बान पर गालियाँ चढ़ जाएँगी। उसकी पत्नी हर समय उसको कोसा करेगी। उसके अपने दाँत उसके होठों पर खुभते रहा करेंगे।

और फिर उसकी जवान बेटी अपने पड़ोसियों के लड़के के साथ निकल जाएगी। वह लड़का जो उसके पिता को ज़हर लगता है।

और फिर इसे लोग परसू पुकारना शुरू कर देंगे। हर समय बेगारों में यह जुटा रहा करेगा। हर समय इसका मजाक होता रहा करेगा।

और फिर जाड़े की झड़ी में जब इसकी छत चूने लगेगी, इसके पास पैसे नहीं होंगे कि मरम्मत करा सके। ठण्ड में ठिठुरते बच्चों के लिए कपड़े नहीं होंगे कि उनका तन ढँक सके। चूल्हे में आग नहीं होगी कि सर्दी को रोका जा सके।

और फिर उसके घर के चप्पे-चप्पे को रोग आकर चिमट जाएँगे। उसकी पत्नी हर समय खाँसती रहा करेगी। उसके बच्चे मरियल से हो जाएँगे। वह खुद यदि लेटा होगा तो उठने का उसका जी नहीं चाहेगा, अगर उठेगा तो खड़ा होने के लिए उसका मन नहीं मानेगा। अगर खड़ा होगा तो चलने के लिए उसमें शक्ति नहीं होगी। और यदि चलेगा तो दौड़ने का उसका हौसला नहीं होगा।

और फिर वह थक जाएगा नयी नौकरी की प्रतीक्षा में। दूसरी नौकरी को ढूँढ़-ढूँढ़कर हार जाएगा। जहाँ जाएगा बाहर 'नौकरी कोई नहीं' के बोर्ड लगे होंगे। उसकी सब सिफारिशें असफल होंगी। उसकी सब मिन्नतें बेकार जाएगी। और फिर वह किसी आते-जाते अफसर के सामने हाथ जोड़ेगा। और कल का पढ़ा हुआ कोई छोकरा उसको डाँट देगा। उसको, जिसके घर औरत थी, सात बच्चे थे, एक जवान बेटी थी। डाँटेगा, झिड़केगा, चाहे धक्का देकर बाहर ही निकाल देगा।

और फिर।

और फिर।

और फिर उसको चक्कर आने शुरू हो गये। आँखों के आगे अँधेरा छा गया। उसको ऐसे लगा जैसे वह किसी गहरी खाई में धँसता जा रहा हो। किसी अँधेरे कुएँ में डूबता जा रहा हो। और फिर सहसा वह सिर से लेकर पाँव तक काँप गया।

कोई एक मिनिट भी नहीं गुजरा था, अभी म्यूज़ियम का नौजवान अधिकारी फैसला भी नहीं कर पाया था कि उसके सामने हुई गुस्ताख़ी को वह कैसे भुलाये, अभी मैं सँभल भी नहीं पाया था, सोच भी नहीं सका था कि किस बात का मैं जिक्र करूँ ताकि यह अचानक उत्पन्न हो गयी बदमज़गी म्यूज़ियम के नौजवान अधिकारी को भूल जाए कि चौकीदार हाथ जोड़े हमारे पीछे आता मुझे दिखाई दिया। वह म्यूज़ियम के नौजवान अधिकारी को कह रहा था, "यदि आपका हुक्म है तो मैं झाड़-पोंछ कर दिया करूँगा। मेरे पास झाड़न कोई नहीं। मैं अपने साफ़े से ही साफ कर दिया करूँगा अपने कमरे को।"

और इससे पहले कि उसको अपने अफसर की ओर से कोई उत्तर मिलता, सिर से अपने साफ़े को उतारकर वह चित्रों के चौखटे और शीशों को झाड़ने लगा।

म्यूज़ियम का नौजवान अधिकारी मुझे समझा रहा था, मुग़ल-राज में चित्रकला कितनी उन्नत हुई थी। मुग़ल-राज...राजपूत क़लम...काँगड़ी की क़लम...।

मुझे कुछ सुनाई नहीं दे रहा था। मैं बार-बार म्यूज़ियम के उस पीस की ओर देख रहा था। अपने सिर से उतारे साफ़े के साथ वह बड़े ध्यान से, बड़ी मुस्तैदी से चित्रों को साफ कर रहा था। खिड़कियों को झाड़ रहा था। उसके सिर पर सफेद-काले बालों की उसकी चोटी जैसे काँप-काँप रही थी।

टैरेस

टैरेस पर खड़े होकर दूर क्षितिज तक नीला आकाश दिखाई देता। सामने मीलों तक फैली हुई झील दिखाई देती। नीचे सड़क दिखाई देती जिस पर अँधेरे सवेरे लोग चलते रहते। टैरेस पर खड़े होकर शीतल मीठी हवा आकर उसके अंग-अंग से खेलने लगती। झील की अठखेलियाँ कर रही लहरों का संगीत उसके कानों में सुनाई देता। गहरे आकाश में कभी सफेद-सफेद बदलियाँ तैर रही होतीं, कभी घनघोर काली घटाएँ छा जातीं। टैरेस पर खड़े होकर उस पर एक जादू-सा हो जाता।

इस फ्लैट में टैरेस ही तो थी। बाकी कमरे केवल दो थे। तंग से, घुटे-घुटे से। एक उनके सोने का कमरा था, दूसरा गोल कमरा भी था और खाने का भी। बच्चों वाले घर में दो कमरों से कैसे गुजारा हो सकता है!

माया सारा दिन घर के जंजाल में फँसी रहती। कभी कुछ, कभी कुछ। एक चीज को ठीक करती दूसरी खराब हो जाती। उसको सँवारती, कोई और चीज बिगड़ जाती। जितना घर छोटा हो उतना गन्दा ज्यादा लगता है। हर समय उसके हाथ में या झाड़ू होता, या झाड़न होता, या उसका गन्दगी से मन ऊब रहा होता। बच्चों को वहीं पर खेलना होता, वहीं पढ़ना होता, वहीं आराम करना होता। जो चीज माया जहाँ रखती फिर उसे उस स्थान पर कभी न मिलती; और उसका दिल घबराने लगता। दिल घबराने लगता तो घबराता ही जाता। ग़ुसलखाना छोटा था; नहाकर तो उसमें से कोई निकल आये, किन्तु जब किसी को कपड़ों की एक गठरी धोनी हो तो बुरा हाल होता था। ग़ुसलखाना तो फिर भी गनीमत था। रसोई की हालत उससे भी खराब थी। जैसे कबूतरों का दड़वा हो। हर घड़ी अँधेरा, हर घड़ी धुआँ। लाख शिकायत वह कर बैठे लेकिन मकान का मालिक अँगीठी ठीक नहीं करवाता था। जितनी देर माया रसोई में रहती उसकी आँखों में से झर-झर अश्रु बहते रहते। सोनेवाले कमरे में उन्होंने चारपाइयों के नीचे चारपाइयाँ

बिछायी हुई थीं। जब रात को सबके बिस्तर बिछ जाते तो खटिया से नीचे उतरने के लिए जगह ढूँढ़नी पड़ती थी।

और उधर बच्चों की जरूरतें खत्म होने में नहीं आती थीं। किसी को भूख लगती, किसी को प्यास लगती, किसी को सब्जी अच्छी लगती, किसी को सब्जी अच्छी न लगती। किसी के पेट में दर्द होता, किसी की आँखें आ जातीं, किसी का पाजामा फटा हुआ होता, किसी के बटन टूटे हुए होते। यदि बच्चे हँसते तो हँसते ही जाते। हँस-हँसकर घर सिर पर उठा लेते। जब रोते तो सब रोने लगते। मारनेवाला भी रोता, मार खानेवाला भी रोता। छुड़ाने के लिए बीच में पड़ा भी रो रहा होता। खेलते समय इस तरह की उलटी-सीधी खेलें खेलते कि कोई चीज घर में अपने स्थान पर न रहती। कभी किसी का जन्मदिन, कभी किसी का जन्मदिन। कभी किसी के मित्र का जन्मदिन, कभी किसी की सहेली का जन्मदिन। माया सोच-सोचकर, खरीद-खरीदकर चीजें हार जाती। कभी परीक्षा होती, कभी छुट्टियाँ होतीं। कभी बच्चे बाहर ले जाये जाते, कभी नाटक की तैयारियाँ होतीं। कभी कुछ, कभी कुछ। एक-न-एक समस्या सदैव माया के सामने धरी रहती।

और माया सारा दिन जोड़-तोड़ करती रहती। इधर से बचाती उधर खर्च करती। एक से छीनती दूसरे का काम चलाती। कभी रसोई में सिर दिये रखती, कभी ग़ुसलखाना में। वहाँ से अवकाश पाती तो कमरों को सँवारने लग जाती। जिस स्थान पर पाँव रखती जैसे दस काम उसकी प्रतीक्षा कर रहे होते। और माया दिन-भर मिट्टी के साथ मिट्टी होती रहती। घर की मुसीबतों में उसका अंग-अंग दुखने लगता।

किन्तु इस फ्लैट पर एक टैरेस थी जहाँ आकर जब वह खड़ी होती तो उसका ह्दय फूल की तरह हल्का हो जाता। झील की मीठी-मीठी हवा, लहरों का मधुर संगीत, दूर-दूर तक फैला हुआ आकाश। उसका मन शान्त हो जाता। उसे ऐसे लगता जैसे उसके आस-पास सुगन्धियाँ बिखर गयी हों।

टैरेस पर खड़ी हवा उसके बालों के साथ आकर खेलती और उनमें एक रौनक आ जाती। टैरेस पर खड़ी होकर दूर-दूर तक खुले आकाश को वह देखती और उसके नैनों में चमक आ जाती। टैरेस पर खड़ी उसके गालों में लाली दौड़ने लगती, उसके होठ रस-रस करने लगते।

टैरेस पर खड़ी माया सोचती हर जीवन में एक टैरेस होना चाहिए। जीवन के तंग, घुटे-घुटे कमरों के बाहर एक फैलाव जहाँ से खुला गहरा आकाश नजर आये। जहाँ दूर-बहुत दूर कोई गा रहा सुनाई देने लग जाए। जहाँ अछूती अनसूँघी हवा आकर उन्मत्त बना दे।

और जब माया को अवकाश होता, जब उसका जी घुटने लगता, जब वह घर की उलझनों से थकती तो बाहर टैरेस पर आकर खड़ी हो जाती। चाँदनी रातों में बाहर टैरेस पर खड़े होकर अपने पति की प्रतीक्षा करना उसे बुरा न लगता। सावन की लम्बी झड़ियों वाले दिनों में टैरेस पर अकेली खड़ी उसे भीग-भीग जाना अच्छा लगता। दिन को जब बच्चे स्कूल चले जाते, उसका पति काम पर चला जाता, टैरेस पर खड़ी उसको घर का सूनापन, सूनापन न महसूस होता।

रसोई के धुएँ से, ग़ुसलखाने की तंगी से, कमरों की घुटन से जब माया का दिल घबराने लगता तो वह बाहर टैरेस पर आकर खड़ी हो जाती। बच्चों के शोर से, पैसों की थोड़ से, घर के धन्धों से जब वह थक जाती, माया बाहर टैरेस पर आकर सुस्ता लेती। अँधेरे-सवेरे किसी समय टैरेस पर खड़े होकर वह एक उन्माद में खो जाती। सारी-की-सारी वह नशे-नशे में उन्मत्त-सी हो जाती।

टैरेस पर एक क्षण खड़ी होकर अन्दर आयी माया शीशे में अपने-आपको देखती, उसे अपना-आप अच्छा-अच्छा लगने लगता।

इस तरह जीवन की गाड़ी इस विचित्र सहारे पर चल रही थी कि एक दिन टैरेस पर खड़ी माया ने देखा-सामने सड़क पर कोई पुरुष उसकी ओर घूर रहा था। माया को इस तरह किसी पराये मर्द का उसकी ओर देखना अच्छा न लगा और वह अन्दर चली गयी। उस साँझ फिर टैरेस पर खड़ी माया की दृष्टि सड़क पर पड़ी। वही मर्द फिर खड़ा उसकी ओर देख रहा था; जिस तरह किसी पराये आदमी को किसी परायी औरत की ओर नहीं देखना चाहिए। माया फिर जल्दी-जल्दी अन्दर घर में चली गयी। रात को सोने से पहले उसने देखा चाँद की दूध-सी सफेद चाँदनी चारों ओर फैल रही थी। अपने-आप उसके पग उसे बाहर टैरेस पर ले गये। अभी टैरेस पर जाकर वह खड़ी हुई थी कि वही सवेरे वाला पराया मर्द वैसे-का-वैसा सड़क पर खड़ा हुआ उसे अपनी ओर ताकता दिखाई दिया। उसकी नजरों में पाप था, उसके इशारों में कपट था। माया ने उसकी ओर देखा और उसे सहसा एक झटका-सा लगा और वह बदमज़ा-सी, सहमी-सी, कसमसाती-सी, अन्दर कमरे में आ गयी।

फिर हर रोज, हर समय वह आदमी वहाँ खड़ा होता। और माया की टैरेस उससे छिन गयी।

माया अब चिढ़ी-चिढ़ी-सी रहती, थकी-थकी-सी रहती, उलझी-उलझी-सी रहती। लाख मेहनत कर के वह बाल सेट करती, घर के धन्धों में कहीं पका रही, कहीं धो रही, कहीं झाड़-पोंछ कर रही, कभी कुढ़ रही, कभी खोज रही, दो दिन में उसके बाल फिर सीधे हो जाते। उनके घुँघर निकल आते। और उसे

याद आता कि टैरेस पर खड़े होकर उसके उलझे हुए, अनसँवारे बालों में भी रौनक आ जाती थी। जिन दिनों वह टैरेस पर जाकर सुस्ता लिया करती थी उसके एक बार सेट किये बाल हफ्ता-हफ्ता चल जाया करते थे।

माया सोचती वह अपने पति को कहे कि वह पुरुष क्यों सड़क पर आकर खड़ा हो जाता है। सुबह से लेकर साँझ तक, अँधेरा पड़े तक वहाँ खड़ा रहता। पर तीन बच्चों की माँ माया अपने पति से क्या कहती? उसे बार-बार अपनी एक सहेली के बोल याद आते-"दूध पर मक्खी अवश्य आती है।" और माया सोचती जब तक कहीं मीठा है मक्खियों को कैसे रोका जा सकता है! वह मर्द नहीं खड़ा होगा तो और कोई आकर खड़ा हो जाएगा। किस-किस को वह रोकेगी, किस-किस से उसका पति लड़ेगा।

और माया की टैरेस उससे छिन गयी।

फिर माया ने सोचा, नीचे घर की चारदीवारी को यदि ऊँचा करवा दिया जाए तो सड़क से खड़े होकर कोई उसको नहीं झाँक सकेगा। और उसे ऐसा लगा जैसे यह बात अत्यन्त सरल हो। उसने अपने पति से कहा। उसके पति ने किसी मिस्त्री से पूछा। चारदीवारी को ऊँचा करने में डेढ़ सौ रुपया खर्च आता था। माया ने सुनकर चुप्पी साध ली। मकान मालिक डेढ़ सौ रुपया कहाँ खर्च करने लगा था। और स्वयं अपने पति के वेतन से इतनी रकम माया न कभी बचा सकी थी, न वह सोचती, कभी बचा सकेगी।

और माया की टैरेस उससे छिन गयी।

कभी माया सोचती उसे उस पुरुष से क्या डर था, और निडर होकर वह टैरेस पर जाकर खड़ी हो जाती। पर फिर जब उसे किसी की झाँक रही दो आँखों का ख़याल आता तो उसे ऐसे लगता जैसे वह अनढँकी-अनढँकी हो, नंगी-नंगी हो, और वह सहसा सिर से पाँव तक काँप जाती और अपनी फूली हुई साँस लेकर अन्दर कमरे में पलंग पर औंधी जा पड़ती। और तब तक वैसी-की-वैसी पड़ी रहती जब तक घर की दस जिम्मेदारियाँ उसको फिर अपने-आप में न उलझा लेतीं।

माया से माया की टैरेस छिन गयी थी।

कई दिन इस तरह गुजर गये। फ़िक्रों के दिन, उलझनों के दिन, बदमज़गी के दिन, मुसीबतों के दिन, पग-पग पर खीझ-खीझ पड़ने के दिन। और फिर माया जैसे अपनी टैरेस को भूल गयी। और अब जब माया ने टैरेस पर खड़ा होना छोड़ दिया, बच्चों के कपड़े धोती, सुखाती वह उनको इस्त्री भी करती। खाना पकाकर उसको बरतनों में सजाती, अच्छी तरह परोस कर खानेवालों के सामने

रखती। हर रोज सोच-सोचकर कोई नयी सुन्दरता पैदा करती, अपने-आप में, अपने घर में, अपने बच्चों में। जितनी देर बच्चे घर होते, समय निकालकर उनके साथ खेलती, उनकी पढ़ाई में मदद देती। जितनी देर उसका पति घर होता उसकी छोटी-छोटी आवश्यकताओं को पहले से सोचकर पूरा करती रहती।

इस तरह जब मसाला भून रही होती तो माया विशेष रूप से ध्यान रखती कि वह ठीक भुने। न कच्चा रहे न जले। एक विशेष रंग, एक विशेष सुगन्ध उस में से आए। और यदि मसाला ठीक भुन जाए तो फिर भाजी खराब नहीं होती। उसकी बनाई हुई रोटियाँ अब सारी-की-सारी गोल होतीं, सिकी हुई होतीं। रसोई की अँगीठी में से धुआँ यदि अब भी नहीं निकलता था मगर माया के चूल्हे में धुआँ आजकल होता ही नहीं था। अब दूध समय पर आता, दही ठीक जमती। अब माया पड़ोसियों को कुछ भेजती रहती, उनकी ओर से इसके यहाँ कुछ आता रहता।

अब माया जब बच्चों के कपड़े धोने बैठती सबके सब कपड़े एक गठरी के रूप में उसको नजर न आते। हर कपड़ा किसी-न-किसी का होता, किसी-न-किसी जान के टुकड़े का। अब माया जब पकाने बैठती, कोई चीज किसी को खुश करने के लिए पकाती, कोई चीज किसी की प्रशंसा लेने के लिए बनाती। अब माया जब घर में शोर सुनती उसको हर बात प्यारी लगती, हर बोल में संगीत सुनाई देता।

घर के कमरे अब माया को घुटे-घुटे तंग-तंग न लगते। माया का दिल जो बड़ा हुआ तो जैसे कमरे भी फैलकर बढ़ गए। अब माया हर पल खुश-खुश रहती, खुशियाँ बिखेरती रहती। माया का हर काम अब समय पर होता। हर बात ठीक होती, ठीक और कुछ अधिक। अब माया हर बात पूरी करती, पूरी और कुछ ज्यादा। जैसे छत होती है और छत के आगे पेश-छत होती है-टैरेस।

तितली

तितली का नृत्य आरम्भ हो चुका था।

इस कम्बख्त शहर में कभी कुछ होता नहीं था। न कोई अच्छी फिल्म आती थी, न कोई और बढ़िया प्रोग्राम बनता था। बस एक उद्योग प्रदर्शिनी होती जिस पर लोग टूट-टूट पड़ते थे। इस नुमायश में मन्त्री भी आते थे, अफसर भी आते थे, सेठ भी आते थे, ठेकेदार भी आते थे। वैसे क्लब में वही लोग, पार्टियों में वही लोग, खुशी में वही लोग, ग़मी में वही लोग, वही लोग शाम को सैर के लिए निकलो तो मिलते, वही लोग बाजार जाओ तो नजर आते।

और आज जब देश के इतने विख्यात कलाकारों के नृत्य की सूचना मिली तो सारे का सारा शहर जैसे टूट पड़ा था। मुख्य मन्त्री से लेकर छोटे से छोटे अफसर तक सब लोग आये थे। पत्रकार थे, फोटोग्राफ़र थे, रेडियो वाले थे।

सबसे पहले मुख्यमन्त्री ने कार्यक्रम का उद्‌घाटन किया। फिर कलाकार रंगमंच पर आये, उनका परिचय दिया गया। फिर सबने मिलकर एक तराना गाया और नृत्य आरम्भ हुआ।

नृत्य को शुरू हुए कुछ देर हो चुकी थी। पहली चीज जो यह लोग प्रस्तुत कर रहे थे वह तितली का नाच था।

घास के सूखे पत्तों पर एक अण्डा पड़ा है। इस अण्डे को सूर्य आकर अपनी किरणों से गरमाता रहता है। फिर इस अण्डे में से एक बच्चा निकलता है। बच्चा इधर-उधर नाचने-कूदने लगता है। इधर मुँह मारता है उधर मुँह मारता है। कभी एक ओर खेलता है, कभी दूसरी ओर चक्कर लगाता है। सूर्य की किरणें उसे आकर बल प्रदान करती हैं और फिर तितली का वह लारवा फुर करके उड़ जाता है। उधर वह उड़ता है इधर सूर्य खिलखिलाकर हँसने लगता है।

लारवा तितली बनकर उड़ा ही था कि मुझे अपने बायीं ओर से इत्र की सुगन्ध आयी। मैंने एक आँख उधर देखा मिसेज राम पीछे अपनी सीट से उठकर आगे कहीं जा रही थी। कन्धों पर नाच रहे बालों के घूँघर, महीन पतली जार्जेट

की ऊदो साड़ी, इतनी पतली कि साड़ी पर नजर ज्यादा जाती थी, मिसेज राम की ओर कम। निचला मोटा लटका हुआ होठ जैसे लिपस्टिक के बोझ के तले बैठ गया हो। और अन्दर दूध से सफ़ेद बनावटी दाँत चम-चम कर रहे थे। तेज जा रही थी जैसे कोई जरूरी बात उसे याद आ गयी हो, ऊदे रंग के मोतियोंवाले उसके झुमके थर-थर काँप रहे थे।

''यह किधर मुँह उठाये जा रही है?'' मेरी पत्नी ने जिस ओर से मिसेज राम उठकर आयी थी, उस ओर देखते हुए कहा। प्रोफेसर राम शान्त गम्भीर-सा अपनी बुश्शर्ट के एक कोने से ऐनक के शीशे साफ कर रहा था। ऐनक के बगैर उसकी कमजोर नजरें रंगमंच पर लगी हुई थीं।

जान-बूझकर शरमाने की कोशिश में लचक-लचक पड़ती मिसेज राम अभी भी सीटों के दरम्यान दर्शकों को उठा रही थी, लोगों के प्रणाम ले रही थी, मुसकानों का जवाब हँसी में देते हुए आगे जा रही थी।

''यह कहाँ मुँह उठाये जा रही है?'' मेरी पत्नी ने फिर सवाल किया।

''आज के प्रोग्राम के मुख्य प्रबन्धक के साथ जाकर कोई बात करेगी और फिर उसके पास बैठ जाएगी,'' मैंने अनुमान लगाते हुए कहा।

मेरी पत्नी हँस दी, जैसे मैं मजाक कर रहा हूँ।

अभी उसकी हँसी उसके होठों पर ही थी कि मिसेज राम ठीक जैसे मैंने कहा था, नृत्य-मण्डली को मँगवाने वाली कमेटी के मुख्य प्रबन्धक की ओर गयी। उसे अपनी ओर आते देखकर उसने उठकर उसे सत्कार दिया और वह उसके साथ सोफ़े पर बैठ गयी, और इस भाँति बातें करने लगी जैसे कोई अत्यन्त गम्भीर समस्या हो और उसे समझ नहीं आ रहा था कि वह क्या करे। बातें करती बार-बार अपने माथे के पसीने को पोंछे जा रही थी।

स्टेज पर उड़ा 'लारवा' तितली के रूप में जैसे एक घास के नर्म पत्ते पर जा बैठा था और रंग-बिरंगी तितली जैसे घास की हरियाली से शहर की मिठास ढूँढ़ रही थी। नृत्य कर रही प्रवीण कलाकार का अंग-अंग तीव्रता में थिरक रहा था। पहली बार तितली उड़कर कैसे अपनी खूराक ढूँढ़ती है, इस दृश्य को अत्यन्त सुन्दर ढंग से दर्शाया जा रहा था। कलाकार की हर हरकत पर लोग वाह-वाह कर रहे थे। कैसे प्यारी तरह वह मुँह मार रही थी; मुँह मारती जैसे टटोल रही हो। अंग-अंग उसका जैसे एक मधुरता में काँप रहा था। पर्दे के पीछे से आ रही संगीत की धुन कितनी आकर्षक थी। सारा हाल मुग्ध हो रहा था।

और मिसेज राम बातें करती जा रही थी। जिसके साथ वह बातें कर रही थी उसकी नजरें बार-बार रंगमंच की ओर जातीं, किन्तु मिसेज राम तो एक साँस

बोलती जा रही थी। रंगमंच की ओर तकरीबन-तकरीबन उसकी पीठ थी। निचले होठ को एक तरफ से अब उसने जैसे दाँतों के नीचे दबा लिया था और उसका होठ अब ढलका हुआ नहीं नजर आ रहा था। कितनी प्यारी लग रही थी मिसेज राम!

सारे हाल में तालियों का एक शोर मच गया। देर तक तालियाँ बजती रहीं। घास पर बैठी मुँह मार रही तितली थककर कुछ इस तरह उठी और वहाँ से उड़कर रंगमंच पर कुछ इस तरह घूमने लगी, हवा में उड़ रहे उसके रंग-बिरंगे पतले महीन वस्त्र, हूबहू मानो एक तितली उड़ रही हो! उड़ रही और आँखें फाड़े इधर-उधर ढूँढ़ रही। उड़ रही और सर घुमा-घुमा कर तलाश कर रही। कहीं कुछ और खाने की चीज हो। यह घास तो बे-स्वादा-सा था। मिट्टी की इसमें से बू आ रही थी। और ढूँढ़ती हुई, सूँघती हुई तितली गुलदावदी के पत्ते पर जा बैठी। गुलदावदियाँ अभी खिली नहीं थीं। जिस भाँति कलाकार ढूँढ़ती हुई किसी पत्ते को चुनकर उसपर जा बैठी, लोगों ने उस अन्दाज की श्लाघा में फिर तालियाँ बजाना शुरू कर दीं और कितनी देर तालियाँ बजती रहीं।

सामने मिसेज राम भी तालियाँ बजानेवालों में शामिल थी। ताली बजाती वह उठ खड़ी हुई और अब बायीं ओर आगे चल दी।

मैंने मुड़कर एक नजर प्रोफेसर राम को देखा। बाहर से आया कोई लेट तमाशबीन उसके साथ खाली कुर्सी पर बैठना चाह रहा था। प्रोफेसर राम उसे समझा रहा था कि खाली सीट उसकी बीवी की थी जो किसी से मिलने गयी थी और अभी लौट आएगी। परन्तु देर में आये तमाशबीन ने शराब कुछ ज्यादा पी हुई थी और उसे प्रोफेसर राम की बात जैसे सुनाई नहीं दे रही थी। प्रोफेसर राम बार-बार हाथ जोड़ता, बार-बार उसके कानों में कहता, "मेरी घरवाली, मेरी पत्नी, मेरे बच्चों की माँ, मेरी बीवी..." पर बाहर से आये आदमी को तो जैसे कुछ समझ ही नहीं आ रहा था।

और प्रोफेसर राम की पत्नी आगे ही आगे जा रही थी।

"यह अब कहाँ बहती जा रही है?" मेरी पत्नी ने फिर सवाल किया।

"अब यह एजूकेशन मिनिस्टर के पास जाकर बैठेगी।" मैंने अन्दाज़ा लगाया।

और अभी बात मेरे होठों पर ही थी कि मिसेज राम प्रदेश के शिक्षा विभाग के मन्त्री के पास जा बैठी। बैठते ही उसने साड़ी से अपने फूले हुए बालों को ढक लिया। और पल्लू को अपनी गर्दन के गिर्द घुमाते हुए और की और बन गयी। ऊदे रंग की साड़ी में गोरा लिपटा हुआ उसका चेहरा अत्यन्त सुन्दर लग

रहा था। मुसकरा-मुसकरा कर सिर हिला-हिला कर कुछ बोल रही थी, कुछ सुन रही थी। हर बात पर जैसे कह रही थी, यह हो जाएगा, यह कौन-सा मुश्किल है? मैं चाहूँ तो एक पल में यह करवा दूँ। कुछ इस तरह के आत्मविश्वास में पटाख-पटाख वह बातें कर रही थी। और सुननेवाला सुन-सुनकर हँस रहा था।

और हाल में बैठे सारे दर्शक हँस रहे थे। रंगमंच पर तितली गुलदावदी के चिकने पत्ते पर बार-बार अपने आप को जमाने की कोशिश कर रही थी। कुछ पत्ता हल्का था, कुछ पत्ता चिकना था और तितली के पाँव जमने में ही न आते थे। किस घबराहट में तितली हाथ पाँव मार रही थी। कहीं उसका मुँह पड़ जाय, कहीं उसका पैर जम जाय। हाथों में ही कोई सहारा आ जाय। और तितली भूखी थी। हबड़-हबड़ कर रही थी। गुलदावदी का पत्ता, उसको लगता, शायद खट्टा-खट्टा हो। खट्टे रस को चूसने का उसका कितना जी चाह रहा था। वह तो पैदा होते ही जैसे जवान हो गयी थी। गुलदावदी के पत्ते का कुछ रस और वह कहीं की-कहीं उड़ जाएगी। उसमें और के और रंग भर जाएँगे। उसकी पंखड़ियों में अधिक बल आ जाएगा। और फिर वह गाना शुरू कर देगी। मस्त होकर खेलना शुरू कर देगी। लेकिन यह गुलदावदी का पत्ता कैसा था, उसके पाँव ही नहीं जमने देता था?

इस सबको रंगमंच पर कलाकार एक अत्यन्त सुन्दर ढंग से दरसा रही थी। हाल में दर्शकों की दृष्टियाँ उसकी प्रत्येक हरकत पर, उसके अंगों की हर कम्पन पर लगी हुई थीं।

सहसा मेरे पास बैठी मेरी पत्नी ने मेरा ध्यान मिसेज राम की ओर दिलाया। वह उठकर और आगे जा रही थी। सबसे अगली सीट पर।

''अब कहाँ जाएगी?'' मेरी पत्नी के स्वर में व्यंग्य था।

''हाँ, मैं बता सकता हूँ। अब यह मुख्यमन्त्री के पास जाएगी। पहले उसकी पत्नी को नमस्ते करेगी फिर मुख्यमन्त्री से बातें करना शुरू कर देगी।''

मेरा अनुमान कभी भी इतना सही नहीं हुआ जितना मिसेज राम के सम्बन्ध में उस दिन ठीक निकल रहा था। मैं पिछले कई वर्षों से मिसेज राम को देख रहा था। उसके पति प्रोफेसर राम के घर मेरा आना-जाना था। भला आदमी था बेचारा। अपने काम से काम। सारा समय पढ़ता रहता या लिखता रहता। पहले उसकी तनख्वाह कम थी अब उसकी तनख्वाह बढ़ गयी थी। उसको कोई फ़र्क नहीं पड़ा। उसने अपने खर्च नहीं बढ़ाये हुए थे। हाँ, मिसेज राम की और बात थी। उसे बाल बनवाने के लिए भी जाना पड़ता था, उसके दर्जियों के बिल भी आये रहते थे, उसके जो दोस्त उसको साड़ियाँ आदि उपहार देते उनको भी तो कुछ-न-कुछ देना होता था।

इधर मिसेज राम मुख्यमन्त्री के सोफ़े के पास जाकर खड़ी हुई, बात करने के लिए उसने गर्दन झुकायी, उसके बालों की लटें उसके गुलाबी गालों पर आकर गिरीं, उधर रंगमंच पर तितली गुलदावदी के फूल से उड़कर सुनहरी रंग के एक अत्यन्त प्यारे खिले हुए गुलाब के फूल पर जा बैठी। गुलाब की पत्तियों पर बैठते ही उसने एक नशे में अपने होठों से रस पीना शुरू कर दिया। गुलाब के फूल को देखकर तितली कितनी खुश हुई थी। उसकी पत्तियों की मुलायम छाती पर बैठकर वह किस तरह मचल-मचल उठी थी! और फिर किस तरह उसने रस पीना शुरू कर दिया था। यह सब कुछ उस कुशल कलाकार ने कुछ इस तरह दर्शाया कि दर्शकों को जैसे समझ नहीं आ रहा था, वह कैसे दाद दें। साँस रोके सब बैठे थे और आँखें फाड़े एक-एक हरकत को, एक-एक मुद्रा को एक नशा में देख रहे थे।

और मिसेज राम एक क्षण-भर के लिए मुख्यमन्त्री की पत्नी से बातें करने के पश्चात् अब उसके पति के साथ बातों में खो गयी थी। किस तरह अपनी आँखें उस पर जमाये हुए थी! एक गाल पर उँगली रखे किस तरह उसकी ओर देख रही थी! उसकी मुस्कानें उसकी आँखों के रास्ते फूट-फूट निकल रही थीं। उसके बालों की एक चंचल लट बार-बार उसके माथे पर आ पड़ती थी और बार-बार वह उसको पीछे करती थी। लट ने कुछ इस तरह ज़िद पकड़ ली थी कि फिर फिसलकर आगे आ जाती और हर बार जब लट यों उसके खुले माथे पर आकर गिरती तो मिसेज राम कितनी प्यारी लगती थी!

मैंने मुड़कर देखा, प्रोफेसर राम के पास उसकी पत्नी की ख़ाली सीट पर लेट आया शराबी कभी का बैठ चुका था। ''बाबूजी जब आपकी पत्नी लौट आएँ तो उठ जाऊँगा।'' मेरी पत्नी ने मेरे हृदय की बात समझकर कहा, ''उस शराबी ने प्रोफेसर राम को यही जवाब दिया होगा।'' और फिर हम दोनों हँसने लगे।

रंगमंच पर सबसे बढ़िया, सबसे सुन्दर, सबसे अधिक प्यारी सुगन्धवाले गुलाब का रस पी रही तितली मस्ती में जैसे झूम रही थी। और उधर मिसेज राम मुख्यमन्त्री के साथ बातें कर रही इस तरह खो गयी जैसे उसे आस-पास की सुध-बुध ही न रही हो। क्या उसे इतनी बातें करनी थीं? बातें करते जैसे इस औरत का जी ही नहीं भरता था।

और गुलाब का रस पी रही तितली जैसे लबालब भर गयी थी! और बदमस्त शराबी की तरह एक लोर में, एक नशा में वह वापस अपने ठिकाने की ओर चल दी। इस बार रंगमंच पर कलाकार ने आर्ट के उन शिखरों को छुआ कि दर्शक सबके सब अवाक् रह गये। वाद्य संगीत की धुन अत्यन्त मधुर हो गयी। तितली

अपनी हर हरकत में रंग भर रही थी, उसको और अधिक सुन्दर बना रही थी।

"अब मिसेज राम कहाँ जाएगी?" मेरी पत्नी ने फिर सवाल किया। मुख्यमन्त्री के पास से उठकर मिसेज राम वापस आ रही थी–प्रसन्न, सफल!

"अब जिस ओर से यह गुजर रही हैं या तो किसी फोटोग्राफर के या किसी अखबारवाले के पास बैठेगी।" मैंने एक बार फिर अनुमान लगाया।

हमारा ध्यान मिसेज राम की ओर से सहसा हट गया। स्टेज पर जी भर के रस पी चुकी तितली उड़ती हुई रास्ते में एक जंगली गुलाब के फूल को देखकर ललचायी हुई उस पर जा बैठी थी। उसका पेट भर गया था पर उसकी आँखें नहीं तृप्त हुई थीं। और न चाहते हुए भी वह उस पर जा बैठी थी। उसको आवश्यकता नहीं थी तब भी वह रस पीने की चेष्टा कर रही थी। जंगली गुलाब की पत्तियों पर बदमस्त गिरी पड़ रही थी।

हम देख-देखकर हैरान हो रहे थे। कैसे कलाकार मन के सूक्ष्म से सूक्ष्म भावों को अत्यन्त प्रवीणता से दरसा रही थी।

और फिर रंगमंच पर रोशनी परिवर्तित होना शुरू हुई। रात हो रही थी। और गुलाब की पत्तियाँ बन्द होना शुरू हो गयीं। तितली बदमस्त पत्तियों में मदहोश पड़ी हुई थी। और पत्तियाँ बन्द होती जा रही थीं, बन्द होती जा रही थीं। तितली अब भी वैसी-की-वैसी पड़ी थी। अधिक पेट भरे हुए की खुमारी। और कदम-कदम बढ़ रही रात के साथ गुलाब की पत्तियाँ बन्द हो गयीं।

तितली तो पत्तियों में बन्द हो गयी थी! दर्शकों का साँस जैसे रुक गया।

मेरी पत्नी ने मेरे जोर से चुटकी ली। सामने मिसेज राम किसी के साथ बातें कर रही थी। नौजवान के हाथ में कैमरा था और मेरा अनुमान फिर एक बार ठीक निकला था।

नृत्य खत्म हो गया था! दर्शक तालियाँ बजा-बजाकर पागल हो रहे थे। और मिसेज राम फोटाग्राफर के साथ क्षण-भर खड़ी होकर अब समाचारपत्र वालों के साथ हँस-हँसकर बातें कर रही थी। "नृत्य कितना बढ़िया था!" जैसे कह रही हो, "मैं तो हमेशा यही कहती थी इस मण्डली को बुलाना चाहिए। पिछले साल भी मैंने यही कहा था। कहीं हमारी कोई सुने भी तो।" कुछ इस तरह की बातें वह कर रही थी।

रंगमंच पर परदा गिर चुका था। लोग अभी तक वाह-वाह कर रहे थे। समाचारपत्र वालों से हटकर मिसेज राम एक और आदमी से बातें करने लगी।

उस आदमी का मुझे नहीं पता वह कौन था।

जंगू

जंगबहादुर के जन्म से पूर्व यह फैसला हो गया था कि लड़के को सेना में भरती करवाया जाएगा। उसके जन्म के बाद जब ही तो घरवालों ने उसका नाम जंगबहादुर रखा था।

फ़ौज के लिए पैदा हुआ जाटों का लड़का जंगबहादुर बड़ा अक्खड़ था। प्रतिदिन उसके गिले आते। प्रतिदिन उसकी शिकायतें आतीं। जो भी शिकायत करने आता उसका पिता यही कहता, "ठीक है भाई, पर हम कौन-सा उसे घर बैठा रक्खेंगे। हम भी तो उसे फ़ौज में भर्ती करवा रहे हैं।" और पिता की इन बातों का बिगाड़ा जंगू नित नया गुल खिला आता। पराई घोड़ियों को दौड़ाता रहता। कुएँ की माला पकड़कर नीचे उतर जाता और जिस कुएँ में से लोग पानी भरते उस कुएँ में नहा आता। शाम को जब औरतें पानी भरने के लिए आतीं तो नीचे कुएँ में से आवाजे देने लगता-"भाभी जरा पीठ कर लेना मुझे बाहर निकलना है।" और गाँव की लड़कियाँ कहतीं, "हम पीठ नहीं करेंगी, तुम बाहर निकलो चाहे न निकलो।" जिस खेत में खरबूज़े मीठे होते उस खेत के चक्कर काटता रहता और तोड़-तोड़ कर खुद भी खाता, अपने मित्रों को भी खिलाता। कई बार खेत के मालिक को भी चखा आता। लाख उसके पिता ने जतन किये जंगू न स्कूल बैठा, न उसने चार अक्षर पढ़े। जब भी कोई उसे कुछ कहता, उसका उत्तर एक ही होता, "हमें तो गोली ठण्डी करना है। गोली के आगे पढ़ा क्या और अनपढ़ा क्या।" और उसकी माँ हमेशा यह सुनकर उसे फटकारती-"ऊल-जलूल न बोला करो, जो मुँह में आता है बकता रहता है।" वह तो सोचती थी उसका बेटा कप्तान बनेगा, सरदार बनेगा। जैसे उसका मामू बना था। तमग़ों से उसकी छाती भर जाती थी। जिस सड़क से गुजरता लोग उठ-उठकर उसे सत्कार देते थे। और सरकार के घर उसे कुरसी मिलती थी। कई के काम उसके दस्तखतों से चल जाते थे, कई के काम उसका नाम लेने से हो जाते थे।

और जिस दिन जंगू पूरी आयु का हुआ, उसका पेंशनी मामू उसे शहर जाकर भर्ती करवा आया।

भर्ती कराकर जब मामू लौटने लगा तो आज पहली बार जंगू का दिल जरा घबराया। उसे इस तरह उदास देखकर उसके मामू ने उसको पाँच सात मोटी-मोटी गालियाँ दीं और स्वयं घोड़ी पर बैठकर चला गया। मामू की गालियों की मीठी-मीठी गूँज उसके कानों में कितनी देर गूँजती रही। और जंगू की वह शाम मजे में गुजर गयी। छावनी उसे कोई परायी जगह न लगी। छावनी के लोग उसे गैर महसूस न हुए। और अगले दिन तो रंगरूट को गाड़ी में बैठकर दूर कहीं सिखलाई के लिए चला जाना था।

गाड़ी में बैठे अगले दिन जंगू ने कई बार अपने मामू की वही गालियाँ दिल ही दिल में क़ुलियों को दीं, अपने साथ बैठी हुई सवारियों को दीं, अपने पुराने साथियों को याद करके उन्हें दीं, अपने अफसर को दीं, जो हर बार उससे यों बोलता था जैसे कोई किसी को पत्थर उठाकर मार रहा हो।

सिखलाई के कैम्प में पहुँचकर पहले दिन ही जंगू को जैसे दम घुटा-घुटा लगने लगा। नयी जगह, नये लोग, सबसे बड़ी बात उनकी नयी भाषा। पता नहीं कैसे बोलते थे, जंगू के पल्ले कुछ नहीं पड़ता था। न जंगू खुलकर हँस सकता, न जंगू खुलकर रो सकता, न जंगू किसी के साथ ऊँची-ऊँची बातें कर सकता, न जंगू किसी को गालियाँ दे सकता। उसको केवल इतनी ही समझ आती, अब खड़ा होने को कह रहे हैं, अब बैठने के लिए कह रहे हैं, अब खाने का समय है, अब सोने का हुक्म दे रहे हैं और बस।

जंगू बहुत उदास था, बहुत परेशान था, कई बार वह सोचता वह वहाँ से भाग निकले। एक बार तो उसने फैसला भी कर लिया। फिर उसको अपने मामू की गालियों की याद आयी और उसने अपना मन बदल लिया। उसने यह भी सुन रखा था कि फ़ौज में भर्ती होकर कोई भागे तो लोग उसे भगोड़ा कहकर पुकारते हैं और सरकार भी कभी माफ नहीं करती, पकड़कर जेल में बन्द कर देती है।

बहुत दिन नहीं गुजरे थे कि जंगू को वहाँ की भाषा तो कुछ-कुछ समझ में आने लगी। सारा दिन मेहनत इतनी करनी होती थी कि चिन्ता करने का उसके पास समय नहीं बचता था। किन्तु फिर भी एक भूख उसके अंग-अंग में समाये रहती थी। वह अपने माता-पिता को भूलने लगा, अपने साथियों की उसे अब याद न आती। पर यह जो एक सूनापन था उसके अन्दर, वह इसका क्या करे?

उसका जी चाहता वह ऊँचा-ऊँचा कोई गीत गाये, ऊँचा-ऊँचा किसी को आवाजें दें। लस्सी पिये तो किसी के साथ बाँट कर पिये, खाने बैठे तो किसी से छीन कर खाये, किसी को खिलाकर खाये; जंगू की यह भूख दिन प्रतिदिन बढ़ती जा रही थी।

हर समय वह मुरझाया-मुरझाया रहता, हर वक्त वह उखड़ा-उखड़ा रहता। जब से कैम्प में आया था जंगू जैसे सूखने लग गया हो।

और फिर एक दिन अखबार पढ़ रहे उसके एक साथी ने उसे अखबार में छपे एक पंजाबी नेता का चित्र दिखाया और बताया जिस शहर में उनका कैम्प था वह नेता वहाँ से उसी शाम गाड़ी में गुजर रहा था।

जंगू के लिए जैसे चाँद चढ़ गया हो। सुनते ही वह खिल-सा गया। पर कैम्प तो शहर से दस मील दूर था। और शाम की गाड़ी में मुश्किल से तीन घण्टे बाकी थे।

इन तीन घण्टों में जंगू ने कैम्प से बाहर जाने की छुट्टी भी ली, तैयार भी हुआ, और एक साँस दौड़ता हुआ स्टेशन पर जा पहुँचा। उसके पहुँचने से कुछ क्षण पहले गाड़ी आ चुकी थी। जंगू ने लेमन की दो बोतलें खरीदीं और डिब्बा-डिब्बा तस्वीर वाले आदमी को ढूँढ़ने लगा। सर्दियों के दिन थे, अँधेरा हो चुका था। आखिर उसने अपने पंजाबी भाई को ढूँढ़ लिया। और जाते ही एक बोतल सोडे की उसे दी और दूसरी को खोलकर खुद पीने लग गया। जिस प्यार से जंगू जाकर उसे मिला, जिस मुहब्बत से वह उसके गले जाकर लगा, दूसरा भी ठण्ड की परवाह न करते हुए बोतल को मुँह लगाये उसका साथ देने लगा। और फिर कितनी देर हँस-हँस कर वह बातें करते रहे। सारे स्टेशन को जैसे उन्होंने सर पर उठा लिया।

जब गाड़ी चलने लगी तो जंगू उसके गले लग गया। बाँहों में बाँहे डाले कभी यह उसे धरती से उठा लेता, कभी वह इसके पाँव जमीन से उखेड़ देता। और जब तक गाड़ी नहीं चली वह एक-दूसरे को ऐसे चिमटे रहे।

छः महीने की सिखलाई के बाद जंगू की तब्दीली दूर दक्खिन में बंगलौर के पास किसी छावनी में हो गयी। अब वह बाकायदा फ़ौजी सिपाही बन गया था। अब वह वर्दी पहनता था। कई बातें अँग्रेजी की उसे समझ आ गयी थीं। हिन्दुस्तानी में बात करते लोगों को सुनकर अब उसे वहशत नहीं होती थी।

अब उसका जी लग रहा था। अब उसने धीरे बोलना सीख लिया था। अब उसे दौड़ने की बजाए चलना आ गया था। अब जब उससे कोई बात करता

उसे दूसरे की बात सुनने की आदत हो गयी थी। अब जहाँ उसे खड़ा होने के लिए कहा जाय वहाँ वह खड़ा रहता, जहाँ उससे बैठने के लिए कहा जाता वहाँ वह बैठ जाता।

पर एक भूख थी जंगू के अन्दर जो मिटने में नहीं आ रही थी। एक सूनापन जो हमेशा उसे अपने अन्दर महसूस होता रहता। एक बेचैनी जो कभी-कभी दर्द में परिवर्तित हो जाती।

नये कैम्प को जा रहा गाड़ी में जहाँ कहीं भी जंगू अपनी तरफ का कोई देखता, उसके पास जाकर खड़ा हो जाता। कई बार बात भी न करता, बस यों ही पास खड़ा स्वाद लेता रहता। एक सुगन्ध-सी उसको आती अपनी तरफ के पुरुषों में से, औरतों में से, बच्चों में से। उनकी तरफ के दो आदमी एक जगह बैठे बातें कर रहे थे, यह उनके पास जाकर खड़ा हो गया। छोटी-छोटी इधर-उधर की बातें वह अपनी भाषा में कर रहे थे। और जंगू की आँखों के सामने मक्खन से भरी छलक-छलक पड़ती चाटियों, सिर-सिर ऊँचे मक्का के टाँडों और कीकर के गोरे-गोरे लम्बे-लम्बे काँटों के चित्र घूमने लगे। नशा में उन्मत्त वह कितनी देर वहीं खड़ा रहा।

नये कैम्प में जहाँ वह आया कोई भी तो अपनी ओर का आदमी उसे नजर नहीं आता था। न कैम्प में न बाजार में। एक बार वह छावनी के साथ लगते शहर में भी गया। सारा इतवार घूमता रहा। उसके मतलब का कोई आदमी नहीं दिखाई दिया। और थककर, हारकर शाम को वह अपने ठिकाने पहुँच गया।

कई बार अकेले जंगू की आँखों में अश्रु आ जाते। और फिर उसे अपने आप पर शर्म आ जाती। जंगू तो कभी रोया नहीं था। जंगू तो रोना जानता ही नहीं था। कई बार उसका जी चाहता वह नौकरी छोड़कर भाग जाय। फिर उसे अपने मामू की दी हुई गालियाँ याद आ जातीं। गालियाँ याद आतीं और वह नशे में जैसे खो जाता। और कितनी देर अपने होठों में बार-बार उन गालियों को दुहराता रहता।

जंगू को इस कैम्प में आये कई दिन हो गये थे। उसे अब न खाना अच्छा लगता था न काम करना अच्छा लगता था। सारा-सारा दिन कसरतें करता, मेहनत करता, वह सूखता जा रहा था। उसे कभी-कभी लगता जैसे किसी मरखन्ने बैल को जकड़कर उसके मुँह पर जाबा बाँध दिया जाय। और वह हैरान परेशान, उखड़ा-उखड़ा न सो सकता, न आराम कर सकता।

उसके घर से कभी-कभी चिट्ठी आती। परन्तु न वह स्वयं पढ़ा था न उस

कैम्प में किसी और को उस भाषा का ज्ञान था। और बस चिट्ठियों को वह देख लेता। कभी हर सतर पर उँगली फेरने लगता, कभी बहुत उदास होता तो रात के अँधेरे में चिट्ठी को उठाकर चूम लेता। और फिर उसे बड़ी शर्म आती। कोई देख ले तो क्या कहे!

हर बात इशारों से, हर काम अन्दाज़े से, कभी-कभी जंगू चिढ़ जाता। उसे लगता जैसे उसे किसी बड़े-से पिंजड़े में बन्द कर दिया गया हो। हवा थी, रोशनी थी किन्तु उसके पर बँधे हुए थे, जकड़े हुए थे।

कई दिन इस तरह गुजर गये। फिर एक छुट्टी वाले दिन जंगू जब सुबह सोकर उठा, वह बड़ा उदास-उदास था। उसका जी चाहता कोई बहाना हो तो वह रो दे। कई दिनों से उसके घर से चिट्ठी भी तो नहीं आयी थी। उस दिन जंगू ने सुबह न डेढ़ सौ दण्ड पेले न दो सौ बैठकें निकालीं। उसको दण्ड पेलते देखकर उसके साथ के सिपाही मुँह में उँगलियाँ देकर काटते रहते थे। कसरत कर रहा जंगू का शरीर ताँबे की तरह चमकने लगता था। और अपने साथियों को खुश हो रहा देखकर जंगू दिल-ही-दिल में कहता, "आजकल तो क्या, कभी तुमने मुझे मेरे गाँव में देखा होता।" अपने गाँव की याद आती तो जंगू का जी बैठ जाता। उसका गाँव उससे छूट गया था। अगर धूप अच्छी होती तो वह सोचता हमारी तरफ धूप ऐसी होती है। मीठी-मीठी हवा उसे अपनी ओर से आ रही महसूस होती। वह गुमसुम स्वाद-स्वाद में खोया रहता।

उस दिन वह कुछ ज्यादा ही परेशान था। खाने के समय उससे खाया न गया। पिछली रात नींद भी तो उसे नहीं आयी थी। जैसे कोई बीमार हो। उसका शरीर ढीला-ढीला लग रहा था। उसने देखा उसके कुछ साथी शहर जा रहे थे। वह भी उनके साथ तैयार हो गया। दिन ही कट जाएगा, उसने सोचा।

उसके साथी तो अपने-अपने काम से लग गये, और जंगू अकेला इतने बड़े शहर में बाजार-बाजार, गली-गली घूमने लगा। एक अजीब भटकन उसे महसूस हो रही थी। उसे समझ नहीं आ रहा था कि उसे हो क्या गया है। न एक स्थान पर बैठ सकता था न एक स्थान पर खड़ा हो सकता था।

सारा दिन इस तरह वह अकेला घूमता रहा। सारा दिन न उसने कुछ खाया न कुछ पिया। जैसे उसे किसी चीज की तलाश हो, कोई चीज जिसकी उसे पहचान नहीं थी। जैसे उसे कोई भूख लगी हो परन्तु उसे समझ नहीं आ रहा था क्या वह खाय तो उसकी वह भूख मिटे। चल-चलकर उसके पाँव थक गये थे, झाँक-झाँककर उसकी आँखें तृप्त नहीं हुई थीं। जैसे किसी को किसी की प्रतीक्षा हो।

फिर बड़े बाजार में एक दुकान के सामने खड़ा वह सामने आ रही बस

के गुजरने की प्रतीक्षा कर रहा था कि उसके पास से अधेड़ उम्र का एक जोड़ा गुजरा। मर्द कोई व्यापारी था।

''भागवाने इसे कम विच वारे न्यारे हो जाँणगे ते फिर दुधां दियां मधानियां ते लस्सी दे छन्ने...'' जंगू के कानों में यह बोल पड़े तो जैसे उसके दिल पर फूलों की वर्षा होने लगी हो, एक आँख झपकने में वह मस्त हो गया।

''ते फिर पिपंलां दियां छावां ते खूहां दा ठण्डा ठण्डा पाणी...'' मर्द बोल रहा था और जंगू जैसे बँधा हुआ उनके पीछे-पीछे चल पड़ा।

''साड़े पासे अजकल सरहों खिड़ पई होणी एँ।'' अब औरत बोल रही थी। ''कणकां कद कर आइयां होणियां नें। कित्ते कित्ते सिट्टे सिरोड़ियाँ चुक्की झाँक रहे होणेन।''

''अजकल मंहियां दा दुध सवादला हो जांदा है। दुध ते दुध आजकल ते...''

पीछे से तेज आ रही एक मोटर ने एकदम ब्रेक लगाकर मुश्किल से जंगू को पहिये के नीचे आने से बचाया। पता नहीं कैसे वह सड़क पर चल रहा था। बच तो गया पर बौखलाया हुआ जंगू सामने सड़क पर औंधा जा गिरा।

''मैं मर गयी''...दौड़कर आगे जा रहे उस जोड़े ने जंगू को उठा लिया।

''हाय किहा सोहणा टाहली बरगा जवान ए, जिवें साड़े पासे दा होवे...'' नीम बेहोशी में उसे वह लोग उसी मोटर में डालकर अस्पताल ले गये और जंगू कितनी देर स्वाद-स्वाद अधेड़ उम्र के उस जोड़े की बातें सुनता रहा।

❑❑❑